U0076080

東野圭吾

嫌疑犯
x
的獻身

王蘊潔——譯

導讀——

如深河需要月影，你我心中都有的「石神哲哉」。

作家．影評人 **馬欣**

台灣讀者對於東野圭吾一定不陌生，對這已與量產劃上等號的名字，應該各有不同的想像。他可說是書市的奇蹟，是某段時期的救援者。但「東野圭吾」的點石成金，不止是他書寫出各個層面，或是他外冷內熱的落筆動機，而是他作品的核心始終傳達出一個的訊息——「即便是這樣的人，他都值得你再為他停留一次」。

對「被忽視者」的停駐，才能稍稍原諒自己的各種卑微與自我攻擊。他曾示範了通俗文學的最大值。

他筆下，無論是怎樣的人，落魄的、風光過的、內心殘破的，他都好好地檢視了一遍。他的寫作是形同扶起的動作，無論是怎樣的人，只要被這社會體系卡死的，抑或是絆倒的，都被他扶起過，甚至將這個人放在你面前，讓你共情了一次，一起得到了「跌倒並不可恥」的安慰。

我是個日本推理的愛好者，從早年夏樹靜子帶起的社會觀察推理，我在其中執迷於日本作家的讀心。但東野圭吾始終對我來講是不同的，關鍵的兩部作品是《白夜行》與《嫌疑犯X的獻身》。相信許多讀者跟我一樣，從初讀《嫌疑犯X的獻身》的驚訝，到對石神這個謀殺者，與他穴居在人群中的身影，感到無法釋懷。不只是他為愛情可以做到獻身的地步，而是他幻化成這時代各種寂寞的註解，以及寂寞本身是如何如同深潭，需要一彎月影的拯救。

誰都知道之於深潭，月影是如此偶然，也是起於自身的黑暗無助，甚至與月亮本身無關，如靖子與石神哲哉的關係。彼此不算有交往，甚至只是偶然碰面的鄰居，但對那池水而言，原本滯留的命運，卻像是隱隱有了出口，即便那種出口只是種假設。

對我而言，第一次被這樣的「愛情」給震懾到了，一段月亮不知池水有情的關係，一段沒有互動的愛情，甚至入不得世人眼裡的關係，卻如同天堂來的蜘蛛絲一樣，讓人間地獄有了不同光景。

所謂「地獄」，不是宗教中的想像，而是絕對的孤立與不被了解，以及如塵埃般的存在經驗。「石神哲哉」是個強大的弱勢縮影，他在社交上的缺乏自信，他沒有人脈存摺的基礎，他是真實的被孤立，這樣的「他」其實投射出你我。因為社群擁擠，我們逐漸聽不到自己的聲音，我們面臨了有孤立感危機的年代。即使有朋友，也隨時感到人脈存摺是虛妄的假象，只是石神哲哉是真實的被孤立，而我們是被「孤立感」威脅的一群。

於是「石神哲哉」就這樣活在我們心裡了，他那個駝著背經過流浪漢身邊的身影，像極了我們怕被刷下階級的不忍直視；他那夜半聽得到隔壁聲響，自己看似安於小天地的矛盾；那樣的突然看到陽光般的人進入自己生活，因而心動地想流淚的心情；也是那樣的，那麼需要一個類似「希望」的存在。是這樣不能言說的心情，總是像糜糜細雨下在我們的心上，任其發芽，甚至任其與自己無關一般。

是這樣的許願一般，希望自己在這城市裡不孤單，於是我們看到有人飽含戾氣，有人變成酸民、有人惶惶終日。那都是小小的「石神哲哉」，像忘記還有愛的選擇一般，這樣瑟縮在一角，原是那個怕被當「影子」，不見容於社會光明面的我們自己啊。

他是那樣像選擇中午便當菜色般的自殺，在看到靖子後，人生死水有了星斗。如果這世上有過慈悲，那必是執筆寫下「石神哲哉」的當下。

ひがしの　けいご

容疑者
x
の献身

1

上午七點三十五分，石神像往常一樣走出公寓。雖然時序已經進入三月，但風吹在身上仍然很冷。他走路的時候，把下巴縮進了圍巾。走去馬路之前，他瞥了一眼腳踏車停車場。那裡停了好幾輛腳踏車，但並沒有他在意的那輛綠色腳踏車。

他向南走了二十公尺左右，來到大馬路上。那是新大橋路，往左走，也就是往東是往江戶川區的方向，往西走就是日本橋，但必須先經過隅田川，新大橋就是跨越隅田川的一座橋。

石神去學校的最短距離就是一直往南走，只要走數百公尺，就會看到名為清澄庭園的公園，清澄庭園前的那所私立高中就是他任職的學校。他是老師，在學校教數學。

石神看到前方的號誌燈是紅燈，右轉走向新大橋的方向。迎面吹來的風掀起了他的大衣，他雙手插在口袋裡，身體微微前傾走在路上。

厚實的雲層籠罩了整個天空，隅田川反射了天空的顏色，看起來一片灰暗。小船駛向上游的方向，石神看著這片景象，走過了新大橋。

過橋之後，他沿著橋下的樓梯走了下去。鑽過橋下，沿著隅田川彳亍而行。河岸的兩側是散步道，但父母帶著小孩，或是情侶都在更前方的清洲橋一帶散步，即使在假日，新大橋附近也很少有人來散步。只要實際來這裡走一趟，就可以知道其中的原因。因為這裡有一整排遊民住的地方，他們的居所都用藍色塑膠布蓋了起來。因為上方就是高速公路可以遮雨擋風，所以也許對遊民來說是理想的棲身之處。最好的證明，就是河對岸完全不見藍色帳篷，當然另一方面也是因為他們群居在一起比較方便。

石神淡淡地走過那排藍色帳篷。藍色帳篷最多差不多一個人高，有些只有及腰的高度，也許比起帳篷，更適合稱為箱子，但如果只是在裡面睡覺，也許那點空間已經足夠了。這些帳篷和箱子附近都不約而同地用衣架掛著衣服，彰顯那裡是生活的空間。

有一個男人靠在堤防邊緣的欄杆上刷牙。石神經常看到這個男人，他的年紀應該超過六十歲，花白的頭髮綁在腦後。他應該不打算再找工作了，如果想要做粗活，不可能在這個時間還在這裡打混。因為粗活的工作都是在一大早安排。他應該也沒打算去職業介紹所，因為即使職業介紹所為他介紹了工作，他的那頭長髮也根本沒辦法去面試，更何況以他的年紀，能夠為他介紹工作的可能性幾乎是零。

有一個男人正在自己的藍色帳篷旁把大量空罐壓扁。石神之前也曾經看過這個人好幾次，所以暗自為他取了「罐男」的綽號。「罐男」看起來五十歲左右，日常用品都很齊全，還有一輛腳踏車，想必在撿罐頭時發揮了機動性。他的藍色帳篷位在遊民區中最角落的位置，而且位在僻靜處，應該是整個區域中的頭等席，所以石神猜想「罐男」

應該是這群遊民中的老鳥。

一個男人坐在那片藍色帳篷盡頭不遠處的長椅上，原本應該是米色的大衣，因為弄髒的關係，看起來更接近灰色。他在大衣內穿著夾克，裡面是一件白襯衫。石神推測他應該把領帶放在大衣口袋裡。因為之前看到他在看一本工業方面的雜誌，所以石神在心裡為他取了「技師」這個名字。他的頭髮仍然維持短髮，鬍子也有刮，所以「技師」顯然還沒有放棄重回職場，今天可能也打算去職業介紹所，但石神猜想他應該找不到工作。除非他願意拋開自尊心，否則很難找到工作。石神在大約十天前第一次看到「技師」，「技師」還沒有適應這裡的生活，希望和藍色帳篷的生活有一線之隔，但又不知道該如何當一個遊民，所以才繼續逗留在這裡。

石神沿著隅田川繼續往前走，在清洲橋前遇到一名老婦人牽著三隻狗在散步。三隻狗都是迷你臘腸犬，分別戴著紅、藍和粉紅色的項圈。慢慢靠近時，她似乎也發現了石神，露出了微笑，微微點頭打招呼，石神也欠身致意。

「早安。」他主動向老婦人打招呼。

「早安，今天早上也很冷。」

「是啊。」他皺起了眉頭。

正當他打算經過老婦人身旁時，聽到她說：「路上小心，注意安全。」「好。」

他用力點了點頭。

石神曾經看到她手上拿著便利商店的袋子，裡面似乎裝了三明治，想必是她的早餐，所以石神猜想她應該是獨居老人，住處離這裡不遠，因為以前曾經看過她穿拖鞋。穿拖鞋無法開車。她的老伴應該已經去世，她一個人和三隻狗住在這附近的公寓，而且她住的房子應該很大，才能夠養三隻狗。也因為有這三隻狗，所以她無法搬去其他小一點的房子。也許房子的貸款已經繳完，但仍然必須繳管理費，因此必須省吃儉用。今年冬天，她都沒有去髮廊，也沒有染頭髮。

石神在清洲橋前走上了階梯。如果要去高中，就必須在這裡過橋，但他走向相反的方向。

馬路旁有一家店掛著「弁天亭」的招牌，那是一家規模不大的便當店。石神打開了玻璃門。

「歡迎光臨，早安。」櫃檯內傳來一個令石神感到熟悉，卻總是為他帶來新鮮心情的聲音。戴著白色帽子的花岡靖子對他露出微笑。

店內沒有其他客人，這令他更加喜不自禁。

「呃，我要招牌便當……」

「好，一個招牌便當，謝謝你的惠顧。」

雖然她的聲音聽起來很開朗，但石神不知道她臉上露出了什麼表情。因為他不敢正視她的臉，只好低頭看著自己打開的皮夾。既然是鄰居，除了點便當以外，應該要隨便聊一下，但他想不出任何話題。

他在付錢時，才終於擠出一句「今天真冷」，但他小聲嘟囔的聲音被下一個客人打開玻璃門的聲音淹沒，靖子的注意力也被新來的客人吸引了。

石神拎著便當離開後走向了清洲橋。他特地繞遠路就是為了去「弁天亭」。早上的通勤時間過後，是「弁天亭」的空閒時間，但所謂的空閒時間，只是指沒有客人上門，還是必須去後方為午餐時間做準備。有幾家公司和便當店簽了約，必須在十二點之前把便當送到。店裡沒有客人時，靖子也會在廚房幫忙。

包括靖子在內，「弁天亭」總共有四個人手，老闆米澤和他的妻子小代子負責掌廚，打工的金子負責送便當，靖子負責在店內賣便當。

靖子來這家便當店工作之前，在錦糸町的一家酒店上班。米澤是經常去店裡喝酒的常客，小代子是那家酒店老闆僱用的媽媽桑，靖子直到小代子辭職前，才知道她是米澤的妻子，而且是小代子親口告訴她的。

「酒店的媽媽桑跑去當便當店的老闆娘，人生的際遇真是難以預料。」客人這樣討論這件事，但小代子說，開便當店是他們夫妻多年的夢想，她是為了實現這個夢想去酒店上班。

「弁天亭」開張後，靖子也不時光顧。便當店的經營很順利，在便當店開了一年之後，小代子問她願不願意來店裡幫忙。因為光靠他們夫妻兩個人，無論在體力上還是在物理條件上，都已經難以應付店裡的生意。

「靖子，妳也不可能一直在酒店上班，美里也長大了，漸漸會對媽媽在酒店當坐檯小姐這件事感到自卑了。」

雖然這是我多管閒事。小代子最後補充了這句話。

美里是靖子的獨生女，沒有父親，因為靖子在五年前就和丈夫離了婚。不需要小代子提醒，靖子也知道自己不可能一直在酒店上班。雖然美里當然也是原因之一，但考慮到自己的年齡，不知道老闆願意僱用自己到什麼時候。

靖子想了一天就得出了結論，酒店方面也沒有挽留她，只對她說了一句「太好了」。於是她知道，其他人也很擔心她這個已經不年輕的坐檯小姐的未來。

去年春天，在美里上中學時，母女兩人一起搬到了目前所住的公寓。因為之前住的地方離「弁天亭」太遠了。便當店的工作和之前不同，從一大早就開始工作。六點起床，六點半就必須騎著一輛綠色腳踏車離開公寓。

「那個高中老師，今天早上也來了嗎？」靖子休息時，小代子問她。

「來了啊，他不是每天都會來嗎？」

小代子聽了靖子的回答，和老公互看了一眼，意味深長地笑了笑。

「幹嘛？為什麼笑得這麼詭異？」

「不，沒什麼不好的意思，只是我昨天才和我老公說，那個老師可能喜歡妳。」

「啊？」靖子拿著茶杯，身體向後仰。

「因為妳昨天不是休假嗎？結果那個老師沒有來，他每天都來，只有妳不在的時候不來，妳不覺得很奇怪嗎？」

「只是巧合而已。」

「問題就在於並不是巧合……對不對？」小代子徵求老公的同意。

米澤笑著點頭。

「聽我老婆說，一直都是這樣。每次妳休假的時候，那個老師就不會來買便當。之前就覺得好像是這樣，昨天更證實了這件事。」

「我除了公休日以外，休假的時間向來不固定，而且也沒有固定星期幾休假。」

「正因為這樣，所以更加可疑。那個老師不是就住在妳家隔壁嗎？他應該看妳有沒有出門上班，知道妳有沒有休假。」

「啊？但是我出門時從來沒有遇過他。」

「可能他在哪裡看到了，比方說從窗戶看到妳。」
「從他家的窗戶看不到我。」
「沒關係啦，如果他對妳有意思，過一陣子應該會有所表示吧。反正對我們來說，因為妳的關係，有了固定的客人，也是好事一樁嘛，不愧是在錦糸町打過滾的厲害角色。」米澤用這番話總結道。
靖子露出苦笑，喝完了杯子裡剩下的茶，想起了正在討論的那個高中老師。
那個老師姓石神，靖子搬到目前公寓的當天晚上曾經登門打過招呼，得知了他在高中當老師。他身材矮胖，臉又大又圓，但眼睛小得像一條細縫。頭髮短而稀疏，所以看起來快五十歲了，但也許實際年齡沒那麼大。他似乎有點不修邊幅，每次都穿相似的衣服。今年冬天幾乎都穿一件棕色的毛衣，每次來買便當時，都是毛衣外穿一件大衣的打扮。但他洗衣服很勤快，小陽台上不時晾著衣服。他目前單身，靖子猜想他應該沒有結過婚。
即使聽說那個老師對自己有意思，靖子也完全沒有任何感覺。在靖子眼中，他就像是公寓牆壁上的裂縫，雖然知道他的存在，但從來沒有多注意，而且也認為沒必要去注意。
他們見面時會打招呼，在公寓管理的問題上，也曾經請教過他的意見，但靖子對他幾乎一無所知，最近看到他把一堆舊的數學參考書用繩子綁起後放在門口，才知道他是數學老師。

希望他不會向自己提出約會。靖子心想，但隨即獨自苦笑起來。那個看起來一板一眼的人如果要約自己，不知道臉上會是怎樣的表情。

像往常一樣，這天也在將近中午時再度忙碌起來，在正午過後到達了顛峰。下午一點多，才終於告一段落。這也和平時一樣。

靖子正在為收銀機換紙時，玻璃門打開，有人走了進來。「歡迎光臨。」她在招呼的同時抬起頭，但立刻愣住了。她瞪大了眼睛，說不出話。

「妳看起來很不錯嘛。」男人笑著對她說，但他的眼睛看起來灰暗混濁。

「你……怎麼會知道這裡？」

「不需要這麼驚訝吧？只要我有心，當然有辦法找到離婚前妻的下落。」男人的雙手插在深藍色夾克的口袋裡，巡視著店內，露出正在物色對象的眼神。

「事到如今，你又來找我幹嘛？」靖子厲聲問道，但她壓低了聲音，因為她不希望在後方的米澤夫婦發現。

「妳不要這麼兇嘛，好久沒見面了，即使只是虛偽，也可以笑一笑嘛，對不對？」男人的臉上仍然露出令人厭惡的笑容。

「如果沒有事，就請你離開。」

「當然是有事才會來啊，我有重要的事要和妳談，妳可不可以溜出去一下？」

「你在說什麼傻話，你一看就知道我在上班吧。」靖子說完之後，立刻感到後悔。因為這會讓對方誤以為如果不是在上班，就願意和他談話。

男人舔了舔嘴唇問：「妳幾點下班？」

「我不想聽你說任何事，拜託你趕快走吧，別再來找我。」

「妳真無情啊。」

「當然啊。」

靖子看向門口，很希望有客人上門，但沒有人走進來。

「既然妳這麼冷淡，那就算了，我只能去找她了。」男人摸著脖頸。

「她是誰？」靖子有不祥的預感。

「既然我老婆不願和我談話，就只能去找女兒了。她讀的中學就在這附近吧？」

男人說了靖子擔心的事。

「你別去找她。」

「那妳就要想辦法解決啊，反正我都無所謂。」

靖子嘆著氣，她只想趕快打發這個男人。

「我六點下班。」

「從一大早工作到六點嗎?真是黑心企業。」

「這和你沒有關係。」

「那我就六點再來。」

「不要來這裡。沿著前面這條馬路往右直直走,有一個很大的路口,那裡有一家家庭餐廳,你六點半時去那裡。」

「好,妳一定要來喔,如果妳不來——」

「我會去,所以你趕快走吧。」

「好啦,妳真是無情。」男人又巡視店內後才離開,走出去時,用力關上了玻璃門。

靖子摸著額頭。她有點頭痛,也有點想嘔吐。絕望漸漸在她內心擴散。

她在八年前和富樫慎二結婚。當時,靖子在赤坂的酒店當坐檯小姐,富樫經常去店裡喝酒。

負責銷售進口車的業務員富樫出手很闊綽,經常送昂貴的禮物給靖子,帶她出入高級餐廳,所以當他向靖子求婚時,她覺得自己就像是《麻雀變鳳凰》裡的茱莉亞・羅勃茲。靖子的第一次婚姻以失敗收場,已經對必須努力工作養育獨生女兒的生活感到疲累。

剛結婚時很幸福，因為富樫的收入穩定，所以靖子也辭去酒店的工作從良了。他很疼愛美里，美里也努力接受他成為自己的父親。

沒想到這樣的生活突然結束，富樫被公司開除了。因為他盜用公款多年，公司之所以沒有告發他，是因為上司擔心被追究管理責任，所以巧妙地掩飾了這件事。說白了，富樫在赤坂花天酒地花的錢全都是髒錢。

那天之後，富樫就像是變了一個人，也許該說他終於露出了本性。他不去工作，整天不是好吃懶做，就是去賭博。只要靖子抱怨，他就拳腳相向。他的酒越喝越多，整天都醉醺醺，目露兇光。

靖子只好又去酒店上班，但她賺來的錢都被富樫用暴力搶走了。她想要把錢藏起來時，他就在發薪水的日子比她搶先一步去店裡，領走她的薪水。

美里對繼父心生畏懼，不敢和他單獨在家裡，甚至曾經去靖子的店裡找她。

靖子向富樫提出離婚，但他充耳不聞。當靖子再三提出要求時，富樫就對她動粗。靖子煩惱了很久，最後去向客人介紹的律師求救。在律師的努力下，富樫終於很不甘願地在離婚協議書上蓋了章。因為他似乎也知道，一旦告上法庭，自己完全沒有勝算，而且還必須支付贍養費。

但是，離婚並沒有解決問題。即使離婚之後，富樫仍然不時來找靖子母女。每次都說自己會洗心革面努力工作，希望靖子考慮和他復合。靖子避不見面時，他就去找美里，也曾經在美里的學校門口等她放學。

看到他下跪的樣子，雖然知道他在演戲，但仍然心生同情。也許是曾經夫妻一場，所以內心還有一絲感情，靖子忍不住拿了錢給他。這個舉動是錯誤的開始，富樫食髓知味，更加頻繁地找上門。雖然說話低聲下氣，但臉皮越來越厚。

靖子換去其他酒店工作，也搬了家，雖然覺得美里很可憐，但也決定為她轉學。在錦糸町的酒店上班之後，富樫就沒再出現過。之後又搬了家，在「弁天亭」工作也將近一年了。原本以為終於擺脫了那個瘟神。

不能給米澤夫婦添麻煩，也不能讓美里發現這件事，自己必須獨力解決這個問題，讓那個男人不再上門——靖子瞪著牆上的時鐘，下定了決心。

到了約定的時間，靖子走去家庭餐廳。富樫坐在窗邊的座位抽菸，桌上放著咖啡杯。靖子坐下來時向服務生點了可可。雖然其他飲料可以免費續杯，但她並不打算坐太久。

「你找我有什麼事？」她瞪著富樫問。

他的嘴角露出笑容說：「妳別這麼性急嘛。」

「我很忙，如果你有事就趕快說。」

「靖子，」富樫伸出手，想要摸她放在桌上的手。靖子察覺到他的意圖，立刻把手縮了回去，他撇著嘴角說：「妳心情好像不太好。」

「當然啊，你一直不放過我，到底有什麼事？」

「妳不要說得這麼難聽嘛，別看我這樣，我是認真的。」

「認真個頭。」

服務生把可可送了上來，靖子立刻拿起杯子。她想趕快喝完走人。

「妳還是單身吧？」富樫抬眼看著她問。

「這種事不重要。」

「一個女人養育女兒很辛苦，之後會更花錢，妳在那種便當店工作，根本沒有未來，所以妳可不可以再考慮一下？我現在和以前不一樣了。」

「哪裡不一樣了？那我問你，你現在有工作嗎？」

「我會工作，而且也已經找到工作了。」

「這代表你目前沒有工作，不是嗎？」

「我不是說了嗎？我已經找到工作了，下個月就開始上班。雖然是一家新公司，但只要上了軌道，就可以讓妳們過好日子。」

「不必了，既然你能夠賺大錢，可以另找對象。拜託你別再來煩我們。」

「靖子，我需要妳。」

富樫再次伸出手，想要握住她拿著杯子的手。「不要碰我。」她甩開了他的手，杯子裡的可可灑了出來，潑在富樫的手上。「好燙。」他叫了一聲，把手縮了回去，然後露出憎惡的眼神看著她。

「你還真敢說，你以為我會相信你這種話嗎？我之前也說過了，我完全不打算和你復合，所以你趁早死了這條心，知道了嗎？」

靖子站了起來。富樫默然不語地注視著她。靖子無視他的視線，把那杯可可的錢留在桌上後，走出了餐廳。

走出餐廳後，跳上停在餐廳旁的腳踏車，立刻騎了起來。因為她擔心騎得太慢，富樫追上來很麻煩。她沿著清洲橋路一直騎，過了清洲橋後左轉。

該說的話都說了，但她不認為富樫會死心，想必很快又會去店裡。他一定會糾纏不清，引發造成便當店困擾的事。也許會去美里就讀的那所中學。他會等到靖子認輸，因為一旦靖子認輸，就會拿錢給他。

回到公寓，她開始準備晚餐，其實只是把從店裡帶回來的熟菜加熱而已，但靖子仍然不時停下手。因為可怕的想像不斷膨脹，她無法專心做事。

美里差不多該回家了。她參加了羽球社，每次都在練習之後，和羽球社的同學聊聊天再回家，所以通常七點多才會到家。

這時，突然響起門鈴聲。靖子感到納悶的同時走向門口。因為美里有鑰匙。

「請問是哪位？」靖子在門內問。

隔了一會兒，門外傳來聲音。「是我。」

靖子感到眼前發暗。不祥的預感成真了。富樫也查到了這裡，八成之前曾經從「弁天亭」跟蹤她回家。

靖子沒有回答，富樫開始敲門。「喂！」

她搖著頭，打開了門，但掛上了門鍊。

她把門打開十公分左右，看到富樫的臉出現在門外。他對著靖子露齒一笑，露出了一口黃牙。

「你走吧，為什麼來這裡？」

「我的話還沒有說完，妳的個性還是這麼急。」

「我不是說了，叫你別再糾纏我嗎？」

「妳先聽我說完嘛，先讓我進去再說。」

「不要，你趕快走吧。」

「如果妳不讓我進去，我就在這裡等，美里差不多快回家了吧。既然沒辦法和妳談，那我就和她談。」

「和她沒有關係。」

「那妳就讓我進去啊。」

「我要報警囉。」

「妳去報啊，請便。我來找前妻有什麼錯？警察也會站在我這一邊，到時候一定會對妳說，太太，妳讓他進去坐一下有什麼關係嘛。」

靖子咬著嘴唇。雖然很不甘心，但富樫說得沒錯。之前也曾經報過警，但警察從來不曾幫過她。

而且，她不想在這裡惹麻煩。因為當初她租這裡的房子沒有保證人，只要有任何負面的傳聞，她們母女就可能被迫搬離。

「那你馬上就走喔。」

「我知道。」富樫一臉得意的表情。

靖子鬆開門鍊後，再度打開了門。富樫在脫鞋子時仔細打量室內。這裡是兩房一廳的格局，一進門就是三坪大的和室，右側是一個小廚房，裡面還有一間兩坪多大的和室，外面是陽台。

「雖然又舊又小，但還算不錯。」富樫很不客氣地把腳伸進了放在三坪大房間中央的暖爐桌，「怎麼沒打開呢？」說完，他自己打開了電源。

「我知道你在打什麼主意。」靖子站在那裡，低頭看著富樫，「你說那些花言巧語，最終還是要錢。」

「什麼嘛，妳什麼意思嘛？」富樫從夾克口袋裡拿出七星菸，用拋棄式打火機點了菸之後左顧右盼，發現並沒有菸灰缸，伸長了身體，從不可燃垃圾袋裡找出了空罐，把菸灰彈在裡面。

「就是你打算向我要錢，就是這麼一回事。」

「如果妳這麼想也沒關係。」

「我不會給你一分錢。」

「喔，是喔。」

「所以請你離開，不要再來了。」

當靖子說這句話時，門用力打開，身穿制服的美里走了進來。她發現家裡有客人，愣了一下，看到客人的臉之後，露出了膽怯和失望的表情，手上的羽毛球拍也掉在地上。

「美里，好久不見，妳長大了。」富樫用輕浮的語氣說。

美里瞥了靖子一眼，脫下球鞋，默默進了屋，直接走去裡面的房間，關上了隔間的紙拉門。

富樫緩緩開口說：

「雖然我不知道妳怎麼想，但我只是想和妳復合。我拜託妳復合有這麼糟糕嗎？」

「我不是說了，我不想和你復合嗎？你也知道我不可能答應，只是把這個當作糾纏我的藉口。」

靖子顯然說對了，但富樫沒有回答，按了電視遙控器，打開了電視。電視上正在播卡通節目。

靖子嘆了一口氣，走去廚房。她的皮夾放在流理台旁的抽屜裡，她抽出兩張一萬圓。

「這個你拿去，請你走吧。」她把錢放在暖爐桌上。

「怎麼了？妳剛才不是說，不會拿錢給我嗎？」

「這是最後一次。」

「我才不要這種東西。」

「你不可能空手而回，我猜想你想要更多錢，但我們的日子也不好過。」

富樫注視著兩萬圓，然後看著靖子的臉。

「真是拿妳沒辦法，那我就走人了。我有言在先，我說不要錢，是妳硬要拿錢給我。」

富樫把一萬圓的紙鈔塞進了夾克口袋，把菸蒂丟進空罐內，從暖爐桌內爬了出來，但他沒有走去玄關，而是走向裡面那個房間，猛然打開拉門。靖子聽到美里倒吸一口氣的聲音。

「你幹什麼？」靖子尖聲問道。

「和女兒打聲招呼沒有關係吧。」

「她現在已經不是你女兒了。」

「有什麼關係嘛，美里，改天見囉。」富樫對房間內說，靖子看不到美里在幹什麼。

富樫終於走向玄關，「她以後絕對是個美女，真令人期待啊。」

「你在胡說什麼？」

「我可沒胡說，再過三年，她就可以去賺錢了，想去哪家酒店都不是問題。」

「別在那裡痴人說夢了，你趕快走吧。」

「我會走，至少今天會走。」

「你千萬別再來了。」

「這就難說了。」

「你……」

「我有言在先，妳逃不出我的手掌心，是妳該死心。」富樫低聲笑著，然後彎下腰，準備穿鞋子。

就在這時，靖子聽到身後傳來動靜。當她回過頭時，身穿制服的美里已經來到身旁，手上不知道高舉著什麼。

靖子來不及阻止，也來不及發出聲音，美里已經把手上的東西砸向富樫的後腦勺。隨著一聲很悶的聲音，富樫當場倒在地上。

2

有什麼東西從美里手上滑落。那是銅製的花瓶。那是「弁天亭」開幕時送的回禮。

「美里，妳……」靖子注視著女兒的臉。

美里面無表情，失魂落魄，站在那裡一動也不動。

下一剎那，她瞪大了眼睛，凝視著靖子背後。

靖子轉頭一看，發現富樫搖搖晃晃地站了起來。他皺著眉頭，摸著後腦勺。

「妳們……」富樫在呻吟的同時，露出憎惡的表情。他雙眼看著美里，左右搖晃了一下後，向美里跨出了一大步。

靖子擋在富樫面前保護美里，「不要！」

「妳給我閃開！」富樫抓住靖子的手臂，用力向旁邊一甩。

靖子被推到牆邊，腰部重重地撞在牆上。

美里想要逃走，富樫抓住她的肩膀。美里被一個成年男人的體重壓在身上，忍不住蹲了下來，幾乎快被壓扁了。富樫騎在她身上，抓住美里的頭髮，用右手打她的臉頰。

「我要殺了妳！」富樫發出好像野獸般的吼叫。

他真的會殺了美里。靖子忍不住想。美里真的會死在他手上——

靖子巡視四周，看到了暖爐桌的電線。她把電線從插座中拔了出來，另一端仍然連著暖爐桌，但她拿著電線站了起來。

她繞到壓在美里身上咆哮的富樫背後，把繞了圈的電線套在他脖子上用力一拉。

富樫發出低吼聲，整個人向後跌倒。他似乎察覺到發生了什麼狀況，拚命想要拉扯電線。靖子也不顧一切地用力拉。因為一旦鬆手，就再也沒有機會了，而且這個男人真的會像瘟神一樣糾纏不清，永遠不會放過自己。

然而，靖子的力氣終究比不過富樫，電線在她手上慢慢滑動。

就在這時，美里試圖掰開富樫抓著電線的手指，她騎在他的身上，用盡全力阻止他繼續掙扎。

「媽媽，趕快！趕快！」美里大叫著。

沒時間猶豫了。靖子用力閉上眼睛，把渾身的力量都集中在雙臂上，用力拉緊電線。她的心臟用力跳動，可以聽到噗通噗通血流的聲音。

連她自己也不知道過了多久，聽到美里小聲叫著「媽媽、媽媽」的聲音，才終於回過神。

靖子慢慢睜開眼睛，手上仍然緊握著電線。

富樫的腦袋就在眼前，睜大的灰色眼睛瞪著半空，因為瘀血的關係，他的臉變成了紫色，電線深深卡進脖子，在皮膚上留下了很深的痕跡。

富樫一動也不動，口水流了出來，鼻子也流出了液體。

「啊啊……」靖子叫著把電線一丟，隔著「咚」的聲音，富樫的腦袋倒在榻榻米上，然後一動也不動了。

美里戰戰兢兢地離開了富樫的身體，制服的裙子縐成一團。她一屁股坐在地上，靠在牆邊，看著富樫。

母女兩人相對無言，視線都集中在躺在那裡不動的男人身上。靖子覺得日光燈發出滋滋的聲音格外大聲。

「怎麼辦……？」靖子嘀咕道。她的腦筋仍然一片空白，「我殺了他。」

「媽媽……」

靖子聽到叫聲，看向女兒。美里的臉頰蒼白，但雙眼充血，眼睛下方有淚痕。靖子完全不知道她什麼時候流下了眼淚。

靖子再度看著富樫，內心很複雜，既希望他起死回生，又不希望他活過來，但他不可能再活過來。

「他是……自作自受。」美里彎起雙腿，抱著膝蓋。她把臉埋進膝蓋開始啜泣。

怎麼辦——正當靖子想要再度嘀咕這句話時，聽到了門鈴聲。她驚慌失措，全身像痙攣般發抖。

美里也抬起頭，她的臉頰全是淚水。母女兩人互看了一眼，都用眼神問對方，這種時候，會有誰上門？

接著聽到了敲門聲，然後聽到了男人的聲音。「花岡小姐。」

這個聲音很熟悉，但靖子一下子想不起是誰的聲音。靖子好像中了邪似地愣在那裡無法動彈，和女兒互看著。

敲門聲再度響起。「花岡小姐，花岡小姐。」

門外的人似乎知道靖子母女在家，所以沒辦法不去開門，但眼前的狀況根本無法開門。

「妳去裡面的房間，然後把門關上，絕對不要出來。」靖子小聲命令美里，她終於漸漸找回了思考力。

敲門聲再度響起，靖子用力吸了一口氣。

「來了。」她努力裝出平靜的聲音，她全力發揮演技，「請問是哪一位？」

「我是住在隔壁的石神。」

靖子聽到這個聲音，不由得一驚。剛才打鬥時發出的聲音很不尋常，鄰居不可能不覺得奇怪，所以石神才會來察看情況。

「好，請你等一下。」她努力發出正常的聲音，但不知道自己是否成功。

美里走進裡面的房間，已經關上了紙拉門。靖子看著富樫的屍體，必須想辦法處理這個問題。

可能因為剛才拉扯電線的關係，暖爐桌已經偏離了原來的位置。她繼續移動暖爐桌，用暖爐桌的被子蓋住屍體。雖然位置有點不自然，但現在也顧不得那麼多了。

靖子確認自己的衣著沒有任何異狀後，來到脫鞋處，看到了富樫的髒鞋子，她把鞋子塞進鞋櫃下方。

她輕輕掛上了門鍊，以免發出聲音。門沒有鎖，幸好石神沒有直接開門。她暗自鬆了一口氣。

門一打開，立刻看到了石神那張大圓臉，細得像線一樣的眼睛看著靖子。他面無表情，讓靖子感到很害怕。

「請……請問……有什麼事嗎？」靖子笑著問，但可以察覺到自己的臉頰在抽搐。

「因為剛才聽到了很大的聲音。」石神說話時的表情仍然難以解讀他內心的感情，「發生什麼事了嗎？」

「不，沒事。」她用力搖頭，「不好意思，造成了你的困擾。」

「沒事就好。」

靖子發現石神的小眼睛看向室內，全身都熱了起來。

「那個、蟑螂……」她脫口說出了臨時想到的藉口。

「蟑螂？」

「對，因為有蟑螂，所以……我和我女兒想把牠打死……所以發出了很大的聲音。」

「打死了嗎？」

「啊……？」靖子聽了石神的問題，繃緊了臉頰。

「妳們有沒有打死蟑螂？」

「喔……對，已經打死了，沒事了，對。」靖子連續點了好幾次頭。

「是嗎？如果有什麼需要我幫忙，請儘管說。」

「謝謝你，我們剛才太吵了，真的很抱歉。」靖子鞠了一躬，關上了門，而且還上了鎖。聽到石神走回自己家，關上門的聲音後，重重地吐了一口氣，當場癱坐在地上。

背後傳來紙拉門打開的聲音，接著聽到美里叫她：「媽媽。」

靖子緩緩站了起來，看到暖爐桌的被子鼓了起來，再度感到絕望。

「這也……無可奈何了。」她終於吐出這句話。

「要怎麼辦？」美里抬眼注視著母親。

「沒怎麼辦，只能……打電話報警了。」

「妳要自首嗎？」

「因為只能這麼做，人已經死了，不可能再復活。」

「如果妳去自首會怎麼樣？」

「不知道……」靖子撥了撥頭髮，才發現自己的頭髮很凌亂。隔壁的數學老師可能會感到很奇怪，但她現在已經覺得無所謂了。

「是不是要去坐牢？」女兒繼續問道。

「應該要吧。」靖子的嘴角露出無奈的笑容，「因為畢竟殺了人。」

美里用力搖頭說：「這樣太奇怪了。」

「為什麼？」

「因為這根本不是妳的錯，全都是這個傢伙惹出來的事。我們現在已經和他沒有關係了，但他還是一直來找我們麻煩……妳不需要為這種人去坐牢。」

「雖然妳這麼說，但殺人終究是殺人。」

靖子發現自己在向美里說明時，心情也漸漸平靜下來，能夠冷靜地思考，她對此感到很不可思議。她越想越發現自己已經走投無路。她不希望美里成為殺人兇手的女兒，但既然無法擺脫這個事實，就必須尋找可以避免遭到世人冷眼對待的方法。

靖子看向倒在房間角落的無線電話，伸手拿了起來。

「不行！」美里立刻衝了過來，試圖從母親手上搶走電話。

「妳放開。」

「我說了不行！」美里抓住了靖子的手腕。也許是因為她平時練羽毛球，所以很有力道。

兇手。」

「拜託妳放開。」

「不要，我不會讓妳這麼做，不然我去自首。」

「妳在說什麼傻話？」

「因為一開始是我打他，妳只是想要幫我，而且我中途也一起幫忙，我也是殺人兇手。」

靖子聽了美里的話，忍不住抖了一下，鬆開了握著電話的手。美里趁機搶走了電話。她把電話抱在胸前藏了起來，走到房間角落，背對著靖子。

警察——靖子不由得陷入了思考。

刑警會相信自己說的話嗎？他們會不會懷疑自己供稱一個人殺了富樫的供詞？他們會相信自己說的一切嗎？

警方一定會徹底調查，之前曾經在電視連續劇中聽過「尋找證據」這句台詞，他們會查訪、用科學的方法偵查，以及用各種方法確認兇手供詞的真偽。

靖子感到眼前發黑。無論刑警怎麼威脅恐嚇，她都有自信不會供出美里所做的事，但如果刑警查出來就百口莫辯了。即使她懇求刑警放過女兒，他們也不可能同意。

能不能偽裝成自己一個人行兇殺人？靖子這麼思考著，但很快就放棄了這個念頭。因為她覺得自己這種外行即使動手腳，也會輕易被識破。

但無論如何都必須保護美里。靖子這麼想道。美里因為有自己這種母親，從小就幾乎沒有過好日子，即使必須付出生命的代價，也不能再讓女兒更加不幸。

到底該怎麼辦？有沒有什麼好方法？

就在這時，美里抱在懷裡的電話響了。美里瞪大眼睛看著靖子。

靖子默默伸出手，美里露出猶豫的表情後，慢慢把電話交給她。

靖子調整呼吸後，按下了通話鍵。

「喂？你好，我是花岡。」

「呃，我是隔壁的石神。」

「啊……」又是隔壁的那個老師，這次又有什麼事？「請問有什麼事？」

「沒有，我只是在想，不知道妳們決定怎麼做。」

靖子不知道他在問什麼。

「做什麼？」

「就是啊，」石神停頓了一下後繼續說道，「如果妳們打算報警，我不會再說什麼，但如果妳們不打算這麼做，我想也許有我可以幫忙的地方。」

「啊？」靖子陷入了混亂。這個男人到底在說什麼。

「先不說這些，」石神用壓抑的聲音問，「我現在可以去妳家嗎？」

「呃，不，這……現在、不方便。」靖子全身冒著冷汗。

「花岡小姐，」石神叫著她的名字，「我認為妳們兩個女人很難處理屍體。」

靖子說不出話。他怎麼會知道？

他一定聽到了。靖子心想。他一定在隔壁聽到了自己和美里說話的內容。不，也許剛才和富樫打鬥時，他就已經聽到了。

完了。她感到心灰意冷。已經無路可逃，只能向警方自首了，無論如何都必須隱瞞美里涉案這件事。

「花岡小姐，妳在聽我說話嗎？」

「啊，有，我有在聽。」

「我可以去妳家嗎？」

「呃，但是……」靖子把電話放在耳邊，看著女兒。美里露出膽怯和不安的表情，她一定很納悶母親在和誰說話。

如果石神在隔壁聽到了這一切，就意味著他也知道美里並非和這起命案無關，一旦他告訴警察，無論靖子再怎麼否認，刑警都不會相信。

靖子下定了決心。

「好，我也有事要拜託你，那可不可以請你來我家？」

「好，我馬上過去。」石神說。

靖子掛上電話的同時，美里問她：「誰打來的？」

「隔壁的老師，石神先生。」

「為什麼他……？」

「等一下再向妳解釋，妳進去裡面的房間，記得把門關上，趕快。」

美里一臉莫名其妙，走去裡面的房間，在她關上紙拉門的同時，隔壁傳來石神出門的動靜。

不一會兒，就聽到了門鈴聲。靖子來到脫鞋處，打開了門鍊和門鎖。一打開門，就看到石神一臉嚴肅的表情站在門口。不知道為什麼，他穿了一件深藍色運動服，剛才上門時並沒有穿這件衣服。

「請進。」

「打擾了。」石神鞠了一躬後走了進來。

靖子鎖門時，他已經走進房間，毫不猶豫地掀起了暖爐桌的被子，好像早就確信那裡有屍體。

他單腿跪在地上確認富樫的屍體，露出了沉思的表情。靖子這才發現他手上戴了棉紗手套。

靖子戰戰兢兢地看向屍體。富樫的臉已經沒有生氣，不知道是口水還是嘔吐物在嘴唇下方凝固了。

「請問……你是聽到了嗎？」靖子問。

「聽到？聽到什麼？」

「聽到我們的對話，所以你才打電話過來嗎？」

石神沒有表情的臉轉向靖子。

「不，我完全沒有聽到你們說話的聲音，這棟公寓的隔音很好，當初我就是因為這個原因，才決定住在這裡。」

「那你為什麼……？」

「會發現這件事嗎？」

「對。」靖子點了點頭。

石神指了指房間角落。有一個空罐倒在那裡，菸灰從罐口撒了出來。

「我剛才來這裡時，還可以聞到菸味，所以我以為有客人，但並沒有看到客人的鞋子，而且暖爐桌內似乎有人，只不過暖爐桌沒有插電。如果有人想躲起來的話，應該會躲去裡面的房間，所以並不是有人躲在暖爐桌內，而是有人被藏在那裡。再加上之前聽到了像是打鬥的動靜，以及妳的頭髮難得很凌亂，我猜想應該發生了什麼事。還有一件事，這棟公寓沒有蟑螂，我在這裡住了多年，對這件事可以掛保證。」

靖子茫然地注視著石神面不改色，淡淡說著這番話的嘴。他在學校時應該也是用這種方式為學生上課，靖子腦海中浮現和目前的情況完全無關的感想。

她發現石神目不轉睛地看著自己，忍不住移開了視線。因為她覺得石神也在觀察自己。

靖子覺得他是極其冷靜聰明的人，否則不可能從門縫中瞥了一眼，就能夠架構出這些推理。但靖子同時也鬆了一口氣，石神似乎並不知道詳細的情況。

「他是我的前夫，」靖子告訴石神，「我們已經離婚多年，他仍然糾纏不清。如果不給他錢，他就不走……今天也是這樣，我忍無可忍，終於情緒失控……」說到這裡，靖子低下了頭。她無法說出殺害富樫當時的情況，無論如何都不能把美里牽扯進來。

「妳打算自首嗎？」

「我覺得只能去自首，美里和這件事無關，她真的很可憐。」

靖子說到這裡時，紙門用力拉開，美里站在紙門內。

「不可以這樣，絕對不可以。」

「美里，妳不要說話。」

「我不要，我不要這樣。叔叔，你聽我說，殺了他的是——」

「美里！」靖子大喝一聲。

美里抖了一下，縮起下巴，用憤恨的眼神瞪著母親，她雙眼通紅。

「花岡小姐，」石神用沒有起伏的聲音說，「妳對我不必隱瞞。」

「我沒有隱瞞什麼……」

「我知道並不是妳一個人殺的，妳女兒也在一旁協助。」

靖子慌忙搖頭說：

「你在說什麼啊，我一個人殺了他，她才剛回到家……那個、在我殺了他之後，她就回來了，所以完全無關。」

石神並不相信她說的話，他嘆了一口氣，看著美里說：

「妳說這種謊，只會讓妳女兒感到痛苦。」

「我沒有說謊，請你相信我。」靖子把手放在石神的腿上。

他目不轉睛地看著靖子的手之後，將視線移向屍體，然後微微偏著頭說：

「問題在於警方會怎麼看，我認為警方不會相信這個謊言。」

「為什麼？」靖子問了之後，才意識到這麼問，等於承認自己在說謊。

石神指著屍體的右手說：

「手腕和手背上都有內出血的痕跡，仔細觀察，就會發現是手指的形狀。一眼就可以看出這個男人應該被人從背後勒緊脖子，他拚命想要掙脫。有人為了不讓他掙脫，用力抓住他的手，留下了這樣的痕跡。」

「這也是我留下的。」

「花岡小姐，這不可能。」

「為什麼？」

「因為妳不是在他背後勒住了他脖子了嗎？絕對不可能再抓住他的手，需要有四隻手。」

靖子聽了石神的說明後無言以對，覺得好像進入一個沒有出口的隧道。

她無力地垂著頭。石神瞥了一眼，就識破了這一切，警察一定會更加抽絲剝繭地仔細調查。

「我無論如何都不希望美里捲入這件事，無論如何都要救她……」

「我也不希望媽媽去坐牢。」美里哭著說道。

靖子雙手捂著臉，「到底該怎麼辦……」

靖子覺得空氣變得很沉重，她幾乎快被壓垮了。

「叔叔……」美里開了口，「叔叔，你不是來勸媽媽自首嗎？」

石神停頓了一下後回答說：

「我打電話來，只是想幫妳們。如果妳們打算自首，當然也沒問題，但如果沒這個打算，妳們母女兩人可能沒辦法搞定。」

靖子聽了他的話，移開了捂住臉的雙手。她想起石神剛才打電話來的時候，的確說了奇怪的話。我認為妳們兩個女人很難處理屍體——

「有什麼方法可以不自首就解決這件事嗎？」美里繼續問道。

靖子抬起了頭，石神微微偏著頭，臉上沒有絲毫的慌亂。

「不是隱瞞發生了命案，就是斷絕這起命案和妳們母女之間所有的關係，無論是採取哪一種方式解決，都必須先處理屍體。」

「你認為有辦法做到嗎？」

「美里，」靖子斥責道，「妳在說什麼？」

「媽媽，妳不要說話。叔叔，怎麼樣？有辦法做到嗎？」

「很難，但並不是不可能。」

石神說話的語氣仍然沒有絲毫的感情，但正因為這樣，靖子覺得他說的話似乎有理論根據。

「媽媽，」美里對靖子說，「那就請叔叔幫忙，這是唯一的方法。」

「但是，這樣……」靖子看著石神。

他的一雙小眼睛一直看著斜下方，似乎在靜靜等待她們母女作出結論。

靖子想起小代子對她說的話。據小代子說，這名數學老師似乎喜歡靖子，每次都確認靖子在便當店上班後，才會去買便當。

如果沒有聽小代子說這件事，靖子一定會懷疑石神的腦筋有問題。因為全天下不可能有人會為根本不熟的鄰居做這種事，搞不好他會因此遭到逮捕。

「即使把屍體藏起來，早晚也會被人發現。」靖子說，然後發現這句話是改變自己命運的第一步。

「目前還沒有決定要不要把屍體藏起來，」石神回答說，「因為有時候不藏起來反而比較好，等整理完相關資訊後，再決定如何處理屍體的問題。目前只知道不能讓屍體一直留在這裡。」

「你說的相關資訊是指？」

「就是關於這個人的一切，」石神低頭看著屍體，「他的住址、姓名、年齡和職業，為什麼來這裡，之後打算去哪裡，有沒有家人。妳要把妳知道的一切都告訴我。」

「喔，這……」

「在此之前，先要把屍體搬走，然後儘快打掃這個房間，因為這裡留下太多犯案的痕跡了。」石神說完這句話，把屍體的上半身抬了起來。

「啊？你說要搬走，要搬去哪裡？」

「搬去我家。」

石神一臉理所當然的表情回答，然後把屍體扛在肩上。他力大無比。靖子發現他的深藍色運動服角落縫了一塊寫著「柔道社」的布。

石神用腳踢開散亂在地上的數學相關書籍，把屍體放在勉強露出的榻榻米上。屍體仍然睜著眼睛。

他轉頭看著愣在門口的母女說：

「妹妹，妳可以去打掃房間嗎？要用吸塵器，所有的地方都要很仔細，花岡小姐，請妳留在這裡。」

美里臉色鐵青地點了點頭，瞥了母親一眼，回去隔壁的家。

「請妳把門關上。」石神對靖子說。

「喔……好。」

她聽從指示關上門後，站在脫鞋處。

「請進，只是家裡很亂。」

石神拿起原本放在椅子上的坐墊，放在屍體旁。靖子雖然進了屋，但並沒有坐在坐墊上，而是背對著屍體，在房間的角落坐了下來。石神見狀，才終於發現她害怕屍體。

「啊，不好意思。」他拿起坐墊遞給她，「這個給妳用。」

「不，不用了。」她低著頭，輕輕搖了搖。

石神把坐墊放回椅子上，自己在屍體旁坐了下來。

屍體的脖子上有一條紫色的帶狀痕跡。

「是電線嗎？」

「啊？」

「勒脖子的東西，是用電線嗎？」

「喔……對，是暖爐桌的電線。」

「就是那個暖爐桌嗎？」石神想起剛才蓋住屍體的暖爐桌被子的圖案後說：「那個最好也丟掉，不過我晚一點來處理。對了——」石神將視線移回屍體，「妳和他約好今天見面嗎？」

靖子搖了搖頭。

「沒有，他白天突然來店裡，然後我們傍晚的時候，在便當店附近的家庭餐廳見了面，然後就分手了，結果他又來家裡。」

「家庭餐廳……嗎？」

石神認為沒有任何理由可以期待沒有目擊證人。

他把手伸進了屍體夾克的口袋，拿出了揉成一團的一萬圓。總共有兩張。

「啊，那是我……」

「妳給他的嗎？」

石神看到靖子點頭，把錢遞了過來，但她沒有伸出手。

石神站了起來，從掛在牆上的自己西裝內側口袋拿出皮夾，拿出兩萬圓，把屍體身上的錢放進了皮夾。

「這樣妳就不會覺得心裡發毛了吧？」他把從自己皮夾裡拿出的錢遞到靖子面前。

她猶豫了一下，小聲說了聲「謝謝」，接過了錢。

「好了。」

石神再度逐一翻找屍體衣服的口袋，從長褲口袋裡拿出皮夾，裡面只有少許錢和駕照，還有信用卡。

「原來他叫富樫慎二……住在新宿區西新宿，他目前也住在這裡嗎？」他看了駕照後問靖子。

她皺了皺眉頭，偏著頭說：

「不知道，但應該已經不住那裡了。因為之前曾經聽他說，他住過西新宿，後來因為付不出房租被趕出來了。」

「駕照是去年換發的，所以他沒有遷戶籍，而是在其他地方找到了住處。」

「可能四處為家，因為沒有穩定的工作，應該租不到房子。」

「好像是這樣。」石神看著其中一張收據說。

那是一家名叫扇屋的民宿收據。兩天住宿的金額是五千八百八十圓，似乎是預先付款。石神心算了一下，含稅金額是五千八百八十圓的話，每晚的住宿費用是兩千八百圓。

他把收據遞給靖子。

「他似乎住在這裡，如果他沒有辦理退房，民宿的人早晚會進去他住的房間，看到住宿的客人消失，可能會報警，但也可能覺得麻煩而不予理會。民宿可能經常遇到這種事，所以才要求客人先付款，只不過太樂觀反而很危險。」

石神繼續摸著屍體身上的口袋，拿出了鑰匙，上面有一個圓形的牌子，刻著三〇五的數字。

靖子露出茫然的眼神看著鑰匙，她似乎對接下來該怎麼辦並沒有明確的想法。

隔壁傳來吸塵器的聲音。美里應該正在努力打掃，她一定對未來不知道會如何發展感到不安，但覺得至少該做好力所能及的事，所以一個勁地用吸塵器吸地。

石神覺得自己必須保護她們。從今往後，自己這種人應該不可能有機會和這麼漂亮的女人有密切的關係，現在必須發揮所有的智慧和力量，阻止災難降臨到她們母女身上。

石神看著已經變成屍體的那個男人的臉。男人臉上沒有表情，看起來很死板，但不難想像，他年輕時應該算是美男子，不，雖然目前中年發福，但仍然是女人會喜歡的類型。

原來靖子喜歡這種男人。石神忍不住想，嫉妒就像一個小氣泡破裂般在內心擴散。他搖了搖頭，對自己有這種想法感到羞恥。

「他有定期聯絡的親朋好友嗎？」石神重新開始發問。

「不知道，我真的很久沒有和他見面了。」

「妳有沒有聽他提起明天的安排？有沒有要和誰見面？」

「他沒有說，對不起，我完全幫不上忙。」靖子滿懷歉意地低下了頭。

「不，我只是問問而已，妳不知道很正常，不必放在心上。」

石神用戴著手套的手抓著屍體的臉頰，探頭看著屍體的口腔，看到臼齒裝了金屬牙套。

「原來他曾經治療過牙齒。」

「他和我結婚的那一陣子，曾經去看牙醫。」

「幾年前？」

「我們在五年前離婚。」

「五年喔。」

石神心想，可能無法期待病歷已經銷毀。

「他有沒有前科？」

「應該沒有，但和我離婚之後就不知道了。」

「所以可能有。」

「是啊……」

即使沒有前科，也可能因為曾經違反交通規則，被警方採集指紋。雖然石神不知道警方的科學辦案是否會去比對曾經違反交通規則的人的指紋，但還是謹慎一點比較好。

無論怎麼處理屍體，都必須作好警方會查出屍體身分的心理準備。即使如此，仍然必須爭取時間，不能留下齒模和指紋。

靖子嘆了一口氣，石神覺得她很性感，忍不住心神蕩漾，於是再度下定決心，絕對不能讓她絕望。

這的確是一大難題。一旦查明屍體的身分，警方一定會來找靖子。她們母女能夠應付刑警疲勞轟炸的偵訊嗎？如果想用脆弱的藉口應付，在被警方指出矛盾點後就會出現破綻，到時候她們母女就會全盤托出。

必須準備完美的邏輯和完美的防禦，而且必須馬上建立起來。

不要著急。他這麼告訴自己。即使著急也無法解決問題，這個方程式一定可以解開……

石神閉上眼睛。遇到數學難題時，他總是這麼做。只要隔絕外界的所有資訊，腦袋裡的算式就會變出各種不同的形狀，但目前他腦海中浮現的並非算式。

不一會兒，他睜開了眼睛，看著桌上的鬧鐘，時間顯示已經過了八點三十分。接著，他又看向靖子。靖子倒吸了一口氣，後退了一步。

「請妳協助我一起脫衣服。」

「啊……」

「要脫掉他的衣服，除了夾克，毛衣和長褲也要脫掉，如果不趕快脫下來，等一下屍體就變硬了。」

「喔，好。」

靖子也開始幫忙。不知道是不是因為不想碰屍體，她的指尖發抖。

「沒關係，這裡交給我吧，妳去幫妳女兒打掃。」

「……對不起。」靖子低下頭，緩緩站了起來。

「花岡小姐」石神對著她的後背叫了一聲，當她轉過頭時說：「妳們要有不在場證明，所以要先想好。」

「不在場證明嗎？我們根本沒有啊。」

「所以要製造不在場證明。」石神穿上了從屍體身上脫下的夾克，「請妳相信我，一切都交給我的邏輯思考。」

3

「我真希望有機會好好分析一下你的邏輯思考是怎麼回事。」

湯川學托著腮，一臉無趣地說完這句話，故意打了一個大呵欠，拿下金屬框眼鏡放在一旁，似乎表示已經不再需要了。

事實或許就是這樣，草薙從剛才開始，已經看著眼前的棋盤超過二十分鐘，仍然想不出任何突破的招數。國王無路可走，也無法展開困獸之鬥胡亂攻擊。雖然想到了不少招數，但他發現那些招數在幾步之前就已經被封殺了。

「我不喜歡玩西洋棋。」草薙嘀咕道。

「你又來了。」

「而且好不容易吃掉敵人的棋子，為什麼不能派上用場？棋子不是戰利品嗎？為什麼不能拿來用？」

「遊戲規則有什麼好挑剔的？更何況棋子不是戰利品，而是士兵。吃掉對方的棋子就等於送了命，士兵死了，當然就無法繼續使用。」

「將棋就可以使用。」

「我對設計出將棋遊戲規則的人富有彈性的想法表達敬意，我猜想應該是認為吃掉對方的棋子不是殺了敵軍的士兵，而是讓對方投降的意思，所以可以重新利用。」

「西洋棋也該這麼做。」

「倒戈投敵不是違反騎士精神嗎？你別把這種歪理掛在嘴上，要用邏輯思考面對戰況。你現在只剩下一步棋可走，而且你能夠走的棋子有限，無論走哪一步棋，都無法阻擋我的下一步。只要我移動騎士，就可以將你的軍。」

「不玩了，西洋棋一點都不好玩。」草薙重重地靠在椅背上。

湯川戴起眼鏡，看著牆上的鐘。

「這一局下了四十二分鐘，幾乎都是你一個人在思考。話說回來，你在這裡打混沒關係嗎？不怕被那個一板一眼的上司罵嗎？」

「才剛偵破一起跟蹤狂殺人案，當然要好好休息一下。」草薙拿起了有點髒的馬克杯，湯川為他泡的即溶咖啡早就冷掉了。

帝都大學物理系第十三研究室內只有湯川和草薙兩個人，學生都去上課了。草薙知道這一點，所以才特地選擇這個時間來找湯川。

草薙口袋裡的手機響了。湯川穿上白袍，露出了苦笑。

「看吧，馬上就找上門了。」

草薙皺起眉頭，看著來電顯示。湯川說對了，是同組的後輩刑警打來的。

案發現場在舊江戶川的堤防，可以看到附近的污水處理場。河的對岸就是千葉縣。草薙豎起大衣的領子想，既然要丟，為什麼不乾脆丟去對面？

屍體丟在堤防旁，蓋著不知道從哪個工地現場拿來的藍色塑膠布。

在堤防慢跑的老人發現了這具屍體。因為看起來像是人的腳從塑膠布下露了出來，老人戰戰兢兢地掀開了塑膠布。

「那個老頭七十五歲了嗎？這麼冷的天氣，竟然還出來跑步。話說回來，活到這麼大年紀看到這種可怕的東西，真是發自內心同情他。」

先到一步的後輩刑警岸谷向他說明了情況，草薙聽了之後，忍不住皺起眉頭。風吹起了他的大衣下襬。

「阿岸，你去看了屍體嗎？」

「看過了。」岸谷無奈地撇著嘴角，「因為組長叫我仔細看清楚。」

「他每次都這樣，自己從來不看。」

「草薙哥，你不去看嗎？」

「不必了，去看了也無濟於事。」

聽岸谷說，遭到棄置的屍體慘不忍睹。屍體全裸，鞋子和襪子都被脫光了，而且臉也被毀了。岸谷說，簡直就像是被砸爛的西瓜，草薙光是聽他這麼形容，就感到一陣反胃。聽說屍體的手指被燒過，指紋完全遭到了破壞。

屍體是男性，脖子上有絞殺的勒痕，除此以外，沒有明顯的外傷。

「不知道鑑識小組能不能發現什麼。」草薙走在堤防周圍的草叢中說道。因為周圍有其他人，所以他假裝在尋找有沒有兇手遺留的東西，但其實內心覺得這種事還是交給鑑識人員處理就好，自己不可能發現什麼重大的證據。

「旁邊有一輛腳踏車，已經送去江戶川分局了。」
「腳踏車？是別人丟在那裡的垃圾吧？」
「如果是垃圾，未免也太新了，只不過兩個車輪的輪胎都破了，看起來像是故意用圖釘刺破的。」
「是喔，是被害人的嗎？」
「這就不知道了，但上面有登錄的號碼，所以或許能夠查到車主。」
「希望是被害人的腳踏車。」草薙說，「否則這起案子就很麻煩，不是天堂就是地獄。」
「是嗎？」
「阿岸，你第一次遇到屍體身分不明的案子嗎？」
「是啊。」
「那你想一想，既然被害人的臉和指紋都毀了，就代表兇手想要隱藏被害人的身分。反過來說，只要知道被害人的身分，就可以輕易查到兇手。能不能馬上查到被害人的身分，這個案子會走向不同的命運，當然是指我們的命運。」
草薙說到這裡時，岸谷的手機響了。他說了兩、三句話之後，對草薙說：
「組長要我們去江戶川分局。」

「啊呀呀，真是太好了。」草薙站了起來，拍了兩次自己的腰。

來到江戶川分局，發現間宮在刑事課辦公室內，坐在電暖爐前取暖。間宮是草薙和岸谷的組長，在他周圍忙來忙去的幾個男人應該是江戶川分局的刑警。因為要成立搜查總部，所以他們應該在做準備。

「你今天開自己的車子過來嗎？」間宮一看到草薙，立刻這麼問。

「是啊，因為搭電車來這裡很不方便。」

「你熟悉這一帶嗎？」

「不至於很熟，但也不陌生。」

「那就不需要找人為你帶路了，你帶著岸谷去這裡。」間宮遞給他一張便條紙。便條紙上用潦草的字寫著江戶川區篠崎的地址，和山邊曜子這個名字。

「這個人是誰？」

「你有沒有把腳踏車的事告訴他？」間宮問岸谷。

「有。」

「就是在屍體旁發現的腳踏車嗎？」草薙看著組長那張粗獷的臉問道。

「沒錯，在查證之後，發現有人報失。登錄號碼一致，那個女人就是車主。剛才已經聯絡了車主，你們馬上去找她，向她瞭解一下情況。」

「腳踏車上有發現指紋嗎？」

「你不必考慮這些事，趕快去吧。」

草薙聽到間宮大聲指示後，帶著後輩刑警一起衝出了江戶川分局。

「真是傷腦筋，竟然是失竊的腳踏車。雖然我早就猜到應該是這麼一回事。」草薙握著愛車的方向盤，咂著嘴說。他的黑色Skyline已經開了快八年了。

「是兇手騎了之後丟棄的嗎？」

「也許是。即使是這樣，去向車主打聽，也問不出任何頭緒，因為她並不知道是誰偷的。話說回來，如果知道是在哪裡失竊，或許可以稍微鎖定兇手的行蹤。」

草薙根據便條紙上的地址和地圖，開著車子在篠崎二丁目附近尋找，終於找到了和便條紙上地址相同的房子，那棟白色牆壁的歐風房子門牌上寫著「山邊」的姓氏。

山邊曜子是這戶人家的家庭主婦，看起來大約四十五、六歲。不知道是否知道刑警會上門，臉上的妝容很整齊。

「應該沒錯，就是我的腳踏車。」

山邊曜子看了草薙遞給她的照片，語氣堅定地說。草薙向鑑識小組借來了腳踏車的照片。

「是否妳可以去分局確認一下實物？」

「沒問題啊，那輛腳踏車會還我吧？」
「當然，只是暫時還需要調查，要等調查結束之後才能歸還給妳。」
「最好趕快還給我，不然我很傷腦筋，因為沒有腳踏車，我出門買菜很不方便。」山邊曜子不滿地皺起眉頭，她說話的語氣，好像是警察害她的腳踏車被偷。她似乎還不知道可能牽涉到命案，如果知道的話，可能就不敢再騎那輛腳踏車了。
草薙心想，如果她知道輪胎被刺破，可能會要求賠償。
聽她說，她的腳踏車是在昨天，也就是三月十日的上午十一點到下午十點左右這段時間內被偷。昨天她和朋友約在銀座見面，一起血拚、吃飯後，晚上十點多才回到篠崎車站。結果發現腳踏車被偷，她只好從車站搭公車回家。
「妳放在停車場嗎？」
「沒有，就停在路邊。」
「妳有上鎖嗎？」
「有啊，用鐵鍊鎖在人行道的欄杆上。」
草薙並沒有聽說在現場發現了鐵鍊這件事。
之後，草薙開車載著山邊曜子先去了篠崎車站，因為他想看一下腳踏車失竊的地點。

「就在這裡。」山邊曜子指著離車站前超市二十公尺左右的馬路旁，目前也停了一排腳踏車。

草薙打量周圍，發現有信用金庫的分行和書店，如果是中午或是傍晚，應該有很多人走動。只要手法巧妙，俐落地剪斷鐵鍊，假裝是自己腳踏車的樣子騎走並不至於太困難，但草薙認為在來往人潮比較少的時候下手的可能性比較高。

接著，草薙又請山邊曜子一起前往江戶川分局，請她確認那輛腳踏車。

「我真是太倒楣了，上個月才剛買那輛腳踏車，所以得知被人偷走時很生氣，在搭公車回家之前，就去車站前的派出所報案了。」她坐在後車座上說。

「妳竟然記得腳踏車的登錄號碼。」

「因為才剛買不久，登記單還在家裡。我打電話問了我女兒。」

「原來是這樣。」

「請問到底是牽涉到什麼案子？打電話來的人也沒有說清楚，我從剛才就一直很在意。」

「現在還不知道是不是刑案，所以我們也不太瞭解詳細情況。」

「啊？是這樣喔，警察的口風還真緊。」

坐在副駕駛座上的岸谷忍著笑。草薙暗自鬆了一口氣，很慶幸是今天去這個女人家裡。如果是在命案公佈之後，一定會被她問一大堆問題。

山邊曜子在江戶川分局看了腳踏車後，斷定就是自己的腳踏車，而且還指出腳踏車有損傷，輪胎也破了，她問草薙，該向誰請求賠償？

在那輛腳踏車的把手、車身和座椅上，都採集到多枚指紋。

除了腳踏車以外，在距離現場大約一百公尺的地方，發現了疑似被害人的衣物。夾克、毛衣、長褲、襪子還有內褲都被塞在一個十八公升的鐵皮罐內，兇手可能在點火之後就離開了，沒想到衣物並沒有燒太久，很快就自然熄滅了。

搜查總部內沒有人提出要去衣物的製造商那裡尋找線索，因為一看就知道是量產的衣服，但目前根據衣物和被害人的身材，畫出了被害人遇害前的樣子。一部分偵查員拿著這張肖像在篠崎車站周圍打聽，也許是因為被害人的衣物很普通，所以並沒有打聽到任何有用的線索。

電視的新聞報導中也公佈了這張肖像，收到了很多線索，但都和在舊江戶川河畔發現的屍體無關。

同時，搜查總部仔細比對了失蹤人口，也沒有找到相符的人物。

於是，警方開始以江戶川區為中心，徹底調查有沒有獨居的男人最近消失不見了，或是旅館和飯店有沒有客人突然消失的情況，最後，偵查員掌握了一條線索。

位在龜戶的一家名為扇屋的民宿通報，在三月十一日，也就是發現屍體的那一天，發現有一名男性客人不見了。因為已經超過了退房時間，員工去房間內察看，發現客人不見了，房間內只留下少許行李。員工雖然向老闆報告了這件事，但因為客人已經事先付了錢，所以並沒有報警。

警方立刻從那個房間和行李中採集了毛髮和指紋，發現和屍體的毛髮一致，那輛腳踏車上採集到的其中一枚指紋，也和留在房間內和行李上的指紋相同。

民宿的登記資料上顯示，那個消失的客人名叫富樫慎二，住在新宿區的西新宿。

4

從地鐵森下車站走向新大橋的方向，在橋前的那條小路右轉。小路兩旁有許多民宅，但也有幾家小商店，這些商店幾乎都是從很久以前就一直在這裡做生意。草薙邊走邊想，如果在其他地方，這種小商店可能早就被超市或大型商店淘汰了，但在這裡仍然能夠頑強地生存，也許這就是下町的優點。

現在是晚上八點多，附近可能有澡堂，一個老婦人抱著臉盆和草薙他們擦身而過。

「這裡交通很方便，買菜也很方便，是很理想的居住環境。」走在草薙身邊的岸谷說。

「你想說什麼？」

「不，沒有什麼特別的意思，即使是母女兩個人的單親家庭，在這裡生活應該很方便。」

「原來是這樣。」

草薙基於兩個理由表示同意。首先，等一下要去找的那個女人獨力照顧女兒，另一個原因是因為岸谷也是在單親家庭中長大。

草薙沿途對照著便條紙上的地址和電線杆上的標識，應該快到他們要找的那棟公寓了。便條紙上寫著「花岡靖子」這個名字。

被害人富樫慎二在民宿登記的住址並非虛構，他的戶籍的確在那裡，只是他目前並不住在那裡。

電視和報紙都報導了查明被害人身分的消息，同時呼籲「如有觀眾知道有關被害人的消息，請和附近的警察聯絡」，但幾乎沒有收到任何有用的線索。

根據以前租房子給富樫的房屋仲介公司的紀錄，查到了他以前任職的公司。那是荻窪的一家中古車行，但他在那裡工作的時間並不長，不到一年就離職了。

之後，搜查總部接連查明了富樫的經歷。令人驚訝的是，他曾經是高級進口車的業務員，因為盜用公款曝光被公司開除了，但並沒有遭到起訴。盜用公款的事也是一名偵查員偶然在查訪中打聽到的消息。雖然那家公司還在，但公司方面說，沒有人知道當時的詳細情況。

富樫那時候結了婚，據和他很熟的人說，富樫在離婚後，仍然對前妻糾纏不清。他的前妻有一個和前一任老公生的孩子，搜查人員並沒有費太大的工夫就查到了她們母女目前的下落，也查到了這對母女，花岡靖子和美里目前住的地方。她們住在江東區森下，也就是草薙和岸谷目前準備前往的地方。

「這次抽到了下下籤，今天的任務讓人心情太沉重了。」岸谷嘆著氣說。

「搞什麼？你說和我一起去查訪是抽到下下籤？」

「我不是這個意思，我是說，我不想破壞那對母女平靜的生活。」

「如果她們和命案無關，就不會破壞她們的平靜生活。」

「是嗎？富樫看起來是一個壞老公、壞爸爸，她們可能根本不願意想起他的事。」

「如果是這樣，應該會很歡迎我們。因為我們是去通知她們這個壞蛋的死訊。總之，你別露出這種沮喪的表情，連我都覺得心情沉重起來。啊喲，好像就是這裡。」草薙在一棟舊公寓前停下了腳步。
公寓看起來是有點髒的灰色，牆上有好幾處修補的痕跡。兩層樓的房子，一樓和二樓各有四戶，目前只有一半的住家亮著燈。
「二〇四室，所以在二樓。」草薙走上樓層，岸谷也跟在他身後上了樓。
二〇四室位在樓梯最深處，門旁的窗戶亮著燈。草薙鬆了一口氣。因為如果那對母女不在家，就必須改天再來。他們事先並沒有通知對方今晚會登門造訪。
按了門鈴之後，門內立刻傳來了動靜。門鎖打開後，門也打開了，但當然掛著門鍊。母女兩人的生活當然需要小心謹慎。
一個女人露出訝異的表情從門縫中看著草薙和岸谷。這個女人臉很小，一雙大眼睛令人印象深刻，看起來不到三十歲，但草薙發現是因為光線昏暗的關係，她握著門把的手一看就知道是家庭主婦。
「不好意思，請問是花岡靖子小姐嗎？」草薙努力露出柔和的表情，用溫柔的語氣問。
「我就是。」她露出不安的眼神。
「我們是警視廳的人，因為有一件事要通知妳。」草薙拿出警察證，出示了照片的部分。一旁的岸谷也出示了證件。

「警察……」靖子瞪大了眼睛，黑色的眼眸飄忽著。

「可以打擾一下嗎？」

「喔，可以。」花岡靖子關上門之後，鬆開了門鍊，再度打開了門。「請問是什麼事？」

草薙向前一步，走進門的內側。岸谷也跟在他身後。

「請問妳認識富樫慎二先生嗎？」

草薙發現靖子的表情有點緊張，但也許是突然聽到了前夫名字的關係。

「他是我的前夫……他怎麼了？」

她可能沒看新聞和報紙，似乎不知道前夫遭到了殺害。媒體並沒有大肆報導這起命案，即使沒有看到也很正常。

「不瞞妳說，」草薙說到這裡，看到了後方的紙拉門，紙拉門關了起來，他問：「有誰在裡面嗎？」

「我女兒。」

「喔，原來是這樣。」脫鞋處有一雙球鞋，草薙壓低聲音說：「富樫先生死了。」

靖子張大了嘴，愣在那裡。除此以外，臉上的表情並沒有太大的變化。

「這……請問為什麼？」她問。

「在舊江戶川的堤防發現了他的屍體，目前還無法斷定，但可能是他殺。」草薙直截了當地告訴她，因為他認為這樣可以單刀直入地發問。

這時，靖子才終於露出慌亂的表情。她一臉茫然，微微搖著頭。

「他……怎麼會遇到這種事？」

「我們目前正在調查，因為他似乎沒有家人，所以只能來向曾經和他有過婚姻關係的妳瞭解一下情況。不好意思，這麼晚來打擾。」草薙向她鞠了一躬。

「喔，喔，原來是這樣。」靖子捂著嘴，垂下了眼睛。

草薙很在意關起的紙拉門，她的女兒在門內豎起耳朵聽著母親和訪客的談話嗎？如果她在聽，不知道對曾經是繼父的男人的死有什麼感想。

「不好意思，我事先調查了一下。妳和富樫先生是在五年前離婚，之後妳有和他見過面嗎？」

靖子搖了搖頭。

「離婚之後，幾乎就沒見過面。」

幾乎沒見過面，就代表並不是完全沒見面。

「最近的一次也已經很久了，我忘了是去年還是前年。」

「你們完全沒有聯絡嗎?像是打電話或是寫信之類的。」
「沒有。」靖子用力搖了搖頭。
草薙點了點頭，不經意地觀察了室內。三坪大的和室雖然老舊，但打掃得很乾淨，也整理得很整齊。暖爐桌上放著橘子，看到牆邊放著羽毛球拍時，忍不住有一種懷念的感覺。他以前讀大學時，也參加過羽毛球社。
「目前研判，富樫先生是在三月十日晚上去世，」草薙說，「妳聽到這個日期和舊江戶川堤防這個地點，有沒有想到什麼?任何小事都沒有關係。」
「沒有，這不是什麼特別的日子，而且我也不瞭解他的近況。」
「是嗎?」
靖子明顯露出不耐煩的表情。任何人都不想聽到前夫的消息，草薙目前還無法判斷她和這起命案是否有關係。
草薙覺得今天就暫時到此為止，但他想確認一件事。
「請問妳三月十日在家嗎?」他把警察證放回口袋時問，假裝只是順便打聽一下這件事。
但是他的努力白費了，靖子皺起眉頭，露出不悅的表情。
「我必須明確交代那天的行蹤嗎?」

草薙笑著對她說：

「請妳不必想得太嚴重，當然，如果能夠明確說明，對我們很有幫助。」

「請等一下。」

靖子看向的那片牆壁剛好是草薙他們看不到的死角，那裡應該貼了月曆。如果上面寫了她的行程，草薙很想一看究竟，但還是忍住了。

「十日那一天，我一大早就去上班，之後和女兒一起出門。」靖子回答。

「妳們去哪裡？」

「那天晚上，我們去錦糸町的樂天地看了電影。」

「請問妳們大約幾點出門？只要大致的時間就好，如果可以，請妳告訴我電影的片名。」

「我們六點半左右出門，電影的片名是——」

草薙也知道那部電影，是好萊塢很紅的系列片，目前正在上映第三集。

「看完電影之後就回家了嗎？」

「我們去同一棟大樓內的拉麵店吃了晚餐，之後又去了ＫＴＶ。」

「ＫＴＶ？妳們去了ＫＴＶ？」

「對，因為我女兒央求說，她想去唱歌。」

「是喔……妳們經常去嗎？」
「一個月或是兩個月去一次。」
「唱了多長時間？」
「每次都是一個半小時左右，因為回家時間會太晚。」
「妳們看了電影，吃了飯，然後又去了KTV……所以回到家的時間是？」
「應該十一點多，但正確的時間就不記得了。」
草薙點了點頭，但覺得哪裡不對勁。他也搞不清楚其中的原因。
在確認那家KTV的店名之後，他們就道謝離開了。
「她看起來和命案無關。」岸谷離開二〇四室前時小聲地說。
「現在還無法下定論。」
「母女兩人去KTV真不錯，感覺她們感情很好。」岸谷似乎不願意懷疑花岡靖子。
這時，有一個男人走上樓梯。是一個矮胖的中年男人，草薙和岸谷停下腳步，讓男人走了過去。男人打開二〇三室的門走了進去。
草薙和岸谷互看了一眼之後，轉身走了回去。
二〇三室掛著「石神」的門牌。按了門鈴之後，剛才的男人打開了門。他似乎剛脫下大衣，穿著毛衣和長褲。

男人面無表情地輪流看了看草薙和岸谷。通常遇到這種情況，都會露出訝異或是警戒的表情，但在這個男人臉上看不到這種表情，這令草薙感到有點意外。

「不好意思，這麼晚來打擾，可以麻煩你提供協助嗎？」草薙露出親切的笑容，出示了警察證。

那個男人臉上的表情仍然毫無變化，草薙向前一步。

「只要打擾幾分鐘就好，想請教你幾個問題。」

草薙以為那個男人沒有看清楚他的警察證，所以再次出示了證件。

「請問是什麼事？」男人沒有看證件一眼問道。他似乎知道草薙和岸谷是警察。

草薙從西裝內側口袋拿出一張照片。那是富樫在中古車行工作時拍的照片。

「這是之前的照片，請問你最近有沒有看過這個人？」

男人仔細打量照片後，抬頭看著草薙回答說：

「我不認識這個人。」

「嗯，我想應該是這樣，所以想請問你有沒有看過和這個人很相像的人？」

「在哪裡？」

「要怎麼說呢，比方說，在這附近。」

男人皺著眉頭，再次看著照片。草薙猜想可能沒什麼希望。

「不知道。」男人說，「因為如果只是在路上遇到，我不可能記得對方的長相。」

「是嗎？」草薙很後悔，覺得不該向這個人打聽，「請問你每天都是這個時間回家嗎？」

「不，每天的時間都不太一樣，有時候因為社團活動，回來得比較晚。」

「社團？」

「我是柔道社的顧問，所以必須負責為道場鎖門。」

「喔，原來你是學校的老師。」

「對，我是高中老師。」男人報上了那所學校的名字。

「原來是這樣，很抱歉，你這麼累，我們還上門叨擾。」草薙鞠了一躬。

這時，草薙看到玄關旁堆了許多數學參考書。原來眼前這個男人是數學老師。草薙想到這件事，忍不住有點沮喪，因為那是他討厭的科目。

「請問你的名字石神是唸成『Ishigami』吧？我剛才看了門牌。」

「對，沒錯。」

「石神先生，那三月十日呢？那天你幾點回到家？」

「三月十日？那天怎麼了嗎？」

「不，那天和你並沒有任何關係，只是我們在打聽那一天的消息。」

「喔，原來是這樣啊。三月十日嗎？」石神露出凝望遠方的眼神後，立刻將視線移回草薙身上，「那天應該直接回家，應該七點左右就到家了。」

「當時有沒有發現隔壁有什麼狀況？」

「隔壁？」

「就是花岡小姐家。」草薙壓低了聲音。

「花岡小姐怎麼了？」

「不，現在還不知道，所以正在打聽。」

石神露出了尋思的表情，也許正在思考隔壁那對母女的情況。草薙從室內的情況研判，眼前這個男人是單身。

「我記不太清楚，應該沒有什麼特別的狀況。」石神回答。

「有沒有聽到什麼動靜或是說話的聲音。」

「不清楚，」石神偏著頭說：「沒什麼印象。」

「是嗎？你和花岡小姐很熟嗎？」

「因為就住在隔壁，所以見面時會打招呼，差不多就這樣。」

「我瞭解了，很抱歉，在你下班回家時打擾。」

「沒關係。」石神也欠了欠身，然後把手伸向門的內側。因為那裡有一個信箱。草薙不經意地看向他的手，忍不住瞪大了眼睛。因為他在寄給那個男人的郵件中發現了帝都大學的名字。

「請問，」草薙語帶遲疑地問，「你是帝都大學的校友嗎？」

「是啊。」石神微微瞪大了那雙小眼睛，但很快就發現了自己手上的郵件，「喔，原來是這個，這是系上校友會的會刊，有什麼問題嗎？」

「不，我朋友剛好也是帝都大的校友。」

「喔，原來是這樣啊。」

「打擾了。」草薙鞠了一躬後轉身離開。

「你不也是帝都大學畢業的嗎？為什麼不告訴他？」離開公寓後，岸谷問他。

「我覺得他的反應可能會讓我很不爽，因為看樣子他應該是理學院的人。」

「原來你也對數理方面很自卑。」岸谷笑著說。

「因為我身邊有一個傢伙一直讓我意識到這件事。」草薙的腦海中浮現了湯川學的臉。

在兩名刑警離開後，石神等了超過十分鐘才走出家門。他瞥了一眼隔壁，確認二〇四室亮著燈後走下樓梯。

要走差不多將近十分鐘，才能找到附近沒有人的公用電話。他有手機，而且也有市內電話，但他認為不能使用。

他走在路上時，回想著剛才與刑警之間的對話，他確信並沒有說任何話會讓兩名刑警想到自己牽涉其中，但凡事都要以防萬一。警方一定會想到處理屍體需要男人幫忙，於是就會卯足全力在花岡母女周圍尋找可能協助她們犯案的男人，很可能因為自己住在隔壁，就鎖定自己這個數學老師。

石神認為之後當然不能去她們家，而且必須避免見面，也基於相同的理由不能在家裡打電話給她們。因為警方或許會根據通話紀錄，發現自己經常打電話給花岡靖子。

「弁天亭」呢？

他在這個問題上還沒有得出結論。以常理來說，最近最好不要再去，但刑警早晚會去那家便當店打聽，也許會從店裡其他人的口中得知，住在花岡靖子隔壁的數學老師幾乎每天都去買便當。如果在案發之後突然不再上門，不是反而很可疑嗎？和以前一樣繼續去買便當，是不是反而不會遭到懷疑？

石神在這個問題上沒有自信可以找到最符合邏輯的解答。因為他知道，自己內心很希望可以像之前一樣繼續去「弁天亭」，因為「弁天亭」是花岡靖子和他唯一的交集。如果不去那家便當店，就無法見到她了。

他來到了那個公用電話所在的地點，把電話卡插了進去。電話卡上印了同事新生寶寶的照片。

他撥了花岡靖子的手機號碼。因為他擔心警察會在市內電話中裝了竊聽器，雖然警方聲稱不會竊聽民眾的電話，但這種話根本不可信。

「喂？」電話中傳來靖子的聲音。石神之前曾經告訴她，以後會用公用電話和她聯絡。

「我是石神。」

「喔，我知道。」

「剛才刑警來過我家，我想應該也去了妳家。」

「對，剛才來過了。」

「他們問了哪些問題？」

石神在腦海中整理、分析、記憶了靖子告訴他的內容，警方目前似乎並沒有特別懷疑靖子，只是因為例行公事問了她的不在場證明，如果有偵查員剛好沒事，可能會去查證她不在場證明的真偽。

但隨著富樫的行蹤逐漸明朗，得知他曾經來找過靖子，刑警就會臉色大變地撲向她。首先會追究她之前聲稱最近沒有和富樫見面一事。石神之前已經向她傳授了如何在這件事上進行防禦。

「妳女兒有沒有和刑警見面？」

「沒有，美里在裡面的房間。」

「這樣啊，但警方早晚會找妳女兒問話，妳已經告訴她要如何應對了嗎？」

「對，我已經再三叮嚀，她也說沒問題。」

「雖然聽起來有點囉嗦，但妳們不需要演戲，只要機械式地回答對方的問題就好。」

「好，我也會叮嚀我女兒。」

「妳有沒有給他們看電影票的票根？」

「今天沒有給他們看，因為你之前說，在他們提出要求之前，不需要給他們看。」

「這樣的處理方式很好，妳把票根放在哪裡？」

「我放在抽屜裡。」

「請妳夾在電影簡介裡，因為沒有人會這麼細心保存票根，妳放在抽屜裡，反而會引起懷疑。」

「我知道了。」

「對了，」石神吞著口水，握著電話的手忍不住用力，「請問『弁天亭』的人知道我經常去買便當嗎？」

「呃……」靖子似乎覺得這個問題很唐突，一時答不上來。

「我只是想請教，店裡的人對住在妳隔壁的男人經常來買便當這件事有什麼看法。因為這件事很重要，請妳如實告訴我。」

「喔，店長說，很感謝你常常來光顧。」

「他們也知道我是妳的鄰居吧？」

「對……請問這有什麼問題嗎？」

「沒有，我會考慮這個問題，妳只要按照我們事先討論的進行就好，瞭解嗎？」

「我瞭解了。」

「那就先這樣。」石神正準備掛電話。

「啊，那個，石神先生。」靖子叫住了他。

「怎麼了？」

「謝謝你幫了這麼多忙，感恩不盡。」

「不……那就先這樣。」石神掛上了電話。

她最後那句話讓他全身熱血沸騰。他臉頰發燙，冷風吹過來很舒服，腋下也流了汗。

石神滿懷幸福踏上了歸途，但他的興奮並沒有持續太久。因為他得知了「弁天亭」的事。

他發現自己在回答刑警問題時犯了一個錯誤。當刑警問及和花岡靖子的關係時，自己回答說，只是見面打招呼而已，當時應該回答還會去她工作的那家店買便當。

「有沒有查證花岡靖子的不在場證明？」間宮把草薙和岸谷叫到自己的辦公桌前，在剪指甲時問道。

「已經去ＫＴＶ確認了，」草薙回答，「她們似乎是那裡的常客，店員記得她們，而且也有紀錄，從九點四十分開始唱了一個半小時。」

「在那之前呢？」

「從時間來看，花岡母女看的那場電影應該是七點整上映，九點十分結束。她們說之後去了拉麵店，所以在時間上沒有問題。」草薙看著記事本向間宮報告。

「我並沒有問你時間上有沒有問題，而是問你有沒有查證。」

草薙闔起記事本，聳了聳肩說：「沒有。」

「你認為這樣沒問題嗎？」間宮抬頭瞪了他一眼。

「組長，你應該也知道，電影院和拉麵店這種地方最難查證。」

間宮聽了草薙的回答，把一張名片丟在桌子上。名片上印著「瑪麗安酒店」的店名，地點位在錦糸町。

「這是什麼？」

「靖子以前上班的地方，富樫在三月五日曾經去過那裡。」

「在遭到殺害的五天前……嗎？」

「聽說他打聽了很多關於靖子的事，我都說到這種程度了，你這個笨蛋應該知道我想要說什麼了吧？」間宮指著草薙他們的身後說：「趕快給我去查清楚，如果無法查證，就去找靖子。」

5

四方形的盒子上豎著三十公分的棍子，有一個直徑數公分的圓環套在那根棍子上，看起來有點像套圈圈的玩具，唯一不同的是，那個盒子連著電線，還有開關。

「這是什麼？」草薙仔細打量著問道。
「最好還是別碰。」岸谷在一旁提醒。
「不必擔心，如果是碰了會有危險的東西，他不可能就這樣隨便放在這裡。」草薙打開了開關，套在棍子上的圓環浮了起來。
「喔！」草薙愣了一下，圓環懸在半空中微微搖晃。
「你把圓環往下壓看看？」後方傳來說話聲。
草薙回頭一看，湯川抱著書和資料夾走了進來。
「你回來了，剛才在上課嗎？」草薙在問話的同時，聽從湯川的建議，用指尖把圓環向下壓，但不到一秒鐘，就把手縮了回來。「哇，好燙！也太燙了吧！」
「雖然我不會隨便把碰了會有危險的東西放在外面，但前提條件是碰的人要有最低限度的理科知識。」湯川走到草薙身旁，關上了盒子的開關，「這是高中物理程度的實驗器具。」
「我在高中時沒有選修物理。」草薙吹著指尖，岸谷在一旁偷笑。
「這位是？以前沒見過。」湯川看著岸谷問。
岸谷一臉嚴肅的表情站了起來，鞠了一躬說：
「我是岸谷，和草薙哥搭檔，之前聽說了很多關於你的傳聞，聽說也有好幾次協助辦案工作，搜查一課沒有人不知道伽利略大師的名號。」

湯川皺著眉頭，甩了甩手說：

「別這麼叫我，更何況我並不是自願協助你們辦案。因為這個傢伙的思考太不符合邏輯，我實在看不下去，才忍不住插嘴。你和這種人搭檔，小心會被他的腦部硬化症傳染。」

岸谷忍不住笑了起來，草薙狠狠瞪著他說：

「你也笑得太超過了——湯川，話說回來，你每次解那些謎題時不也樂在其中嗎？」

「我哪有樂在其中？你害我的論文完全沒有進度，喂！你今天該不會又帶來什麼麻煩的問題吧？」

「不必擔心，今天沒這個打算，只是剛好來這裡附近，所以來看看你。」

「聽你這麼說就放心了。」

湯川走向流理台，用燒水壺裝了水，然後放在瓦斯爐上。他似乎又打算喝即溶咖啡。

「舊江戶川發現的那具屍體的案子解決了嗎？」湯川把咖啡粉倒進杯子時問。

「你怎麼知道我們在偵辦那起案子？」

「只要稍微動動腦筋就知道了。你接到電話的那天晚上，電視的新聞節目都在報導這起事件，從你愁眉苦臉的表情來看，偵查工作似乎沒有進展。」

草薙皺著眉頭，抓了抓鼻翼。

「並不是完全沒有進展，目前也已經鎖定了幾名嫌犯，接下來才要漸入佳境。」

「是喔，已經鎖定了嫌犯啊。」湯川似乎只是說說而已，並沒有太大的興奮。

這時，岸谷在一旁插嘴說：「我認為目前的偵辦方向有問題。」

「喔？」湯川看著他說：「所以你對偵查方針有意見。」

「不，也稱不上是有意見……」

「你不必多嘴。」草薙皺著眉頭說。

「對不起。」

「你不必道歉，我認為在服從命令的同時，也不失自己的意見才是正常的態度，如果沒有像你這樣的人，就很難做到合理化。」

「他並不是因為這種理由挑剔偵查方針。」草薙無可奈何地說，「他只是想袒護我們鎖定的對象。」

「不是啦，也不是這樣。」岸谷吞吞吐吐。

「沒關係，你不必隱瞞，你不是很同情那對母女嗎？老實說，我也不想懷疑她們母女。」

「聽起來好像很複雜。」湯川笑著看了看草薙，又看向岸谷。

「沒那麼複雜。被害人有一個多年前離婚的前妻，被害人在命案發生前不久，調查了前妻的下落，所以我們要確認前妻的不在場證明。」

「原來是這樣。那她有不在場證明嗎？」

「嗯，問題就在這裡。」草薙抓了抓頭。

「啊喲啊喲，怎麼突然不乾不脆起來？」湯川笑著站了起來。燒水壺冒著熱氣，「兩位要喝咖啡嗎？」

「我要。」

「我不需要——總覺得她們的不在場證明有問題。」

「我不認為她們在說謊。」

「你不要說這種毫無根據的話，目前還沒辦法證明。」

「草薙哥，不是你對組長說，電影院和拉麵店這種地方沒辦法查證嗎？」

「我沒說沒辦法查證，而是說很難查證。」

「喔喔，所以那個被你們鎖定的女人說，案發當時，她在電影院嗎？」湯川端了兩杯咖啡走了回來，把其中一杯遞給岸谷。

「謝謝。」岸谷在道謝時，驚訝地瞪大了眼睛，可能發現杯子很髒吧。草薙拚命忍著笑。

「如果她說在看電影，真的很難證明。」湯川在椅子上坐了下來。

「但她們之後去了KTV，KTV的店員明確證實了這件事。」岸谷振振有詞地說。

「但不能因為這樣就無視電影院的問題，很可能在犯案之後去了KTV。」草薙說。

「花岡母女是在晚上七、八點的時候去看電影。雖然現場附近沒什麼人，但並不是可以行兇殺人的時段，更何況並不是只有殺人而已，而且還把屍體的衣服都脫光了。」

「我也這麼認為，但在排除所有可能性之前，就不能斷定她們沒有涉案。」草薙在說話時想，尤其是那個頑固的間宮，更不可能接受這種說法。

「雖然我不太瞭解情況，但聽了你們的對話，我猜想已經推算出犯案時間。」湯川插嘴問道。

「解剖之後，推測死亡時間在十日傍晚六點以後。」

「不要向普通老百姓透露這些事。」草薙提醒道。

「但老師之前不是曾經協助我們偵辦了多起案子嗎？」

「只有牽涉到怪力亂神的謎團的時候才會找他幫忙，這次的案子和外行人討論沒有意義。」

「我的確是外行，但希望你別忘記我提供了你們閒聊的場所。」湯川悠然地喝著即溶咖啡。

「好啊，那我們走人就是了。」草薙站了起來。

「當事人怎麼說？她們有辦法證明自己去看電影嗎？」湯川拿著咖啡杯問。

「她們記得電影的情節，只是沒辦法確定是什麼時候去看的。」

「有電影票的票根嗎？」

草薙聽了這個問題，忍不住看著湯川。兩個人四目相對。

「有啊。」

「是喔，從哪裡找出來的？」湯川的眼鏡閃了一下。

草薙噗哧一聲笑了出來。

「我知道你想說什麼，通常沒有人會珍藏票根這種東西。如果花岡靖子是從櫃子裡找出票根，我當然也會覺得她有問題。」

「既然你這麼說，就代表不是從這種地方找到的。」

「她原本說，票根可能丟掉了，但後來又說也許還沒丟，然後就翻了當時買的電影簡介，發現夾在裡面。」

「原來在電影簡介中找到的，嗯，這並沒有任何不自然。」湯川抱著手臂問：「票根的日期就是案發當天嗎？」

「當然啊，但並不能因此證明她們去看了電影，可能從垃圾桶或是其他地方撿到了票根，或是雖然買了電影票，卻沒有進電影院。」

「但不管怎麼說，那個嫌犯應該就在電影院或是附近吧？」

「正因為我也這麼認為，所以今天早上就開始四處查訪，希望可以打聽到目擊證詞。但那天負責收票的女生今天剛好休假，我們還特地去了她家，然後才順便來你這裡。」

「看你的表情，似乎並沒有從那個收票的女生口中打聽到任何有用的消息。」湯川撇著嘴角笑了起來。

「她說是好幾天前的事，而且她也不會記得來看電影的人長什麼樣子。話說回來，我原本就沒抱什麼希望，所以也就不會失望——我們似乎打擾到副教授了，也差不多該告辭了。」草薙拍著還在喝咖啡的岸谷的背說。

「刑警先生，加油囉。如果這個嫌犯是真兇，你可能會很辛苦。」

草薙聽到湯川這麼說，忍不住回頭問：「什麼意思？」

「我剛才不是說了嗎？如果是普通人，即使為了製造不在場證明留下票根，也不會顧及到保管的地方。如果是考慮到刑警上門，特地夾在電影簡介中，就代表是個不簡單的角色。」湯川收起了眼中的笑意。

草薙思考著朋友的這句話，點了點頭說：「我會牢記在心，那就改天見囉。」說完，他正準備離開，但在開門前想起了一件事，再度回頭說：

「你的學長住在嫌犯的隔壁。」

「學長？」湯川訝異地偏著頭。

「他姓石神，在高中當老師，說是帝都大學的校友，所以我猜想應該是理學院的人。」

「石神……」湯川輕聲重複了這個名字，猛然瞪大了眼睛問：「是達摩石神嗎？」

「達摩？」

「你等一下。」湯川說完，走去隔壁房間。草薙和岸谷互看了一眼。

湯川很快就走了回來，手上拿著黑色封面的資料夾，在草薙面前打開了資料夾。

「是不是這個人？」

那一頁上有好幾張大頭照，都是看起來像學生的年輕人，上方印著「第三十八期碩士課程修畢學生」。

湯川指著一個圓臉的研究生照片，那個人面無表情，細得像一條線的眼睛看向前方。他名叫石神哲哉。

「啊，就是他。」岸谷說：「雖然這張照片年輕很多，但絕對沒錯。」

草薙用手指遮住照片中額頭以上的部分後點了點頭。

「沒錯，現在比以前頭髮更少，所以一眼沒看出來，但的確就是那個老師，你認識這個學長嗎？」

「他不是我的學長，和我同一屆。當時，我們大學的理學院學生在三年級時才分系，我選了物理系，石神選了數學系。」湯川說完，闔起了資料夾。

「所以那個大叔也和我同年嗎？原來是這樣啊。」

「他以前看起來就很蒼老。」湯川笑了笑，突然露出意外的表情問：「老師？你剛才說他在高中當老師？」

「是啊，他說在附近的高中教數學，還擔任柔道社的顧問。」

「之前聽他說，從小就開始學柔道，記得他爺爺好像開道場。不，這不重要，沒想到石神竟然在高中當老師……你沒聽錯吧？」

「沒有。」

「是喔，既然你這麼說，應該不會錯。因為一直沒有他的消息，我還以為他在某所私立大學作研究，沒想到那個石神竟然在高中當老師……」湯川的眼神有點空洞。

「他這麼優秀嗎？」岸谷問。

湯川吐了一口氣說：

「雖然我不想輕易用天才這種字眼，但他應該當之無愧，曾經有教授說，他是五十年，甚至一百年難得一見的奇才。雖然我們讀不同的系，但就連物理系的人也都知道他很優秀。他對電腦解題沒有興趣，總是一個人留在研究室到深夜，用紙筆挑戰難題。他的背影令人印象深刻，所以有人幫他取了達摩這個綽號，當然是用這個綽號表達敬意。」

草薙聽了湯川的話，覺得這應該就是所謂強中更有強中手，他覺得眼前這個朋友就已經是天才了。

「他這麼厲害，也沒辦法當大學教授嗎？」岸谷繼續問道。

「這是因為大學的環境很複雜。」湯川難得說話很不乾脆。

草薙不難想像，湯川對大學中很多無聊的人際關係感到很大的壓力。

「他看起來還好嗎？」湯川看著草薙。

「不太清楚，至少看起來沒有生病。只是和他說話，也覺得這個人很難親近，或者說很冷淡……」

「是不是看不透他內心的想法？」湯川苦笑著說。

「你說對了。通常看到刑警上門，每個人或多或少都會有點驚訝，或者說慌亂，反正都會有某些反應，但他完全沒有表情，好像對自己以外的事都沒有興趣。」

「他對數學以外的事都沒興趣，但其實這樣也有點魅力。可不可以把他的地址告訴我？下次有空的時候，我想去找他。」

「你難得說這種話。」

草薙拿出記事本，把花岡靖子所住的公寓地址告訴了湯川。這位物理學家在抄地址時，似乎已經對殺人案失去了興趣。

石神從房間的窗戶看到花岡靖子在傍晚六點二十八分騎腳踏車回到家。他面前的書桌上堆了大量寫了計算公式的紙，他每天從學校回到家，都會和這些計算式奮鬥，但難得今天柔道社不練習，他的作業完全沒有進展。不光是今天，這幾天一直都是這樣。在家裡靜靜地觀察隔壁的動靜已經慢慢變成他的習慣，因為他要確認有沒有刑警上門找隔壁那對母女。

刑警昨晚也上門了。就是之前來找過石神的那兩名刑警。他記得那名刑警出示的證件上寫著草薙這個姓氏。

聽靖子說，他們果然來確認了靖子母女去看電影的不在場證明，問她在電影院時有沒有發生什麼印象深刻的事，以及在進電影院之前或離開電影院之後，或是在電影院內有沒有遇到什麼人，有沒有電影票的票根。如果在電影院內買了什麼東西，有沒有留下收據。電影的內容是什麼，演員是誰——

刑警完全沒有問她們去ＫＴＶ的事，想必已經確認無誤。石神早就知道他們有辦法確認這件事，因為當初就是刻意挑選那種地方。

靖子說，她按照石神指示的步驟，向刑警出示了門票的票根和購買電影簡介的收據。除了電影情節以外，對所有的問題都回答想不起來，這也是石神事先教她要這麼說。

雖然刑警離開了，但他們不可能就這樣罷休。既然會來確認靖子在電影院的不在場證明，就代表出現了足以讓他們懷疑花岡靖子的事證，到底是什麼事證？

石神站了起來，拿起運動外套，然後拿了電話卡、皮夾和房間的鑰匙走了出去。

來到樓梯口時，聽到下方傳來腳步聲。他放慢了腳步，微微低下了頭。

靖子走上樓梯，她似乎沒有馬上發現前方是石神，在即將擦身而過時，才驚訝地停下了腳步。即使石神低著頭，也可以察覺到她似乎有話要說。

在她開口之前，石神就搶先對她說：「妳好。」

他努力用和別人說話時相同的語氣和低沉的聲音向她打招呼，而且絕對不看她，也沒有改變步伐，默默地繼續走下樓梯。

石神之前對靖子說，因為不知道刑警會躲在哪裡監視，所以即使巧遇時，也要表現得像只是鄰居的關係。靖子似乎想起了這件事，也小聲地說了聲「你好」之後，默默走上了樓梯。

石神走去平時打電話的那個公用電話，立刻拿起了話筒，把電話卡插了進去。三十公尺外有一家雜貨店，看起來像是老闆的男人正準備打烊。除了那個人以外，周圍看不到其他人。

「喂？是我。」電話中立刻傳來靖子的聲音，聽她的語氣，似乎知道這通電話是石神打來的。這件事讓他感到高興。

「我是石神，有沒有什麼狀況？」

「啊，那個、刑警來過了，他們來店裡。」

「去『弁天亭』嗎？」

「對，就是每次上門的刑警。」

「這次問了妳什麼問題？」

「他們問富樫有沒有來『弁天亭』。」

「妳怎麼回答？」

「我當然回答說沒有來過，於是刑警說，可能是我不在的時候來過，就去了店後方。事後聽店長他們說，刑警給他們看了富樫的照片，問他們這個人有沒有來過，那個刑警在懷疑我。」

「我們早就預料到警方會懷疑妳，所以沒什麼好怕的，刑警只問這件事嗎？」

「還問了以前上班的店，是在錦糸町的酒店，問我現在會不會去那家店，有沒有和店裡的人聯絡。我按照你之前說的，回答說都沒有。然後我主動問他，為什麼要打聽之前工作的那家店，刑警告訴我，富樫最近去過那家店。」

「喔喔，原來是這樣。」石神把話筒放在耳邊點了點頭，「富樫在那家店打聽了妳的事。」

「好像是這樣，似乎也是從那裡得知我在『弁天亭』工作的事。刑警說，富樫在找我，不可能沒來『弁天亭』，我回答說，即使說這些也無濟於事，他就是沒來過。」

石神想起那個姓草薙的刑警，他看起來很親切，說話方式也很溫和，不會咄咄逼人，但他既然在搜查一課，就代表他有相當的情報蒐集能力。他應該不屬於靠威逼恐嚇讓對方吐實的類型，而是不經意地引導出真相。而且他一眼就從郵件中發現了帝都大學的信封，這種觀察力也要多加警惕。

「還問了妳什麼？」

「只問了我這些，但是美里……」

石神忍不住握緊了電話，「刑警也去找她了嗎？」

「對，美里剛才告訴我，她放學走出校門時，刑警上前來找她，應該就是來找我的那兩個人。」

「美里在家嗎？」

「在，我讓她聽電話。」

美里似乎就在旁邊，立刻聽到了她「喂？」的聲音。

「刑警問了妳什麼？」

「給我看了那個人的照片，問我有沒有來過家裡……」

美里說的「那個人」應該就是富樫。

「妳應該回答他沒來過吧？」

「嗯。」

「還問了什麼？」

「還問了電影的事，問我是不是真的在十日那一天去看電影，有沒有記錯。我回答說，絕對是十日那一天。」

「結果刑警怎麼說？」

「他們問我有沒有向誰提過看電影的事，或是傳過簡訊。」

「妳怎麼回答？」

「我說沒有傳簡訊，但曾經和同學提過這件事，然後他們就要我說出那個同學的名字。」

「妳告訴他們了嗎？」

「我只說了實香的名字。」

「實香就是妳在十二日那天和她聊過電影的那個同學嗎？」

「對。」

「好，這樣就沒問題了，刑警還有沒有問妳其他的事。」

「沒有問什麼重要的事，只問我學校的生活開不開心，羽球社的練習會不會很辛苦。他怎麼會知道我參加了羽球社？那時候我並沒有帶球拍。」

石神推測應該是看到美里放在家裡的羽球拍，那名刑警的觀察能力果然不容小覷。

「你覺得怎麼樣？」電話中再度傳來了靖子的聲音。

「沒有問題。」石神為了讓她安心，說話時加強了語氣，「一切都在預料之中，之後刑警還會上門，只要遵守我的指示就沒問題。」

「謝謝，現在只能靠你了。」

「加油，再忍耐一陣子，那就明天再聯絡。」

石神掛上電話，在拿回電話卡時，對自己最後說的那句話感到有點後悔。「再忍耐一陣子」這種話太不負責任了。「一陣子」具體是多長時間？自己不該說這種無法用定量表示的話。

總之，一切都在意料之中。之前就知道警方早晚會知道富樫在找靖子，所以認為需要不在場證明，警方對靖子的不在場證明存疑也在意料之中。

刑警去找美里也在意料之中，刑警一定認為可以從女兒身上找到突破口，推翻靖子的不在場證明。雖然之前料到這種情況，採取了各種措施，但也許要重新檢查一次，是否萬無一失——

石神一路想著這些事回到公寓，看到一個男人站在家門口。那個男人身材高大，穿了一件黑色薄大衣。不知道是否聽到了石神的腳步聲，男人轉頭看了過來，戴著的眼鏡一閃。

他是刑警嗎？石神最先閃過這個念頭，但隨即認為應該不是。因為那個男人的鞋子像新的一樣乾淨。

當石神心生警戒地走向前時，對方先開了口：「你是石神吧？」

石神聽到這個聲音，抬頭看著對方的臉。那張臉上露出了笑容，而且他的笑容很熟悉。

石神用力吸了一口氣，睜大眼睛問：「你是湯川學？」

二十多年前的記憶清晰地甦醒。

6

這天也和平時一樣，教室內沒幾個學生。這間可以容納一百名學生的教室最多只坐了二十個人，而且大部分學生都坐在後方的座位，等老師點完名就準備溜走，或是在做自己的事。

選數學系的學生特別少，幾乎可以說，除了石神以外沒有其他人。這堂課是介紹應用物理學的歷史背景，所以學生都不喜歡上這堂課。

石神也對這堂課沒有太大的興趣，但只是按照平日的習慣，坐在最前排左側第二個座位。他無論上什麼課，都坐在這個座位或是附近的座位。之所以不坐正中央的座位，是因為他希望能夠從客觀的角度看待每一堂課。他知道無論再優秀的教授，都不可能說的每一句話都正確。

他通常都很孤獨，但這天難得有人坐在他的正後方。只不過他並沒有太在意這件事，在老師進教室之前，他有自己該做的事。他拿出筆記本，開始算一道題目。

「你也是艾狄胥的信徒嗎？」

石神起初並不知道那個人在對自己說話，但他隔了一會兒抬起了頭，因為他對有人提到艾狄胥這個名字產生了好奇，他轉頭看向後方。

一個留著一頭及肩長髮的男生托著腮，敞著襯衫的胸口，脖子上掛了一條金項鍊。石神不時看到他，知道他是準備選物理系的同學。

不可能是他對自己說話——正當石神這麼想的時候，長髮男生仍然托著腮對他說：「用紙筆有限度，不過試一下或許也有意義。」

因為和剛才的聲音相同，所以石神有點驚訝。

「你知道我在幹什麼嗎？」

「我瞄了一下，並不是想偷看。」長髮男生指了指石神的桌子。

石神看著自己的筆記本。雖然上面寫了算式，但只寫到一半，只佔整體的一小部分而已。既然對方瞥了一眼，就知道自己在寫什麼，就代表他也曾經算過這道題目。

「你也曾經算過嗎？」石神問。

長髮男生終於放下托著腮的手，露出苦笑說：

「我向來不做不必要的事，因為我要讀物理系，所以只會使用數學家導出的定理，證明這種事就交給你們了。」

「但你對這個定理有興趣嗎？」石神拿起自己的筆記本。

「因為已經有人證明了，知道已經證明完成沒什麼壞處。」他看著石神的眼睛繼續說了下去，「四色問題已經得到了證明，所有的地圖都使用四種顏色。」

「並不是所有的地圖。」

「是啊，必須以平面或是球面上作為先決條件。」

這是數學界最知名的問題之一，一八七九年，亞瑟．凱萊提出了「只用四種顏色，是否就能為平面或是球面上的所有地圖塗色？」這個問題。雖然只要證明可以用四種顏色就可以為所有的地圖塗色，或是想出無法用四種顏色塗色的地圖就可以證明這個問題，但最後花了將近一百年的時間才解決這個問題。一九七六年，伊利諾大學的凱尼斯．阿佩爾和沃夫岡．哈肯證明了這個問題。他們使用電腦確認了所有的地圖都是根據大約一百五十種基本地圖加以變化，進而證明可以用四種顏色塗色。

「我並不認為那是完美的證明。」石神說。

「我想也是，所以你才會用紙筆證明。」

「如果靠人工作業用那種方法證明，作業量太龐大了，所以才使用電腦，但也因此造成了無法充分判斷那個證明是否正確的疑問，因為連確認也必須用電腦，就稱不上是真正的數學。」

「你果然是艾狄胥的信徒。」長髮男生露齒而笑。

保羅・艾狄胥是在匈牙利出生的數學家，在世界各地漂泊的同時，和各國的數學家共同投入研究，他的信念是一個好的定理必定有簡單明瞭而自然優美的證明，在四色問題上，他承認阿佩爾和哈肯的證明應該正確，但認為這樣的證明不夠優美。

長髮男生洞悉了石神的本質，石神的確是「艾狄胥的信徒」。

「前天，我去向教授請教一題數值分析的考題，」長髮男生改變了話題，「那道題目的問題本身雖然沒有錯，但得出的解答並不優美。果然不出所料，教授回答說有印刷錯誤，但令人驚訝的是，教授告訴我說，還有其他學生也去問了他相同的問題。老實說，我很不甘心，因為我原本很自戀地以為只有自己能夠完美解答那道題目。」

「那種題目……」石神說到這裡，沒有繼續說下去。

「石神解出那種題目很理所當然——教授也這麼說，真的是強中更有強中手，我知道自己不適合讀數學系。」

「你不是說，你想讀物理系嗎？」

「我姓湯川，請多指教。」他伸出手，想要和石神握手。

石神覺得他真是個怪胎，還是和他握了手，但隨即覺得很好笑。因為他想到自己向來是同學眼中的怪胎。

他和湯川並沒有成為朋友，但見面時都會聊幾句。湯川很博學多聞，也很瞭解數學和物理以外的事，甚至對石神內心很不以為然的文學和娛樂也有深入瞭解，只是石神並不知道湯川對那些方面的知識有多深入，因為他並沒有判斷基準，而且湯川似乎知道石神對數學以外的事沒有興趣，所以很快就不再和他聊其他領域的話題。

湯川是石神進大學後第一個可以交談的對象，也是他第一個認同實力的對象。

不久之後，他們分別進入了數學系和物理系，也就很少有機會遇到對方。當成績達到某個標準之後可以申請轉系，但他們兩個人都不打算轉系。石神認為這對雙方來說都是正確的選擇，因為雙方都選擇了適合自己的路。雖然他們兩個人都具有想要讓這個世界上所有的一切都建立在理論基礎上的野心，但投入的方式完全相反。石神想要用算式這種磚塊建構這個世界，湯川卻從觀察著手，在觀察的基礎上發現謎團，然後著手破解。石神喜歡模擬，湯川則喜歡實驗。

雖然他們很少遇見，但石神不時聽到湯川的消息。在研究所二年級時，聽說美國某家企業來購買湯川提出的「磁性齒輪」時，他發自內心感到佩服。

石神不知道湯川修完碩士課程後的發展，因為他自己離開了大學，此後二十多年，他都沒有再和湯川見面。

「喔，你還是老樣子。」湯川一走進房間，就抬頭看著書架說。

「哪一方面？」

「你還是熱愛數學，我們學校數學系那些人，應該沒有人蒐集的資料像你這麼齊全。」

石神什麼都沒說。書架上除了數學相關書籍以外，還有關於各國學會資料的檔案，雖然大部分都是透過網路蒐集，但他認為自己比那些半吊子的學者更精通數學界。

「先坐下再說，我去泡咖啡。」

「咖啡當然也不錯，但我帶了這個。」湯川從拎著的紙袋中拿出一個盒子，那是知名的日本酒。

「你也太客氣了。」

「這麼多年沒見，總不能空手上門。」

「不好意思，那我來叫壽司，你還沒吃飯吧？」

「不，你不用客氣了。」

「我也還沒吃。」

石神拿起無線電話的子機，打開了為點外賣時建立的檔案，但看了壽司店的菜單後猶豫了一下。他平時都點普通綜合壽司。

他打了電話，點了高級綜合壽司和生魚片。壽司店的店員在接單時有點意外。石神忍不住想，不知道有多久沒有客人來家裡作客了。

「真是太驚訝了，沒想到你會來找我。」石神在坐下時說。

「因為剛好從朋友口中聽到你的消息，所以有點懷念。」

「朋友？有這樣的人嗎？」

「嗯，說起來很奇妙。」湯川有點難以啟齒地抓了抓鼻翼，「不是有警視廳的刑警來找你嗎？是一個姓草薙的人。」

「刑警？」

石神不由得緊張起來，但努力不表現在臉上，然後再度看著老同學。他是不是知道什麼？

「那個刑警和我同屆。」

沒想到湯川說出了意外的話。

「同屆？」

「我們一起參加羽球社，別看他那樣，他和我們一樣，都是帝都大畢業的，但他讀的是社會學院。」

「喔……原來是這樣。」在石神內心擴散的不安迅速消失了。

「聽你這麼一說，我想起來了。他看到學校寄給我的信封時，多看了好幾眼。難怪他似乎很在意帝都大學這件事，但既然這樣，他直說不就好了嗎？」

「在他眼中，他並不覺得帝都大學理學院的校友是他的同學，反而認為是和他不同的人。」

石神點了點頭，覺得自己也有同感，想到曾經在相同的時期就讀同一所大學的人現在成為刑警，就有一種奇怪的感覺。

「我聽草薙說，你目前在高中當老師？」湯川直視著石神的臉問。

「就是這附近的一所高中。」

「我也聽說了。」

「湯川，你留在大學吧？」

「對，我在第十三研究室。」湯川一派輕鬆地說。石神認為那不是他裝出來的，而是發自內心覺得這種事不值得吹噓。

「教授嗎？」

「不，還在前一個階段原地踏步，因為上面太擠了。」湯川一派輕鬆地說。

「我以為你有了『磁性齒輪』的成績，現在早就當上教授了。」

湯川聽了石神的話，笑著摸了摸臉。

「應該只有你還記得這個名稱，但最後無法投入量產，如今變成了紙上談兵。」

說完，他打開了帶來的日本酒的蓋子。

石神站了起來，從架子上拿了兩個杯子。

「我還以為你在某所大學當教授，正在挑戰黎曼猜想。」湯川說，「達摩石神到底怎麼了？還是為了向艾狄胥致敬，所以要當一個流浪數學家嗎？」

「才不是你想的這樣。」石神輕輕嘆了一口氣。

「那就先乾一杯。」湯川並沒有追問，在杯子裡倒了酒。

石神原本也希望為數學研究奉獻終生，原本打算在修完碩士課程之後，和湯川一樣留在大學，繼續攻讀博士。

然而，因為他必須照顧父母，所以無法如願。他的父母都年事已高，而且都生了病。雖然他可以靠打工繼續攻讀博士，卻無法同時支付父母的生活費。

當時，教授告訴他，有一所新成立的大學正在找助教。因為可以從家裡通勤，而且他原本以為可以繼續投入數學的研究工作，所以決定接受這份工作，沒想到這個決定讓他的人生變了調。

他在那所大學內幾乎沒有做任何像樣的研究工作，學校的教授滿腦子只有權力鬥爭和明哲保身，既沒有栽培優秀學者的意識，也沒有想要完成劃時代研究工作的野心。石神辛苦完成的研究報告都一直躺在教授的抽屜裡，而且學生的素質很差，就連高中程度的數學也無法理解，石神原本應該用來研究的時間都耗費在照顧這些學生身上。雖然這份工作在各方面都需要付出極大的耐心，薪水卻很低。

雖然他想換去其他大學，卻無法如願，因為設數學系的大學並不多，即使有數學系，預算也很少，和工學院不同，數學系無法獲得企業的贊助，所以根本不可能僱用助教。

他被迫轉換人生的方向，決定靠在學生時代考取的教師證養家餬口，同時放棄了成為數學家這條路。

他覺得和湯川聊這些也無濟於事，很多不得不放棄研究的人都有類似的經歷，所以他認為自己的情況並不算太特殊。

壽司和生魚片送來了，他們邊吃邊喝酒。湯川帶來的酒喝完了，石神拿出了威士忌。他很少喝酒，但在解出數學難題之後，他喜歡小酌一下，消除大腦的疲勞。

雖然他們並沒有聊得很起勁，但聊著數學，不時回想起學生時代的事還是很開心。石神不由得發現，自己很久沒有感受過這種時光了，也許是大學畢業之後的第一次。他看著湯川時想，也許除了眼前這個男人以外，沒有人瞭解自己，而且也沒有其他人能夠和自己旗鼓相當。

「對了，差一點忘了一件重要的事。」湯川突然說道，從紙袋中拿出一個牛皮紙信封放在石神面前。

「這是什麼？」

「你先看了再說。」湯川笑嘻嘻地回答。

信封內是A4的報告紙，上面寫滿了算式。石神大致瀏覽了第一頁，就立刻知道那是什麼。

「這是試圖反證黎曼猜想嗎？」

「你一眼就看出來了。」

黎曼猜想被認為是目前數學界最知名的難題，雖然只要證明數學家黎曼提出的猜想，但至今仍然沒有人成功。

湯川拿出的報告內容試圖證明那個猜想不正確，石神知道世界各地都有學者投入反證，當然目前也沒有人成功反證。

「這是數學系一位教授論文的影本，目前還沒有在任何地方發表。雖然還沒有成功反證，但已經進入了佳境。」湯川說。

「所以說，黎曼猜想錯誤嗎？」

「我只說漸入佳境，如果黎曼猜想正確，這份論文的某個地方應該有錯誤。」

湯川露出了搗蛋鬼在確認自己惡作劇成果時的眼神，石神看了之後，瞭解了他的用意。湯川在下戰帖，同時想瞭解「達摩石神」目前退步到什麼程度。

「可以借我看一下嗎？」

「我就是帶來給你看的。」

石神看著論文，隨即起身坐在書桌前，在一旁攤開新的報告紙，拿起了原子筆。

「你當然應該知道P≠NP的問題吧。」湯川在他身後問道。

石神轉頭回答：

「對於一個數學問題，到底是自己想出答案簡單，還是驗證別人口中聽到的答案是否正確更簡單，或是增加了多少難度——這是克雷數學研究所高額懸賞的難題之一。」

「你果然厲害。」湯川笑著舉杯喝酒。

石神再度面對書桌。

他向來認為數學就像在尋寶，首先要決定從哪一個點開始進攻，再思考找到解答的尋寶路徑，然後按照這個計畫寫出算式，從中尋找線索。如果無法發現任何線索，就必須改變路徑。只有發揮耐心，腳踏實地，而且大膽地持續摸索，才能找到別人沒有發現的寶藏，也就是正解。

使用這種比喻時，就會覺得驗證別人的解法，只是重走一次別人的挖掘路徑，感覺上很簡單，但事實並非如此。當別人走錯了路徑，找到了假寶藏時，要證明那是假的寶藏，有時候比尋找真正的寶藏更加困難，所以才會有人提出P≠NP這種無解的問題。

石神忘了時間的存在，競爭心、好奇心和自尊心讓他興奮不已，他的雙眼緊盯著算式，所有的腦細胞都用於算式。

石神突然站了起來。他拿著論文，轉過身，發現湯川把大衣蓋在身上，蜷縮著身體睡著了，他搖醒了湯川。

「你醒一醒，我知道答案了。」

湯川睡眼惺忪地慢慢坐了起來。他搓了搓臉，抬頭看著石神。

「你說什麼？」

「我知道答案了。很可惜，這個反證有錯誤，雖然是很有趣的嘗試，但對於質數的分佈有根本性的錯誤——」

「等一下，你等一下。」湯川把手伸到石神面前，「我剛睡醒，即使聽了你這些費解的說明也無法理解。不，即使我腦袋清醒時也難以理解。老實說，黎曼猜想把我難倒了，我只是覺得你可能會有興趣，所以才帶給你。」

「你剛才不是說，漸入佳境嗎？」

「那只是轉述那位數學系教授的話，他也發現反證中有錯誤，所以沒有發表這篇論文。」

「所以我發現那個錯誤也不足為奇。」石神有點失望。

「不，我覺得你很厲害，那位教授說，即使是小有成就的數學家，也無法馬上發現那個錯誤。」湯川看了看手錶，「你在短短六個小時就發現了，我覺得很了不起。」

「六個小時？」石神看向窗外，窗外的天空已經泛白。他看向鬧鐘，發現已經快五點了。

「你還是老樣子，我終於放心了。」湯川說：「我看著你的背影忍不住想，達摩石神依然健在。」

「不好意思，我忘了你還在這裡。」

「沒關係，倒是你最好睡一下，今天也要去學校吧？」

「對啊，但我太興奮了，根本睡不著。好久沒有這麼專心了，謝謝。」石神伸出了手。

「我很慶幸來找你。」湯川說完，和他握了手。

石神小睡到七點。不知道是因為大腦太疲勞，還是精神上得到了很大的滿足，石神在短時間內睡得很熟，醒來時比平時更加神清氣爽。

石神在漱洗時，湯川對他說：「你的鄰居很早出門啊。」

「鄰居？」

「剛才聽到隔壁的動靜，差不多六點半剛過就出門了。」

湯川似乎沒睡。

石神正在思考該說什麼，湯川又接著說：

「聽昨晚跟你提到的那個姓草薙的刑警說，你的鄰居好像有嫌疑，所以才會來向你打聽。」

石神故作平靜地穿了上衣問：「他會和你聊案情嗎？」

「有時候，每次都是去我那裡摸魚時順便吐一下苦水。」

「到底是什麼案子？那個姓草薙的刑警……是不是叫這個名字？他沒有告訴我詳情。」

「好像是有一個男人遭到殺害的命案，那個人就是你鄰居的前夫。」

「原來是這樣……」石神維持面無表情。

「你和隔壁鄰居有來往嗎？」湯川問。

石神立刻開始思考。聽湯川的語氣，似乎並不是基於特別的意圖問這個問題，所以也可以顧左右而言他，不正面回答他的問題，但石神很在意他和刑警很熟這件事。湯川或許會告訴草薙和自己重逢這件事，所以在回答之前必須想清楚。

「雖然沒有來往，但我經常去花岡小姐——就是我的鄰居，我經常去她工作的便當店，這件事我忘了告訴草薙刑警。」

「是喔，便當店喔。」湯川點了點頭。

「並不是因為鄰居在那裡上班，我才去那裡買便當，而是她剛好在我買便當的店裡工作，因為離我的學校很近。」

「是嗎？但即使只是這種程度的熟人，得知她變成了嫌犯，還是會覺得不自在吧？」

「是啊。」

湯川似乎並沒有起疑心。

他們在七點半走出公寓，湯川並沒有去最近的森下車站，而是提出和石神一起走去他任職的高中附近搭車，因為他說這樣可以少換一班電車。

湯川沒有再提命案和花岡靖子的事。石神剛才懷疑他受草薙之託來打探消息，但似乎想太多了，更何況草薙並沒有理由要用這種方式來調查石神。

「你的通勤路線真有意思。」經過新大橋下方，走在隅田川畔時，湯川說道。可能是因為看到旁邊有一排遊民住的地方。

那個把一頭花白頭髮綁在腦後的男人正在晾衣服，石神取名為「罐男」的男人一如往常，正在不遠處把空罐壓扁。

「這裡的景象和平時一樣，」石神說，「這一個月期間都沒有任何改變，他們的生活就像時鐘一樣精準。」

「人類擺脫了時鐘，反而會變成這樣。」

「我也有同感。」

他們在清洲橋前走上階梯，旁邊有一棟辦公大樓。石神看到在一樓玻璃門上反射了自己和湯川的身影，忍不住搖了搖頭。

「湯川，你還是這麼年輕，和我大不相同，頭髮也很濃密。」

「我也大不如前了，頭髮倒是還好，但腦袋變遲鈍了。」

「你別不知足了。」

石神雖然開著玩笑，但忍不住有點緊張。繼續走下去，湯川會跟著自己去「弁天亭」。這位天才物理學家的觀察力很出色，石神擔心他會發現自己和花岡靖子之間的關係，而且靖子看到石神和陌生人一起出現，可能也會驚慌失措。

在看到便當店的招牌時，石神對湯川說：

「那就是我和你提到的便當店。」

「是喔，原來叫『弁天亭』，這個名字真有意思。」

「我今天也要去買便當。」

「是嗎？那我就先走了。」湯川停下腳步。

雖然有點意外，但石神暗自慶幸。

「不好意思，都沒有好好招待你。」

「我受到了最好的款待。」湯川瞇起眼睛，「你已經不打算回大學從事研究了嗎？」

石神搖了搖頭說：

「在大學能做的事，我一個人也可以做，更何況我都這把年紀了，也沒有大學會要我。」

「應該沒這回事，但也不勉強你，以後也繼續加油。」

「你也是。」

「很高興見到你。」

握手之後，石神目送湯川離去。並不是因為依依不捨，而是不希望湯川看到自己走進「弁天亭」。

湯川的身影完全消失後，他轉身快步走了起來。

7

靖子看到石神的臉，不由得鬆了一口氣。因為他臉上的表情很平靜。昨天晚上，似乎難得有客人上門找他，聽到他們聊天到深夜的聲音，靖子很擔心又是刑警。

「一個招牌便當。」他像往常一樣，用沒有起伏的聲音點了便當，然後像往常一樣，完全沒看靖子一眼。

「好，一個招牌便當，謝謝。」她回答後，小聲地問：「昨天有朋友來找你？」

「啊……啊啊。」石神抬起頭，驚訝地眨了眨眼睛，然後巡視四周，小聲地說：「妳最好別和我說話，因為不知道刑警在哪裡監視。」

「對不起。」靖子縮起了脖子。

在便當做好之前，兩個人都默然不語，也沒有看對方。

靖子看向馬路，完全沒發現任何人在監視。但即使刑警在監視，也不可能讓她發現。

便當做好了，她把便當交給石神。

「是我的老同學。」他在付錢時小聲說道。

「啊？」

「以前的大學同學來找我，不好意思，吵到妳們了。」石神在說話時盡可能不動嘴巴。

「不，不會。」靖子忍不住露出了笑容，她低下了頭，以免被外面的人看到她的嘴巴，「原來是這樣，難得有朋友來找你。」

「第一次，我也嚇了一跳。」

「太好了。」

「嗯，是啊。」石神拎起裝了便當的袋子說：「那就晚上再說。」

石神似乎是指打電話的事。靖子應了一聲：「好。」

目送著石神寬闊的背影離去，靖子對他這麼孤僻的人竟然有朋友來找他感到意外。

上午的顛峰時間過後，她像往常一樣和小代子他們一起休息。小代子喜歡吃甜食，拿了大福出來。米澤喜歡吃鹹食，所以沒有興趣，只顧著喝茶，打工的金子去送便當了。

「昨天來過之後沒有再來找妳嗎？」小代子喝了一口茶之後問。

「誰？」

「就是那些人啊，那兩個刑警。」小代子皺著眉頭說，「因為他們不停地問妳前夫的事，我還在和我老公說，會不會晚上又去找妳，對不對？」小代子徵求米澤的同意，寡言的米澤輕輕點了點頭。

「喔，之後沒再來找我。」

雖然刑警在美里放學後找她問話，但靖子認為沒必要告訴他們。

「那真是太好了，刑警真的糾纏不清。」

「他們只是來問一下情況，」米澤說，「並不是在懷疑靖子，他們也得公事公辦。」

「也是啦，畢竟刑警也是公務員。雖然這麼說有點那個，幸好富樫沒來這裡，如果在他被殺之前來這裡，警察就真的會懷疑靖子了。」

「怎麼可能？怎麼會有這種荒唐事？」米澤露出了苦笑。

「誰知道啊，刑警不是說，富樫在『瑪麗安』打聽了靖子的事，不可能沒來這裡嗎？他們說話時，一臉懷疑的表情。」
「瑪麗安」是靖子和小代子以前在錦糸町上班的那家酒店。
「即使他們這麼說，他沒來就是沒來啊。」
「所以我才說，幸好他沒來啊。如果富樫來過一次，那個刑警一定會對靖子糾纏不休。」

如果他們知道富樫其實來過這裡，不知道會露出怎樣的表情，靖子感到坐立難安。

「靖子，雖然有點煩，但再忍耐一陣子。」小代子輕鬆地說，「因為妳前夫離奇死亡，所以刑警才會找上門，應該很快就會查明和妳無關，到時候妳就真的輕鬆了，因為妳之前不是為富樫的事很煩惱嗎？」
「是啊。」靖子硬是擠出了笑容。
「說句心裡話，我覺得富樫被殺真是大快人心。」
「喂！」
「有什麼關係嘛，我只是說出心裡的想法。你根本不知道靖子因為那個男人吃了多少苦。」
「妳也不知道啊。」

「雖然我不是直接知道，但靖子告訴我很多事。當初是為了逃離那個男人，才開始去『瑪麗安』上班。沒想到他又來找靖子，光是想像一下，就覺得渾身起雞皮疙瘩。雖然不知道是誰殺了他，但真的很感謝那個人。」

米澤一臉很受不了地站了起來。小代子一臉不悅地看著他的背影離去，把臉湊向靖子說：

「話說回來，到底發生了什麼事？會不會是被債主追殺？」

「不知道。」靖子偏著頭。

「只要妳不會受到池魚之殃就好，我只擔心這件事。」小代子一口氣說完後，把剩下的大福塞進嘴裡。

回到櫃檯後，靖子的心情仍然很沉重。米澤夫妻完全沒有懷疑她，反而擔心這起命案會對她造成負面影響。想到自己欺騙了他們，就感到很難過。但是，如果靖子遭到逮捕，會為他們帶來很大的困擾，也會影響「弁天亭」的生意。想到這裡，她就覺得只能徹底隱瞞這件事。

她工作時一直在想這件事，經常會分心，但立刻告訴自己，現在必須努力工作，所以立刻專心招呼客人。

將近六點時，有一段時間沒有客人上門了。這時，店門打開了。

「歡迎光臨。」靖子不假思索地招呼著，一看到客人的臉，立刻瞪大了眼睛，「啊喲……」

「嗨！」男人笑了笑，眼角露出了魚尾紋。

「工藤先生，」靖子捂住了張開的嘴巴，「你怎麼來了？」

「我怎麼來了？來買便當啊。沒想到種類很豐富啊。」工藤抬頭看著便當的照片。

「你是去『瑪麗安』打聽到的嗎？」

「是啊，」他笑了笑，「昨天難得去了一趟。」

靖子站在櫃檯向裡面叫了一聲：「小代子，重大事件，妳過來一下。」

「怎麼了？」小代子驚訝地瞪大了眼睛。

靖子笑著說：「是工藤先生，工藤先生來了。」

「啊？工藤先生……」小代子解開圍裙走了出來，抬頭看著身穿大衣，面帶笑容的男人，然後張大了嘴，「哇，工藤，是你啊！」

「妳們兩個人看起來都很不錯，媽媽桑，妳和妳老公感情還好嗎？店裡的話，看了就知道很順利。」

「馬馬虎虎啦，你怎麼突然來了？」

「嗯，因為我想看看妳們。」工藤抓著鼻子，看著靖子。他害羞時的這個習慣動作和幾年前一樣。

工藤是靖子以前在赤坂上班時的熟客，他每次去店裡都會點靖子的檯，也曾經在她去店裡上班之前一起去吃飯。在她下班之後，也不時一起去喝酒。靖子為了逃離富樫，開始去「瑪麗安」上班後，只通知了工藤一個人，他立刻成為經常捧場的常客。靖子辭去「瑪麗安」時，也第一個告訴他。他雖然露出落寞的表情，但還是對她說：「妳要努力讓自己幸福。」

今天是久別後第一次見面。

米澤也從後方走了出來，一起聊著往事。米澤和工藤都是「瑪麗安」的常客，彼此也都認識。

聊了一陣子後，小代子貼心地說：「你們一起去喝杯咖啡吧。」米澤也點著頭。

靖子看向工藤，工藤問她：「妳有空嗎？」也許他原本就有這個打算，所以特地挑這個時間上門。

「那就去小坐一下。」她笑著回答。

走出便當店，他們走向新大橋路。

「原本想約妳吃飯，但今天就算了，妳女兒應該在家裡等妳。」工藤說。靖子以前在赤坂上班時，他就知道靖子有一個女兒。

「工藤先生，你兒子還好嗎？」

「很好啊，今年已經高三了，想到考大學的事就很頭痛。」他皺起了眉頭。

工藤開了一家小印刷廠，之前聽說他和妻子、兒子三個人一起住在大崎。

他們走進新大橋路旁的一家小咖啡店，雖然十字路口那裡有一家家庭餐廳，但靖子刻意避開了那裡。因為她之前和富樫約在那裡見面。

「我去『瑪麗安』是為了打聽妳的消息。妳從那裡離職時，聽說了妳要去小代子媽媽桑的便當店，但我不知道地點在哪裡。」

「你突然想起我了嗎？」

「嗯，是啊。」工藤點了一支菸，「不瞞妳說，我是看到新聞得知了命案的事，所以有點擔心妳，妳的前夫遭遇了不幸。」

「喔……你竟然知道是他。」

工藤吐著煙，苦笑著說：

「當然知道啊，因為被害人姓富樫，而且我也不會忘記他的長相。」

「……對不起。」

「妳不需要道歉。」工藤笑著搖了搖手。

靖子當然知道工藤喜歡她，她也對工藤有好感，但他們之間從來沒有發生過所謂的男女關係。工藤曾經多次邀她去賓館，但她每次都委婉拒絕。因為她沒有勇氣和有家室的男人外遇，而且雖然當時沒有告訴工藤，她也有丈夫。

工藤在某次送靖子回家時遇見了富樫。她每次都在離家有一小段距離的地方下車，那次也一樣，但不小心把香菸忘在計程車上。工藤追了上去，想把香菸還給她，看到她走進了公寓。他就去按了那個房間的門鈴，沒想到開門的不是靖子，而是一個陌生男人——富樫。

富樫當時喝醉了酒，認定突然上門的工藤是糾纏靖子的客人。工藤還來不及說明，他就勃然大怒，動手打人。如果不是正準備洗澡的靖子制止，富樫恐怕會去拿菜刀。

幾天之後，靖子帶著富樫去向工藤道歉。富樫當時一臉老實相，可能擔心工藤去報警。

工藤並沒有動怒，只是提醒富樫，不要讓太太一直在酒店上班。富樫明顯很不高興，但只是默默點了點頭。

工藤之後也照常來店裡，對靖子的態度也沒有改變，只是不再和她約在外面見面。

他偶爾會在周圍沒有其他人時打聽富樫的情況，通常都是問他有沒有找到工作，但她每次都搖頭。

最先發現靖子遭到富樫暴力相向的也是工藤，她靠化妝巧妙地掩飾臉上和身上的瘀青，卻無法逃過他的眼睛。

妳最好去找律師，費用由我支付——工藤這麼對她說。

「情況怎麼樣？妳的周遭有沒有什麼改變嗎？」

「改變的話……就是警察會來找我。」

「果然是這樣嗎？被我猜到了。」工藤露出不悅的表情。

「沒什麼好擔心的。」靖子笑著對他說。

「只有警察來找妳嗎？有沒有記者？」

「沒有。」

「是嗎？太好了，話說回來，雖然我知道這不是媒體有興趣的大案子，只是覺得萬一妳遇到什麼麻煩，我可以幫助妳。」

「謝謝你，你還是這麼善良。」

工藤聽到她這麼說，似乎有點害羞，低頭拿起咖啡杯。

「所以，妳和這起命案沒有關係。」

「當然沒有關係，你以為和我有關嗎？」

「看到新聞時，我立刻想起了妳，然後突然感到不安。因為畢竟是殺人命案，雖然我不知道他是因為什麼原因、被誰殺害，但很擔心妳會遭受池魚之殃。」

「小代子也說了相同的話，看來大家想的都一樣。」

「看到妳很有精神，就知道自己想太多了。妳幾年前就已經和他離婚了，最近也沒有見面吧？」

「和他嗎？」

「是啊，和富樫。」

「沒有啊。」靖子感覺到自己在回答時，臉上的表情有點僵。

工藤之後談論了自己的近況。雖然經濟不景氣，但他的公司勉強維持業績。談到家庭時，他只提獨生子的事。他向來都是這樣，靖子完全不瞭解他和妻子的感情如何，但猜想應該不至於感情不好。因為靖子以前在酒店上班時體悟到，在外面與人為善的男人通常家庭也很圓滿。

走出咖啡店時，外面下起了雨。

「都是我不好，如果妳一下班就回家，就不會遇到下雨了。」工藤一臉歉意地回頭看著靖子說。

「你別這麼說。」

「離這裡很遠嗎？」

「騎腳踏車十分鐘左右。」

「腳踏車？原來是這樣啊。」工藤咬著嘴唇，抬頭看著下雨的天空。

「沒關係，我帶了折傘，把腳踏車留在店裡就好，明天早上只要早點出門就解決了。」

「那我送妳回家。」

「啊，沒關係啦。」

但工藤已經走下人行道，舉手攔了計程車。

「下次可不可以找時間吃頓飯？」計程車上路後不久，工藤問她，「也可以帶妳女兒一起來。」

「你不必擔心她，你沒問題嗎？」

「我隨時都沒問題，現在也不會太忙。」

「是喔。」

靖子問的是他太太的事，但並沒有再追問。因為她覺得工藤其實知道她在問什麼，只是假裝會錯了意。

工藤問了她的手機號碼，靖子告訴了他。因為沒有理由拒絕。

工藤一直送她到公寓門口，因為靖子坐在裡面，所以他先下了車。

「你趕快上車，不然會被雨淋到。」她下車後說。

「那就下次見。」

「嗯。」靖子輕輕點了點頭。

工藤坐上計程車時，雙眼看向她的身後。靖子順著他的視線回頭一看，發現一個男人撐著傘，站在樓梯下方。雖然因為天色很暗，看不清楚那個人的臉，但根據他的體型，靖子知道是石神。

石神慢慢離開了。靖子猜想工藤之所以會看他，應該是石神一直看著自己和工藤。

「我再打電話給妳。」工藤說完這句話，搭計程車離開了。

靖子目送著車尾燈遠去，發現自己好久沒有這麼激動了。她忍不住思考，已經多少年沒有體會過這種和男人在一起興奮的感覺？

她看到計程車超越了石神。

回到家時，發現美里在看電視。

「今天學校有沒有什麼事？」靖子問。

學校當然不可能有什麼事。美里也很清楚這一點。

「沒事，實香也沒說什麼，我猜想刑警還沒有去找她。」

「是喔。」

不一會兒，她的手機響了。液晶螢幕顯示是公用電話打來的。

「喂？是我。」

「我是石神。」電話中傳來意料之中的低沉聲音，「今天有什麼狀況嗎？」

「沒什麼特別的狀況，美里也說沒有事。」

「是嗎？但請不要大意，因為警方應該還沒有排除對妳的懷疑，我猜想目前正在徹底調查妳周遭的情況。」

「我知道了。」

「有沒有其他狀況？」

「啊……」靖子有點不知所措，「我不是說了嗎？沒有任何異狀。」

「喔……對喔，不好意思，那就明天再說。」石神掛上了電話。

靖子放下手機時感到有點訝異，因為她覺得石神難得有點慌亂。

靖子猜想應該是看到工藤的關係。石神看到工藤和她說話時很親密，可能納悶到底是誰。因為很想知道工藤的事，所以最後才問了那麼奇怪的問題。

靖子知道石神為什麼會幫助她們母女，應該如同小代子所說，他對靖子有好感。但是，如果她和其他男人親近呢？他仍然會像現在一樣幫助她們嗎？仍然會費盡腦力為她們母女解決問題嗎？

靖子心想，也許最好不要和工藤見面，即使見面，也不能讓石神發現。

當她這麼一想，內心突然有一種難以形容的焦躁。

這種情況要持續多久？必須背著石神到什麼時候？還是在這起命案的追訴期滿之前，自己都永遠無法和其他男人在一起嗎？

8

除了球鞋底嘰嘰滑動的聲音，同時還聽到像是輕微的破裂聲。那都是令草薙懷念的聲音。

他站在體育館門口看向館內。湯川握著球拍，站在靠門口的球場上。湯川大腿的肌肉終究不如年輕的時候，但姿勢還是和以前一樣。

他的對手似乎是學生，那個學生球技不凡，即使面對湯川毫不留情的攻擊，也能夠化險為夷。

學生扣殺成功，湯川當場坐在地上，苦笑著不知道說了什麼。然後他看到了草薙，向學生打了聲招呼，拿著球拍走了過來。

「今天又有什麼事？」

草薙聽到湯川這麼問，身體微微後仰。

「你說這種話也太過分了，是你打電話給我，我以為你有什麼事，所以才來找你。」

草薙的手機有湯川的來電紀錄。

「原來是這樣。因為不是什麼重要的事，所以我也沒有留言。因為你關機，所以我猜想你很忙，就不打擾了。」

「那時候正在看電影。」

「看電影？在上班時間？你還真好命啊。」

「才不是你想的那樣，是為了確認上次說的不在場證明，因為我想瞭解一下到底是怎樣的電影，否則沒辦法確認嫌犯說話的真偽。」

「反正就是很好命。」

「為了工作看電影這種事根本沒有樂趣可言，早知道你沒有重要的事，我就不必特地跑一趟了。我打電話到你的研究室，他們說你在體育館。」

「既然你來了，那就一起吃飯吧，而且的確有點事想找你。」湯川換上了放在門口的鞋子。

「到底有什麼事？」

「就是那件事啊。」湯川邊走邊說。

「那件事？」

湯川停下腳步，用球拍指著草薙說：「就是電影院的事。」

他們來到大學旁的居酒屋。草薙以前讀書時沒有這家店，他們坐在後方的桌子旁。

「嫌犯說，她們是在命案發生的本月十日去看電影，嫌犯的女兒在十二日和同學聊了這件事。」草薙為湯川的杯子倒啤酒時說，「我剛才去確認過了，我去看電影就是為此做準備。」

「你不用說藉口了，你問了她女兒同學的結果如何？」

「現在還很難說。聽那個同學說，並沒有任何不自然的地方。」

那個同學名叫上野實香，花岡美里的確在十二日那一天告訴她，和母親一起去看電影的事。因為實香也看過那部電影，所以兩個人討論得很熱烈。

「在命案發生的兩天後這一點令人在意。」湯川說。

「沒錯。通常都是在看完電影的隔天，和看過電影的人熱烈討論，所以我認為她們可能是十一日去看了電影。」

「有這個可能嗎？」

「不能斷定沒有。嫌犯六點下班，她女兒練完羽毛球馬上回家，來得及看七點那場電影。事實上，她們就是主張十日那一天也是這樣回家後去看電影。」

「羽毛球？她女兒參加了羽球社嗎？」

「第一次去她們家時，我看到家裡有球拍，所以立刻就知道了。對了，羽球社這件事也令人在意，你當然也知道，打羽毛球是很激烈的運動，雖說是中學生，但練習完羽球通常都很累。」

「除非像你這樣經常逃避練習。」湯川把芥末沾在關東煮的蒟蒻上說。

「不要打斷我說話，我想說的是……」

「中學生在練完羽毛球已經累壞了，之後去看電影也就罷了，再去ＫＴＶ唱歌到深夜很不自然——你是不是這個意思？」

草薙驚訝地看著朋友的臉，因為這正是他想說的話。

「但也無法一概而論，就認為這樣不自然，因為女生也可能體力很好。」

「雖然是這樣，但她很瘦，看起來體力並沒有很好。」

「也許那天練習並沒有很累，而且你不是已經確認，她們在十日的那天晚上去了ＫＴＶ嗎？」

「是啊。」

「她們幾點去ＫＴＶ？」

「九點四十分。」

「你說嫌犯六點從便當店下班，命案現場在篠崎，扣除來回的時間，有兩個小時犯案的時間。嗯，也不是不可能。」湯川拿著免洗筷，抱著手臂。

草薙看著他，忍不住思考自己是否曾經向他提過嫌犯在便當店工作這件事。

「你為什麼突然對這起命案產生了興趣？你很少主動問我偵查進度。」

「稱不上有興趣，只是有點在意，我並不討厭這種所謂牢不可破的不在場證明。」

「也不是說牢不可破，只是難以確認，所以很傷腦筋。」

「用你們的話來說，那個嫌犯會不會是清白的？」

「也許有這種可能，但目前並沒有其他可疑的人物，而且她剛好在案發當天晚上去看電影，去唱ＫＴＶ，你不覺得也太巧了嗎？」

「我能夠理解你的心情，但必須用理性判斷，你是不是該關心一下不在場證明以外的部分？」

「不需要你提醒，我們也努力在做該做的事。」草薙從掛在椅子上的大衣口袋裡拿出一張影印紙攤在桌子上，上面畫了一個男人。

「這是什麼？」

「這是被害人生前的樣子，有幾名刑警拿著這個在篠崎車站附近打聽。」

「我記得你曾經說，被害人的衣物被燒了，只是沒有燒光，深藍色的夾克和灰色毛衣，還有深色長褲，這身衣服很常見啊。」

「對不對？所以許多人都說好像看過這樣的男人，負責查訪的同事都傷透了腦筋。」

「到目前為止，並沒有任何有用的線索嗎？」

「是啊，只有一個消息例外。有一個粉領族說，在車站附近看過這身打扮的可疑男人，但只是在那裡晃來晃去。因為這張圖貼在車站，所以她看到之後，就向分局主動提供消息。」

「原來還有這麼熱心的民眾，你們有沒有向那個粉領族打聽一下進一步的情況？」

「不需要你提醒，也已經這麼做了，但她看到的並不是被害人。」

「你怎麼知道？」

「雖然是在車站看到，但並不是在篠崎車站，而是在前一站的瑞江車站，而且長相也不一樣。向她出示被害人照片後，她說看到的那個人臉更圓。」

「喔，是圓臉啊……」

「我們的工作就是像這樣一次又一次揮棒落空，哪像你生活的世界，只要邏輯說得通，就能夠受到認同。」草薙用筷子夾起戳成小塊的馬鈴薯說道，但湯川沒有反應。

草薙抬起頭，發現湯川輕輕握著雙手看著半空。

草薙很瞭解，這是這位物理學家陷入沉思時的表情。

湯川的雙眼漸漸聚焦，然後將視線移向草薙。

「你曾經說，屍體的臉被打爛了，對嗎？」

「沒錯，而且指紋也被燒掉了，兇手可能不希望警方瞭解被害人的身分。」

「兇手用什麼工具打爛屍體的臉？」

草薙確認周圍沒有人在偷聽他們說話後，探出身體說：

「雖然目前還沒有發現，但兇手應該使用了鐵鎚之類的東西，然後用這個工具敲打臉部多次，把骨頭都敲碎了。牙齒和下巴都打爛了，完全無法比對牙科的病歷。」

「鐵鎚喔……」湯川用筷子夾開關東煮的蘿蔔時嘀咕。

「怎麼了嗎？」草薙問。

湯川放下筷子，把雙肘放在桌子上。

「如果那個在便當店上班的女人是兇手，你認為她當天採取了怎樣的行動？你不是認為她說去看電影是說謊嗎？」

「我並沒有認定她在說謊。」

「別管這些了，說說你的推理。」湯川說話時招著手，用另一隻手拿起酒杯喝了起來。

草薙皺著眉頭，舔了舔嘴唇。

「雖然稱不上是推理，但我這麼認為。便當店的……說起來太麻煩了，就稱她是A子。A子下班之後，六點多離開便當店，然後走路到濱町車站大約十分鐘，搭地鐵到篠崎車站大約二十分鐘，從車站搭公車或計程車到現場的舊江戶川附近的話，應該七點左右。」

「被害人在這段時間做什麼？」

「被害人也前往現場，他應該約了和A子見面，但被害人從篠崎車站騎腳踏車前往現場。」

「腳踏車？」

「對，屍體旁丟了一輛腳踏車，上面的指紋和被害人的指紋一致。」

「指紋？你不是說他的指紋被燒掉了嗎？」

草薙點了點頭說：

「這是在查明被害人身分之後確認的，和被害人在租用的民宿房間內採集到的指紋一致。喔喔，我知道你想說什麼。你想要說，這樣只能證明租用民宿的人使用了腳踏車，但未必是屍體本人，對不對？也許租用民宿的人是兇手，這個兇手使用了那輛腳踏車。你先別急，我們也確認了掉落在房間內的毛髮，和屍體的毛髮一致，而且也鑑定了DNA。」

湯川聽到草薙一口氣說了這些話，忍不住露出苦笑。

「我不會認為這年頭，警方在確認身分時會出差錯，但被害人騎腳踏車這一點倒是耐人尋味，被害人把腳踏車放在篠崎車站嗎？」

「不，這個嘛——」

草薙把腳踏車失竊的事告訴了湯川。

戴著金框眼鏡的湯川瞪大了雙眼。

「所以被害人不是搭公車或是計程車，而是特地從車站偷了腳踏車去現場嗎？」

「就是這樣。在調查之後發現，被害人目前失業，身上沒有多少錢，可能不捨得花錢搭公車吧。」

湯川一臉難以理解的表情抱著雙臂，鼻子用力噴氣。

「好吧，A子和被害人就這樣在現場見了面，你繼續說下去。」

「即使他們約定見面，A子可能也躲起來了。看到被害人出現後，悄悄從背後靠近，然後用手上的繩子套在被害人的脖子上，用力勒緊。」

「停一下！」湯川伸出張開的手，「被害人的身高多少？」

「一百七十公分出頭。」草薙克制著內心的不悅回答。他知道湯川想要說什麼。

「A子呢？」

「差不多一百六十公分左右。」

「身高相差超過十公分嗎？」湯川托腮笑著說，「你似乎知道我想說什麼。」

「要勒死比自己高的人的確不容易，從被害人脖子上留下勒痕的角度，也可以發現繩子是往上方拉扯，但是，被害人可能坐著，他可能跨坐在腳踏車上。」

「原來如此，可以這麼狡辯。」

「才不是狡辯！」草薙用拳頭敲著桌子。

「然後呢？A子脫光被害人的衣服，用帶來的鐵鎚把他的臉打爛，再用打火機燒他的指紋，燒他的衣服，然後逃離現場嗎？」

「九點到錦糸町並非不可能的事。」

「時間上沒問題，但你的推理有很多牽強的部分，該不會搜查總部所有人都同意你的推理吧？」

草薙撇了撇嘴，喝完了杯中的啤酒，叫住剛好經過的店員，又點了新的啤酒後，才轉頭看著湯川說：

「很多人都覺得女人不可能做到。」

「我想也是。再怎麼出其不意，男人一旦抵抗，很難有辦法勒死對方。而且男人絕對會抵抗，再加上之後處理屍體的問題，對女人來說也很困難。很遺憾，我無法贊同刑警草薙先生的意見。」

「我猜想你會這麼說，我也不認為這個推理正確，只覺得是各種可能性之一。」

「聽你的語氣，好像還有其他想法。既然都聊到這件事了，你就別遮遮掩掩，把其他假設也一起說來聽聽。」

「我並不是故弄玄虛，剛才說的是認為發現屍體的地點就是犯案現場的情況，也可能在其他地方殺了之後，丟棄在目前發現屍體的現場。姑且不論A子是不是兇手，目前搜查總部內認為屬於這種情況的人佔大多數。」

「通常都會這麼認為，但你並不認為這種可能性最大，請問是為什麼？」

「很簡單，如果A子是兇手，就不可能是這種情況。因為她沒有車子，而且根本不會開車，根本沒辦法搬運屍體。」

「原來是這樣，的確是無法忽視的問題。」

「而且，遺留在現場的腳踏車也是一個問題。雖然可以認為是兇手故佈疑陣，偽裝成犯案現場，但在腳踏車上留下指紋這件事就根本沒有意義，因為屍體的指紋被燒掉了。」

「從各方面來說，那輛腳踏車的事的確令人費解。」湯川的五根手指好像在彈鋼琴般在桌上動來動去，當他停下手之後說：「總之，也許認為兇手是男人比較妥當。」

「這是搜查總部的主流意見，但並沒有把A子排除在外。」

「你是說，除了A子以外，還有男性共犯嗎？」

「目前正在清查她周遭的關係，她以前在酒店上班，不可能完全沒有男人。」

「全國的酒店小姐聽到你這句話都會抗議。」湯川笑著喝了一口啤酒後，恢復了嚴肅的表情，「你可以再給我看一下剛才那張畫嗎？」

「這個嗎？」草薙拿出畫了被害人服裝的畫。

湯川看著那張畫說：

「兇手為什麼要把屍體的衣服脫光呢？」

「應該是為了避免屍體的身分曝光，和破壞臉部和指紋一樣。」

「如果是這樣，只要把脫下的衣服帶走就好。因為兇手燒衣服，才會只燒了一半，結果讓你們畫出這張畫。」

「可能太慌張了吧。」

「更何況又不是皮夾或是駕照，能夠靠衣服和鞋子判斷屍體的身分嗎？脫下屍體衣服的風險太大了，照理說，兇手應該分秒必爭地逃離現場。」

「你到底想說什麼？難道兇手脫掉屍體身上的衣服還有其他理由嗎？」

「我無法斷言，但如果真的有其他原因，在找出這個原因之前，你們恐怕查不到兇手。」湯川說完，手指在那張畫上畫了一個很大的問號。

二年三班的數學期末考成績慘不忍睹。不光是三班，整個二年級的成績都很差，石神覺得學生的素質一年比一年差。

把考卷發還給學生後，石神公佈了補考日期。這所學校所有的科目都有最低分數，如果不達到這個分數就無法升級，只不過會有好幾次補考，只有極少數學生真的會留級。

學生聽到補考，紛紛發出不滿的聲音。反正每次都這樣，石神沒有理會他們，但有人對他說：
「老師，有些大學根本不用考數學，如果考這些學校，數學成績根本不重要吧？」
石神看向說話的學生。那個姓森岡的學生抓著脖頸，問周圍的同學：「對不對？」雖然森岡個子不高，但即使石神不是導師，也知道他是班上的意見領袖。他偷偷騎機車上學，曾經被學校警告過幾次。
「森岡，你打算考這種大學嗎？」石神問。
「如果要考大學，我就會考這種大學，但現在我並不想讀大學，反正升上三年級後，我就不會選修數學了，數學成績再差都無所謂。老師，你要教我們這些笨學生也很辛苦，所以我們不要相互為難，該怎麼說，就用大人的方式來解決吧。」
其他學生似乎覺得「用大人的方式來解決」很有趣，都忍不住笑了起來，石神也露出苦笑。
「如果你體諒我的辛苦，希望你補考可以及格。這次只考微積分，一點都不難。」
森岡用力咂著嘴，蹺起了伸到課桌外的腳。
「微積分到底有什麼用處？根本是在浪費時間。」

石神原本轉身面對黑板，打算講解期末考的試題，聽到森岡的話，轉頭看著他，他不能假裝沒聽到。

「森岡，你好像喜歡機車？你有沒有看過摩托車賽？」

森岡聽到石神突然這麼問，一臉不知所措地點了點頭。

「摩托車在比賽中並不是一直維持相同的速度，除了必須根據地形和風向以外，還會基於比賽策略不停地改變速度。什麼時候該忍耐，什麼時候該加速的瞬間判斷決定了勝負，你瞭解嗎？」

「我雖然瞭解，但這和數學有什麼關係？」

「要加速多少，就是那個時間點速度的微分。進一步來說，行駛距離是隨時變化的速度的積分。比賽時，每輛摩托車行駛的距離都一樣，想要在比賽中獲勝，如何處理速度的微分就成為重要的要素。怎麼樣？你聽了之後，仍然覺得微積分沒有用嗎？」

森岡可能無法理解石神說的話，露出了困惑的表情。

「但是賽車手根本沒想到微分或是積分這種事，只是憑經驗和直覺參加比賽。」

「賽車手的確是這樣，但協助賽車手的工作人員就不一樣了，他們不斷模擬，瞭解在哪裡、要如何加速，建立比賽策略。這種時候就要用到微積分，也許他們並沒有意識到自己在使用微積分，卻使用了應用微積分設計的電腦軟體。」

「既然這樣，只要設計電腦軟體的人學數學不就好了嗎？」森岡整個人向後仰，

「反正我不會成為這種人。」

「即使你不會，也許班上的某個同學會，數學課就是為了這些同學而存在。我有言在先，我上課所教的只是數學這個世界的入口，如果你們連入口在哪裡都不知道，當然就不可能走進這個世界。討厭數學的人不必走進去，我的數學考試，只是想確認你們知不知道入口在哪裡。」

石神從中途開始，看著全班的學生說話。為什麼要學數學？每年都會有學生問這個問題，他每次都重複類似的內容。這次因為知道那個學生喜歡機車，所以舉了摩托車賽的例子。去年對一個立志成為音樂人的學生說了數學在音響工學上的應用，這種程度的事根本難不倒石神。

下課後回到辦公室，看到辦公桌上有一張便條紙，上面寫了一個手機號碼，並用潦草的字寫著「姓湯川的人來電」。那是另一名數學老師的筆跡。

湯川找我有什麼事？石神沒來由地不安起來。

他拿起手機來到走廊上，撥打了便條紙上的號碼，鈴聲只響了一次就接通了。

「不好意思，在你上班的時候打擾。」湯川一接起電話就說道。

「找我有什麼急事嗎？」

「嗯，說急的話的確有點急，今天等一下可以見面嗎？」

「等一下嗎……我還有一些事要處理，如果五點之後，倒是可以安排一下。」剛才上完第六節課，各班開始上班會課。石神不是導師，柔道場可以請其他老師幫忙鎖門。

「那我五點在大門口等你，可以嗎？」

「沒問題……你人在哪裡？」

「就在你學校附近，那就一會兒見。」

「好。」

石神掛上電話後，用力握緊手機，湯川到底有什麼急事需要特地造訪？

改完考卷，收拾完東西時剛好五點。石神走出辦公室，穿越操場走向大門。

身穿黑色大衣的湯川站在大門前的斑馬線旁，一看到石神，立刻笑著向他揮手。

「不好意思，還讓你特地提早下班。」湯川笑著對他說。

「你突然來這裡，到底有什麼事？」石神也放鬆了臉上的表情問。

「我們邊走邊聊。」

湯川沿著清洲橋路走了起來。

「不，要往這裡走。」石神指著旁邊那條路，「沿著這條路直走，離我家更近。」

「我想去那裡，就是那家便當店。」湯川一派輕鬆地說。

「便當店……為什麼？」石神感覺到自己表情僵硬。

「為什麼？那還用問嗎？當然是為了買便當啊，我等一下還要去其他地方，可能沒時間好好吃飯，所以我想先準備好晚餐。那家的便當應該很好吃吧，否則你也不會每天早上都去買。」

「喔……原來是這樣，那我們走吧。」石神也走向那裡。

兩個人並肩走向清洲橋，一輛大卡車從他們身邊駛過。

「前幾天我遇到了草薙，就是上次跟你提到的那個去找你的刑警。」

石神聽了湯川的話緊張起來，不祥的預感更加強烈。

「他說什麼？」

「沒說什麼重要的事，他每次工作上遇到瓶頸就會來找我吐苦水，而且每次都帶給我一些難題，讓我傷透腦筋。以前他還曾經要我解開騷靈現象的謎團，真是麻煩透了。」

湯川把那次的騷靈現象告訴了石神，的確是一起耐人尋味的事件，但湯川特地來學校找石神，不可能是為了告訴他那起事件。

石神正想問他今天的目的，就看到了「弁天亭」的招牌。

石神對和湯川一起走進便當店感到不安，因為他無法預料靖子看到他們會有怎樣的反應，石神在這個時間出現已經不同尋常，而且還和其他人一起上門，也許她會亂猜，石神只能祈禱她的態度不會太不自然。

湯川完全不理會他的這些想法，打開了「弁天亭」的玻璃門走了進去。石神無可奈何地跟了進去。靖子正在接待其他客人。

「歡迎光臨。」靖子對湯川露出親切的笑容，接著看向石神，立刻露出了既驚訝又困惑的表情，笑容僵在那裡。

「他怎麼了嗎？」湯川似乎察覺了她的態度問道。

「啊，沒有。」靖子仍然笑得很尷尬，搖了搖頭說：「這位是我的鄰居，平時都來買便當……」

「我也聽說了，我也是聽他提起這家店，所以想來吃看看。」

「謝謝。」靖子鞠了一躬。

「我和他是大學同學。」湯川轉頭看著石神，「前幾天也去他家玩。」

「喔。」靖子點了點頭。

「妳有聽他提起嗎？」

「對，稍微提了一下。」

「是嗎？哪一個便當最好吃？他平時都買什麼便當？」

「石神先生通常都買招牌便當，但今天賣完了……」

「真是太可惜了，哪一個好呢？每一個看起來都很好吃。」

湯川在選便當時，石神看著玻璃門外。因為他覺得可能有刑警躲在哪裡監視，他絕對不希望刑警看到自己和靖子很熟絡的樣子。

不，在此之前，這個男人可以信任嗎？是否需要提高警惕？石神看著湯川的側臉。既然他和那個姓草薙的刑警是好朋友，眼前發生的一切或許會透過他傳到警方耳中。

湯川終於選好了便當，靖子通知了廚房。

就在這時，玻璃門打開，一個男人走了進來。石神不經意地看了那個人一眼，忍不住抿起了嘴角。

那個身穿深棕色夾克的男人絕對就是幾天前在公寓前看到的人。那天，他用計程車送靖子回家，石神撐著傘，看到他們很親密地說話。

那個男人似乎沒有察覺到石神，正在等靖子從廚房走出來。

靖子很快就回來了，看到新來的客人，露出了驚訝的表情。

男人不發一語，笑著微微欠身。也許他打算等其他客人離開之後再和靖子說話。

這個人是誰？石神忍不住想。他從哪裡冒出來？什麼時候和花岡靖子變得這麼親密？

石神至今仍然清楚記得靖子走下計程車時的表情，以前從來沒有看過她這麼燦爛的表情。既不是母親的臉，也不是便當店的店員，那才是她真正的樣子嗎？也就是說，她當時露出了一個女人的表情。

她在這個男人面前露出了絕對不會讓我看到的表情……

石神看了看神秘的男人，又看了看靖子，可以感受到他們之間動盪的空氣，一種近似焦躁的感情在內心擴散。

湯川點的便當做好了，他接過便當，付了錢，對石神說：「讓你久等了。」走出「弁天亭」，從清洲橋旁走下階梯，來到隅田川畔，沿著河畔走了起來。

「那個男人怎麼了嗎？」湯川問。

「啊？」

「就是之後進來店裡的那個男人，因為你好像很在意他。」

石神的心一沉，同時不禁佩服老同學的慧眼。

「有嗎？不，我不認識那個人。」石神努力假裝平靜。

「是嗎？那就好。」湯川沒有絲毫的懷疑。

「你說的急事是什麼事？應該不只是買便當而已吧。」

「對喔，我還沒有說重要的事。」湯川皺起眉頭，「我剛才也說了，那個姓草薙的傢伙總是有很多麻煩事找上門，這次他得知你住在那個便當店女人的隔壁，又馬上來找我了，而且拜託我一件很不愉快的事。」

「什麼事？」

「警方似乎仍然在懷疑她，但找不到任何證明她犯案的證據，所以想到可以監視她的生活，但即使派人監視也有限度，於是他們想到了你。」

「該不會要我監視她？」

湯川抓了抓頭說：

「你猜對了，雖說是監視，但並不是一天二十四小時都監視她，只是請你多留意一下鄰居的情況，如果有什麼異狀就通知警察，也就是要你當間諜。那些傢伙臉皮真厚，竟然提出這麼失禮的要求。」

「所以你來拜託我這件事嗎？」

「到時候警方會正式委託你，只是讓我先來問問你願不願意。我認為你可以拒絕這種要求，甚至覺得拒絕比較好。我只是受人之託，還一下人情債而已。」

湯川似乎發自內心感到無奈，但石神忍不住想，警察會請民間人士做這種事嗎？

「你特地去『弁天亭』也和這件事有關嗎？」

「不瞞你說，就是你想的這樣。因為我想看看這個成為嫌犯的女人到底長什麼樣子，但我覺得她不像會殺人。」

我也這麼覺得。石神差點想這麼說，但又把話吞了回去。

「很難說，所謂人不可貌相。」他反而這麼回答。

「的確是這樣，怎麼樣？如果警方這麼拜託你，你會答應嗎？」

石神搖了搖頭。

「老實說，我不想答應，因為監視別人的生活不符合我的個性，更何況我也沒有時間。別看我這樣，其實我也是很忙的。」

「我想也是，那我會這麼告訴草薙，這件事就到此為止，如果讓你感到不舒服，我向你道歉。」

「沒這回事。」

新大橋就在前面，可以看到那些遊民住的地方。

「聽說命案發生在三月十日，」湯川說：「聽草薙說，你那天很早就回家了。」

「因為沒去別的地方，我記得告訴刑警，七點左右就到家了。」

「之後就像往常一樣，在家裡和數學難題奮戰嗎？」

「嗯，差不多就是這樣。」

石神在回答時忍不住想，他是在確認我的不在場證明嗎？果真如此的話，代表他對自己產生了某些懷疑。

「對了，我還沒有問過你的興趣愛好，你除了數學以外，還有其他興趣嗎？」

石神噗哧一聲笑了起來。

「沒有特別的興趣，數學是我唯一拿手的事。」

「你不會想去散心嗎？像是開車兜風之類的？」湯川用單手做出操控方向盤的動作。

「即使想去也去不了，因為我沒有車子。」

「但你應該有駕照吧？」

「很意外嗎？」

「沒這回事，即使再忙，應該有時間去駕訓班學開車。」

「我放棄繼續留在大學之後，急忙去學開車，因為我想也許對找工作有幫助，雖然實際上根本沒關係。」石神說到這裡，轉頭看著湯川的側臉，「你想確認我會不會開車嗎？」

湯川一臉意外的表情眨了眨眼，「沒有啊，為什麼這麼問？」

「因為我有這種感覺。」

「沒有特別的意思，只是在想，你應該會開車兜風，而且偶爾也想和你聊聊數學以外的事。」

「是數學和殺人命案以外的事吧？」

石神原本想挖苦一番，沒想到湯川哈哈笑著說：「沒錯，你說得對。」

來到新大橋的橋下，看到一個白髮男人把鍋子放在瓦斯爐上在煮什麼東西，旁邊放了將近兩公升的酒瓶，還有好幾個遊民都在外面。

「那我就告辭了，對不起，說了讓你不愉快的事。」湯川走上新大橋旁的階梯時說。

「請你代我向刑警草薙道歉，就說我為無法提供協助感到抱歉。」

「沒必要道歉，不過，我還可以來找你嗎？」

「這倒是沒問題……」

「我們可以邊喝酒，邊聊數學的事。」

「不是聊數學和殺人命案嗎？」

湯川聳了聳肩，皺起了鼻子說：

「也許會這樣，對了，我想到了一個新的數學題，你有空的時候可以想一下。」

「什麼題目？」

「想出一個別人解不出的題目，和解出這個題目，哪一個更難？但是，一定有解答。怎麼樣，你不覺得很有趣嗎？」

「真是耐人尋味的問題。」石神注視著湯川的臉回答：「我會認真思考。」

湯川點了點頭，轉身走向大馬路。

9

吃完長臂蝦時，葡萄酒的酒瓶也剛好空了。靖子喝完自己杯中的葡萄酒，微微吐了一口氣。她忍不住思考自己多久沒吃正式的義大利菜了。

「要不要再喝點什麼？」工藤問，他的眼睛下方有點紅潤。

「我夠了。工藤先生，你再喝點什麼吧。」

「不，那我也不喝了，就等甜點吧。」他瞇起眼睛，用餐巾拭著嘴角。

以前在酒店上班時，靖子曾經和工藤吃過幾次飯，無論吃法國菜還是義大利菜，他從來沒有只喝一瓶葡萄酒而已。

「你現在不怎麼喝酒了嗎？」
工藤聽了她的問題，露出思考的表情後點了點頭。
「是啊，比以前少喝了，不知道是不是年紀的關係。」
「這樣比較好，要多保重身體。」
「謝謝。」工藤笑了笑。
今天中午，靖子的手機接到了工藤的電話，約她今晚一起吃飯。她猶豫之後答應了。之所以猶豫，當然是因為在意命案的事。她的自制心告訴她，在目前這種緊要關頭，根本不適合喜孜孜地去約會吃飯，而且也覺得很對不起女兒。因為女兒一定比靖子更加害怕警方的偵查，更何況她也有點在意無條件協助自己隱瞞命案的石神。
然而，靖子又覺得正因為是這種狀況，所以努力表現得像平常一樣更重要。以前當酒店小姐時很照顧自己的客人邀約吃飯，如果沒有特別的理由，通常不會拒絕，拒絕反而會顯得不自然，如果小代子夫婦得知，反而會起疑心。
但她也知道，這些理由都很牽強，她答應工藤邀約最大且唯一的理由，就是她想見到工藤——就只是這樣而已。
其實她也不知道自己對工藤是否有戀愛的感情，前一陣子重逢之前，她幾乎從來沒有想到過工藤，自己八成是雖然對工藤有好感，但也只是這種程度而已。

不可否認，在答應赴約後，內心的確感到雀躍。那種喜孜孜的心情無限接近和男友約會時的感覺，她甚至覺得自己的體溫稍微上升了，而且還因為太高興了，甚至向小代子提出提早下班，回家換了衣服。

也許是因為內心想要暫時擺脫目前身處的這種令人窒息的狀況，暫時忘記不愉快的事。也可能是壓抑在內心多年，渴望被視為一個女人的本能甦醒了。

無論如何，靖子並不後悔赴約。雖然時間很短暫，而且愧疚感始終揮之不去，但難得享受了愉快的心情。

「妳女兒今天晚上吃飯怎麼解決？」工藤拿起咖啡杯問。

「我在答錄機中留言，要她自己叫外賣，她八成會叫披薩，因為她很喜歡吃披薩。」

「是喔，我們在吃大餐，她好像有點可憐。」

「但是對她來說，比起在這種地方吃飯，她還情願在家看電視吃披薩，因為她不喜歡這種拘謹的地方。」

工藤皺著眉頭點了點頭，抓了抓鼻翼。

「也許吧，而且和不認識的叔叔在一起，也沒辦法好好品嚐。下次我會認真想一下，也許吃迴轉壽司比較好。」

「謝謝，但是你不必這麼費心。」

「我不是費心，而是想見見她，想見見妳的女兒。」工藤說完，喝著咖啡，抬眼看著她。

工藤約靖子吃飯時，說務必帶女兒一起來，靖子知道他是出於真心，也感受到他的誠意，所以覺得很高興。

只不過靖子不可能帶美里赴約。一方面是因為美里的確不喜歡這種場合，但更重要的是，靖子不希望美里現在和別人接觸。因為萬一提到那起命案時，不知道美里是否能夠保持平靜，而且也不希望美里看到自己在工藤面前變成女人的樣子。

「那你呢？不和家人一起吃飯也沒問題嗎？」

「我嗎？」工藤放下了杯子，雙肘放在桌子上，「我今天約妳吃飯，其實也是想和妳談這件事。」

靖子偏著頭，注視著他的臉。

「不瞞妳說，我現在是單身。」

「啊？」靖子忍不住叫了一聲，她瞪大了眼睛。

「我老婆得了癌症，是胰臟癌。雖然動了手術，但已經太晚了，去年夏天去世了。因為她還年輕，所以惡化的速度很快，真的是一眨眼的工夫。」

工藤說話的語氣很平淡。或許是因為這個原因，靖子聽起來很沒有真實感，她茫然地看著他的臉幾秒鐘。

「這是、真的嗎？」她好不容易擠出這句話。

「這種事怎麼可能開玩笑？」他笑著說。

「是啊，但我不知道該說什麼。」她低著頭，舔了舔嘴唇後抬起頭，「那真是……請節哀，你一定很辛苦。」

「真的是一言難盡。但就像我剛才說的，真的是一眨眼的工夫。她說腰痛，帶她去了醫院，結果醫生突然叫我進去，告訴我病情。住院、動手術、照顧——簡直就像被放上了輸送帶，還沒搞清楚狀況，時間一下子就過去，她就這樣離開了。她是否知道自己得了什麼病，也成為永遠的謎了。」工藤說完，喝著杯子裡的水。

「你什麼時候知道她生病的事？」

工藤微微偏著頭：「前年年底……吧。」

「那時候我還在『瑪麗安』，你不是常來店裡嗎？」

工藤苦笑著，肩膀抖動著。

「很過分吧？老婆在生死邊緣徘徊，老公還跑去喝酒。」

靖子愣在那裡。因為她不知道該說什麼，她想起工藤去店裡時開朗的笑容。

「如果可以為自己辯解，可以說因為那些事導致我壓力很大，想要尋找一點安慰，所以才去看妳。」他抓了抓頭，皺著鼻子說。

靖子仍然說不出話，她想起自己從那家店辭職時的事。在最後一天，工藤送了一束花給她。

——妳要努力讓自己幸福。

他說這句話時不知道帶著怎樣的心情。自己承受了更大的壓力，卻隻字未提，只為靖子重新出發表達祝福。

「好像變得很感傷。」工藤拿出香菸，似乎想要掩飾自己的靦腆，「總之，情況就是這樣，我只是想告訴妳，妳不必再擔心我的家庭。」

「啊，但你兒子呢？他不是要考大學嗎？」

「我兒子住在我父母那裡，因為離他學校比較近，而且我也沒辦法為他做消夜，我媽很樂意照顧孫子。」

「所以你現在真的一個人生活嗎？」

「也談不上生活，只是回家睡覺而已。」

「你上次完全沒提這件事。」

「因為我覺得沒必要說，上次只是擔心妳，所以才去找妳。但像這樣約妳吃飯，妳不是會在意我的家庭嗎？所以我覺得說清楚比較好。」

「原來是這樣……」靖子垂下眼睛。

靖子瞭解了工藤的心意。他用這種方式表達想要正式交往，而且也許是希望考慮未來的交往，這也是他想要見美里的原因。

走出餐廳後，工藤像上次一樣，用計程車送她回家。

「今天很感謝你。」靖子在下車之前鞠躬說道。

「我可以再約妳嗎？」

靖子停頓了一下，微笑著說：「好啊。」

「那就晚安囉，代我向妳女兒問好。」

「晚安。」靖子回答時，覺得很難對美里說今晚的事。因為她在答錄機中留言，今晚和小代子他們一起去吃飯。

目送工藤搭的計程車離去後，靖子回到家裡。美里坐在暖爐桌內看電視，桌上果然放著披薩的空盒子。

「妳回來了。」美里抬頭看著靖子。

「我回來了，今天對不起啊。」

靖子不敢正視女兒，和男人吃飯這件事讓她感到有點愧疚。

「有沒有接到電話？」美里問。

「電話？」

「隔壁的……石神先生。」美里小聲地說。她似乎是指每天固定聯絡的事。

「我手機沒開。」

「是喔。」美里一臉不悅。

「發生什麼事了嗎？」

「不，那倒不是。」美里瞥了牆上的時鐘一眼，「因為石神先生出門好幾次，我從窗戶看到他走去馬路了，所以猜想他是打電話給妳。」

「喔……」

也許是這樣。靖子心想。其實在和工藤吃飯時，也一直想到石神的事，一方面是因為打電話的事，但更因為石神在「弁天亭」撞見了工藤，工藤以為石神只是來買便當的客人而已。

為什麼石神偏偏今天這個時候去店裡？雖然他和朋友在一起，但以前從來沒有發生過這種事。

石神一定記得工藤，也許從之前用計程車送靖子回家的男人又出現在「弁天亭」這件事中，察覺到特殊的意義。這麼一想，就對石神即將打來的電話感到心情沉重。

靖子這麼想著，把大衣掛在衣架上，聽到玄關的門鈴響了。靖子緊張地和美里互看了一眼，以為石神上門了，但他不可能這麼做。

「來了。」她對著門口叫道。

「不好意思，這麼晚上門，可以打擾一下嗎？」門外傳來男人的聲音，這個聲音很陌生。

靖子掛上門鍊，打開了門。門外站了一個男人。之前見過這個人。他從上衣中拿出了警察證。

「我是警視廳的岸谷，之前曾經和草薙一起來拜訪過。」

「喔……」靖子想起來了，今天草薙似乎沒來。

她關上了門，向美里使了一個眼色。美里離開暖爐桌，默默走去裡面的房間。靖子看到美里走進裡面的房間後，才鬆開門鍊，再度打開了門。

「有什麼事嗎？」

她問，岸谷向她鞠了一躬說：

「不好意思，還是為了看電影的事……」

靖子忍不住皺起眉頭。石神曾經說，警方會一再問去看電影的事，沒想到果真被他猜中了。

「還有什麼問題?我已經沒什麼好說了。」

「情況已經瞭解了,只是想向妳借一下票根。」

「票根?你是說電影票嗎?」

「對,上次妳出示票根時,我記得草薙曾經希望妳好好保存。」

「你等一下。」

靖子打開了櫃子的抽屜。上次給刑警看時,夾在電影簡介中,之後放進了抽屜。她把和美里的兩張票根遞給刑警。岸谷道謝後接了過去。他手上戴著白手套。

「你們果然覺得我嫌疑最重大嗎?」靖子鼓起勇氣問道。

「沒這回事。」岸谷在臉前搖著手,「目前因為無法鎖定嫌犯,很傷腦筋,希望逐漸刪除沒有嫌疑的對象,所以才來向妳借票根。」

「票根能夠看出什麼?」

「目前還無法斷言,但或許可以作為參考。如果妳能證明那一天去了電影院當然最好……之後有沒有再想起什麼?」

「不,能想到的上次都說了。」

「是嗎?」岸谷看向室內。

「天氣還是很冷啊,妳家每年都用暖爐桌嗎?」

「暖爐桌嗎？嗯，是啊……」靖子轉頭看向後方，不讓刑警發現她的慌亂。因為她不認為刑警無緣無故提暖爐桌的事。

「這個暖爐桌用了多久？」

「不記得了……應該有四、五年了，怎麼了嗎？」

「不，沒事。」岸谷搖了搖頭，「請問妳今天下班後去了哪裡？妳好像很晚才回來。」

這個問題太突然，靖子有點不知所措，同時知道刑警等在公寓門口。既然這樣，可能看到了自己下計程車。

她知道不能隨便說謊。

「和朋友一起去吃飯。」

雖然她極力避免說不必要的話，但刑警當然不滿意她的回答。

「一位男士用計程車送妳回來，請問是什麼朋友？如果方便的話，是否可以請妳告訴我？」岸谷一臉歉意地問。

「連這種事都要說嗎？」

「我只是說，如果方便的話，我知道問這種問題很失禮，但如果我沒問就回去，會挨上司的罵。我們絕對不會給對方添麻煩，可以請妳告訴我嗎？」

靖子用力嘆了一口氣。

「他姓工藤，是以前經常來我上班的那家店捧場的客人，他擔心這次的事件對我造成打擊，所以來看我。」

「他是做什麼的？」

「聽說開了一家印刷廠，但不太清楚詳細情況。」

「妳知道他的聯絡方式嗎？」

靖子聽了岸谷的問題，再度皺起了眉頭。刑警見狀，拚命鞠躬道歉。

「如果情非得已，我們不會和那位先生聯絡。即使真的有必要，也不會有任何失禮的行為。」

靖子毫不掩飾自己的不悅，默默拿起自己的手機，快速說了工藤的手機號碼，刑警慌忙寫了下來。

之後，岸谷也表現出惶恐的樣子，追根究柢打聽了工藤的事，靖子只好把工藤第一次去「弁天亭」的事也告訴了他。

岸谷離開後，靖子鎖上了門，癱坐在地上。她覺得筋疲力竭。

聽到紙拉門打開的聲音，美里從裡面的房間走了出來。

「他們好像還在懷疑看電影的事。」她說，「全都被石神先生說中了，那個老師太厲害了。」
「是啊。」靖子站了起來，撥了撥瀏海走進房間。
「妳不是和『弁天亭』的人一起去吃飯嗎？」
聽到美里這麼問，靖子倒吸了一口氣抬起頭。女兒露出了責備的表情。
「妳聽到了嗎？」
「當然聽到了啊。」
「是喔……」靖子低著頭，把雙腳放進了暖爐桌。她想起刑警剛才提到了暖爐桌。
「為什麼這種時候還和那種人去吃飯？」
「因為拒絕不了，以前很照顧我，而且他很擔心我們，特地來看我。雖然我不應該對妳隱瞞。」
「我倒是無所謂……」
這時，隔壁傳來開門的聲音，接著傳來走向樓梯的腳步聲。靖子和女兒互看了一眼。
「手機趕快開機。」美里說。
「已經打開了。」靖子回答。

幾分鐘後，她的手機響了。

石神還是用那個公用電話。這是他今天晚上第三次在這裡打電話，剛才已經打過兩次，但都沒有打通靖子的手機。之前從來沒有發生過這種狀況，所以原本擔心是否發生了什麼意外，但聽靖子的聲音，應該沒有任何問題。

深夜時，石神聽到有人按了花岡母女家的門鈴，果然是刑警。聽靖子說，刑警上門要求借用電影的票根。石神知道他們的目的，八成想要和電影院保管的另一半票根比對，一旦找到和靖子交出去的票根撕票處一致的票根，就會調查上面的指紋。如果上面有靖子母女的指紋，即使無法證明她們看了電影，至少可以證明她們進了電影院。如果電影院的票根上沒有她們的指紋，就會更加懷疑她們。

聽靖子說，刑警也問了很多關於暖爐桌的問題。這也在石神的預料之中。

「他們應該查明了兇器。」石神在電話彼端說。

「你說的兇器是……」

「暖爐桌的電線，妳們不是使用了那個嗎？」

靖子在電話那頭默然不語。也許她想起了勒死富樫時的狀況。

「絞殺時，脖子上一定會留下兇器的痕跡。」石神繼續說明，現在已經無暇思考委婉的表達方式，「因為科學辦案很發達，幾乎可以根據勒痕判斷使用了怎樣的兇器。」

「所以那個刑警才會問暖爐桌的事……」

「應該是，但妳不必擔心，因為在這個問題上，已經事先採取了預防措施。」石神預料到警方會查明兇器，所以石神把自己家中的暖爐桌和花岡家的交換，她們的暖爐桌目前藏在他家壁櫥內。更巧的是，他的暖爐桌電線和她們的剛好是不同的類型，如果刑警注意到電線，應該已經發現了這件事。

「刑警還問了妳什麼？」

「其他……」她說到這裡，突然陷入了沉默。

「喂？花岡小姐？」

「喔，是。」

「妳怎麼了？」

「不，沒事。我只是在回想刑警問了我什麼。沒有問其他的事，只說如果能夠證明我們去了電影院，就可以排除嫌疑。」

「他們應該會很關心電影院的事，因為當初的計畫就是把他們的注意力吸引到這件事上，所以這也理所當然，妳不必害怕。」

「聽到你這麼說我就放心了。」

靖子的這句話就像在石神的內心深處點亮了一盞明燈，持續一整天的緊張似乎短暫放鬆了。

不知道是否因為這個原因，他閃過了想要打聽一下那個人的念頭。就是和湯川一起去「弁天亭」時，後來走進來的那個男性客人。石神知道今天晚上也是那個男人用計程車送她回家，因為他隔著窗戶看到了。

「我要說的就這些，你那裡有沒有發生什麼狀況？」因為他陷入了沉默，所以靖子問道。

「不，沒什麼特別的狀況。請妳繼續像現在一樣正常過日子，刑警應該還會問東問西，但千萬不要慌張。」

「好，我知道了。」

「那代我向妳女兒問好，晚安。」

「晚安。」石神聽到靖子的回答後，掛上了電話。公用電話吐出了電話卡。

間宮聽了草薙的報告，明顯露出了失望的表情。他揉著自己的肩膀，在椅子上前後搖晃著身體。

「所以說，那個姓工藤的男人真的是在案發之後才和花岡靖子重逢嗎？千真萬確嗎？」

「便當店的老闆和老闆娘也這麼說，他們看起來不像在說謊。他們說，工藤第一次走進便當店時，靖子也和他們一樣驚訝。當然，也可能是她裝出來的。」

「因為她以前當過酒店小姐，演技應該很出色。」間宮抬頭看著草薙，「那就先稍微調查一下這個姓工藤的男人，他在案發之後突然冒出來也未免太巧了。」

「但是據花岡靖子說，工藤是因為得知了這起命案才會來找她，所以我認為並不是巧合。」站在草薙身旁的岸谷有所顧慮地插了嘴，「而且如果他們是共犯，會在這種狀況下見面、吃飯嗎？」

「也可能是大膽的障眼法。」

岸谷聽了草薙的意見，忍不住皺起了眉頭，「雖然也不能排除這種可能……」

「要不要去問一下工藤本人？」草薙問間宮。

「可以啊，如果他和這起命案有關，可能會露出馬腳，你去找他看看。」

「好。」草薙回答後，和岸谷一起離開了間宮的辦公桌前。

「你不要說一些一廂情願的話，因為兇手可能會利用你這一點。」草薙提醒後輩刑警。

「什麼意思？」

「工藤和花岡靖子可能之前就關係密切，只是一直隱瞞了這件事。在富樫命案上可能利用了這一點，因為如果沒有人知道他們之間的關係，不就是理想的共犯嗎？」

「如果是這樣，現在見面不是會繼續隱瞞他們之間的關係嗎？」

「那可未必，因為男女關係早晚會曝光，所以他們認為與其這樣，不如假裝在這個時間點重逢。」

岸谷一臉難以接受的表情點了點頭。

離開江戶川分局，草薙和岸谷一起坐上了自己的車子。

「聽鑑識小組說，兇器很可能是電線，正式名稱是防濕棉紗編組花線。」岸谷在繫安全帶時說道。

「我知道，就是經常用於電熱器具的電線，像是暖爐桌之類的。」

「電線表面包覆了棉線編織的保護層，絞殺的勒痕留下了編織紋。」

「所以呢？」

「我看了花岡小姐家的暖爐桌，並不是棉紗編組花線，而是防濕圓形棉紗編組花線，表面是橡膠。」

「喔，所以呢？」

「不，就只是這樣而已。」

「除了電暖爐，還有其他電熱器具，而且兇器未必是生活周遭的東西，很可能只是隨手撿了掉在地上的電線。」

「喔……」岸谷發出不悅的聲音。

草薙昨天和岸谷一起監視花岡靖子，主要目的是確認她身邊有沒有可能成為她共犯的人。

所以，當她在下班之後，和一個男人一起搭上計程車時，立刻產生了某種預感開始跟蹤。確認他們兩個人走進了汐留的一家餐廳後，也發揮耐心等他們出來。

他們吃完飯之後再度搭上計程車，最後來到靖子的公寓，但男人並沒有下車。於是草薙派岸谷去向靖子瞭解情況，自己繼續跟蹤計程車。那個男人並沒有察覺到自己遭到了跟蹤。

那個男人住在大崎的公寓，草薙也確認了他的名字叫工藤邦明。

草薙也認為這次的命案不可能由一個女人單獨完成，如果花岡靖子與命案有關——就應該有男人協助——也許那個男人才是主犯，總之，應該有這號人物存在。

工藤就是那個共犯嗎？雖然草薙剛才斥責了岸谷，但他也沒有把握，甚至覺得自己搞錯了方向。

草薙正在想一件完全不同的事。昨天在「弁天亭」旁監視時，看到了一個意想不到的人。

湯川學竟然和住在花岡靖子隔壁的數學老師出現在那裡。

10

傍晚六點多時，一輛綠色賓士駛入了公寓的地下停車場。草薙在工藤邦明白天去公司時，就已經確認了那是他的車子。草薙在公寓對面的咖啡店監視，準備了兩杯咖啡的錢站了起來。第二杯咖啡才喝了一口而已。

他跑步過了馬路，衝進地下停車場。公寓的一樓和地下樓層都有入口，而且也都有門禁系統。住戶進入停車場後，一定會從地下樓層的入口回家。草薙希望在工藤進公寓之前逮到他。因為如果在按了對講機的門鈴後再上樓去找他，就會讓對方有思考的時間。

幸好草薙搶先一步來到入口。他扶著牆壁喘息時，身穿西裝的工藤抱著公事包走了過來。

工藤拿出鑰匙，準備插進門禁系統的鑰匙孔時，草薙從背後問他：「你是工藤先生吧？」

工藤似乎嚇了一跳，愣在那裡，把原本準備開門的鑰匙收了回來，回頭看著草薙，臉上露出了狐疑的表情。

「是啊……」他的視線迅速打量著草薙的全身。

草薙從上衣內稍微亮出警察證。

「不好意思，突然上門打擾，我是警察，可以請你提供協助嗎？」

「警察……是刑警嗎？」工藤壓低了聲音，露出窺視的眼神。

草薙點了點頭。

「沒錯，想請教你幾個關於花岡小姐的問題。」

草薙仔細觀察他聽到靖子的名字時會有什麼反應。如果他露出驚訝或是意外的表情，反而很可疑，因為工藤應該已經知道了命案的事。

工藤皺了皺眉頭後點了點頭，似乎很快理解了狀況。

「好，那要去我家嗎？還是去咖啡店之類的地方比較好？」

「不，如果可以的話，希望可以去府上叨擾。」

「好啊，只是家裡很亂。」工藤說完，再度把鑰匙插進了鑰匙孔。

雖然工藤說家裡很亂，但他家裡看起來沒什麼東西。也許是因為有許多櫥櫃的關係，所以幾乎沒有其他多餘的家具，客廳也只有一張雙人沙發和一張單人沙發，他請草薙坐在雙人沙發上。

「要不要喝茶？」工藤沒有脫西裝問道。

「不，你不用客氣，很快就結束了。」

「是嗎？」工藤雖然這麼說，但還是走進廚房拿了兩個杯子和寶特瓶的烏龍茶走了回來。

「恕我冒昧請教，你的家人呢？」草薙問。

「我太太去年過世了，雖然有一個兒子，但因為某些因素，目前住在我父母家。」工藤用淡淡的語氣回答。

「這樣啊，所以你現在一個人住？」

「是啊。」工藤放鬆了臉上的表情，為兩個杯子裡倒了烏龍茶，把其中一杯放在草薙面前。「是為了富樫的事嗎？」

草薙把原本準備去拿杯子的手縮了回來。既然對方主動提起，就不需要浪費時間了。

「沒錯，是為了花岡靖子小姐的前夫遇害的事件。」

「她是清白的。」

「是嗎？」
「因為他們已經離婚了，目前根本沒有任何關係，也沒有理由要殺他。」
「我們基本上也這麼認為。」
「什麼意思？」
「這個世界上的夫妻關係五花八門，很多夫妻無法用這種形式論一言蔽之。如果分手的隔天就不再有任何牽扯，彼此互不干涉，變成陌生人，那這個世界上就沒有跟蹤狂了。問題是現實並非如此，其中一方想要斷絕關係，另一方卻遲遲不願意放手的情況很常見，即使辦了離婚手續也一樣。」
「她告訴我，她一直沒和富樫見面。」工藤的眼神中漸漸出現了敵意。
「你曾經和花岡小姐討論過這起命案嗎？」
「曾經討論過，因為我就是關心這件事才去找她。」
這一點和花岡靖子的供詞相同。草薙想道。
「所以說，你很關心花岡小姐，從命案發生之前就很關心，是這樣嗎？」
工藤聽了草薙的話，不悅地皺起眉頭。
「我不知道你說的關心是什麼意思，既然你會來找我，相信你已經知道我和她之間的關係了。我以前經常去她工作的那家店，也曾經在偶然的機會見過她的丈夫，也是在當時聽說他姓富樫，這次看到發生了命案，也公佈了富樫的照片，我很擔心她，所以去找她。」

「我聽說了你是常客的事，但光是這樣，會做到這種程度嗎？你不是老闆嗎？照理說不是很忙嗎？」草薙故意用冷嘲熱諷的語氣說道。因為職業的關係，他經常用這種語氣說話，但其實他並不喜歡用這種方式。

草薙的技巧似乎奏了效，工藤面帶慍色地問：

「你不是來打聽花岡靖子的事嗎？但一直都在問我的事，你在懷疑我嗎？」

草薙露出笑容，在臉前搖著手說：

「沒這回事，如果讓你感到不舒服，我道歉，但因為你似乎和花岡小姐關係特別，所以就順便問幾個關於你的問題。」

草薙語氣平靜地說，但工藤仍然瞪著他。工藤用力深呼吸後，點了點頭說：

「好，被你胡亂猜測很不舒服，那我就打開天窗說亮話。我對她有意思，也就是所謂的愛慕，所以得知命案的事，我認為是接近她的機會，於是就去找她。怎麼樣？如果我這麼說，你就能接受了嗎？」

草薙苦笑著。這不是演技，也不是故意用什麼技巧。

「你不要這麼生氣。」

「因為你不就是想聽這種話嗎？」

「我們只是想釐清花岡靖子小姐的人際關係。」

「我就是搞不懂這一點，警方為什麼會懷疑她……」工藤偏著頭納悶。

「因為富樫遇害之前在找她，也就是說，她可能是他最後見到的人。」草薙判斷告訴工藤這件事應該沒問題。

「所以你們認為她殺了富樫嗎？警察的想法也未免太簡單了。」工藤用鼻孔噴氣說道，聳了聳肩。

「不好意思，我們的想法了無新意，我們當然並非只懷疑花岡小姐，只是現階段還無法排除她的嫌疑，即使不是她本人，她的周遭可能有人掌握了關鍵。」

「她的周遭？」工藤皺了皺眉頭後，恍然大悟地開始點頭，「喔喔，原來是這麼一回事。」

「你是指？」

「你認為她可能委託誰殺了自己的前夫，所以來找我。我在殺手名單上排第一個嗎？」

「我們並沒有這麼認定……」草薙故意模糊語尾，如果工藤想到了什麼，他很想聽看看。

「既然這樣，除了我以外，還要去找很多人，因為當時有很多客人都喜歡她，因為她這麼漂亮。不光是她以前在酒店當小姐的時候，聽米澤夫婦說，還有客人因為想見她去買便當，你要不要去清查一下所有這些人？」

「如果知道姓名和聯絡方式，我當然會去，請問你知道有哪些人嗎？」

「不，我不知道，而且很可惜，我向來不告密。」工藤搖著手，「不過，即使你找遍所有人也是白費力氣。因為她不可能找別人做這種事，她既不是這種壞女人，而且也不笨。我還要補充一點，我也不是傻瓜，不可能因為喜歡的人拜託，就去殺人。草薙先生，你特地來找我，但似乎沒有任何收穫。」工藤一口氣說完後站了起來，似乎在下逐客令。

草薙站了起來，但仍然沒有收起筆記。

「請問三月十日，你離開公司的時間和平時一樣嗎？」

工藤愣了一下，瞪大了眼睛，隨即怒目相向。

「現在要問我的不在場證明嗎？」

「對，沒錯。」

草薙覺得沒必要掩飾了，反正已經把工藤惹毛了。

「你等一下。」工藤從公事包裡拿出一本很厚的記事本，翻開之後嘆了一口氣，

「上面什麼都沒寫，八成和平時一樣，六點離開了公司。如果你不相信，可以去問公司的員工。」

「離開公司之後呢？」

「我剛才已經說了，既然什麼都沒寫，代表和平時一樣，回到家裡，隨便吃了晚餐之後就睡覺了。因為我一個人住，所以也沒有證人。」

「可不可以請你再仔細回想一下？因為我們也希望可以減少懷疑的對象。」

工藤毫不掩飾臉上厭惡的表情，再度低頭看著記事本。

「喔，原來是十日，所以是那一天……」他自言自語著。

「怎麼了？」

「那天我去了客戶那裡，傍晚去……對，客戶請我吃串烤。」

「你記得時間嗎？」

「我不記得確切的時間，但好像喝到九點左右，之後就直接回家了。對方是這個人。」工藤拿出夾在記事本內的名片。那是一家設計事務所。

「太好了，謝謝。」草薙行了一禮，走向玄關。

他正在穿鞋子時，工藤問他：

「刑警先生，請問你們打算監視她到什麼時候？」

草薙不發一語地看著他，他用充滿敵意的表情繼續問道：

「正因為你們在監視，所以才會看到我和她在一起，不是嗎？然後才跟蹤我。」

草薙抓了抓頭說：「真傷腦筋啊。」

「請你告訴我，你們打算跟蹤她到什麼時候？」

草薙嘆了一口氣，收起笑容，注視著工藤。

「當然要持續到沒這個必要為止。」

工藤還想說什麼，他轉身說了聲「打擾了」，打開了玄關的門。

走出公寓後，他攔了計程車。

「去帝都大學。」

確認司機回答，把車子開出去後，草薙打開了記事本，看著自己潦草的字跡，回想著和工藤的對話。必須確認工藤的不在場證明，但他內心已經有了結論。

他是清白的，而且說的都是實話——

而且他真的愛上了花岡靖子。正如他所說，其他人協助花岡靖子的可能性相當大。

帝都大學的正門已經關了，但校園內有些地方還亮著燈，並不是漆黑一片，只不過夜晚的大學籠罩在可怕的氣氛中。草薙從側門走進校園，向警衛室說明了造訪目的後繼續往裡走。雖然他對警衛說「我和物理系第十三研究室的湯川副教授有約」，但其實並沒有事先約好。

校舍的走廊靜悄悄的，有幾間研究室的門縫中透出燈光，所以並不是完全沒有人，應該有幾個研究人員或學生正默默專心研究。草薙想起以前曾經聽湯川說，他也經常住在學校。

去工藤的公寓之前，草薙決定要來找湯川。原因之一是因為順路，但更想確認一件事。

湯川為什麼會去「弁天亭」？湯川和以前的大學同學，也就是那名數學老師一同前往，是否和他有什麼關係？如果湯川在這起命案中發現了什麼，為什麼沒有告訴草薙？還是只是和數學老師聊往事，去「弁天亭」並沒有特別的用意？

但是，草薙不認為湯川沒有任何目的，會特地去尚未偵破命案中的嫌犯工作的店。按照湯川之前的習慣，除非有什麼原因，否則盡可能不干涉草薙負責偵辦的案子。不是因為怕捲入麻煩，而是尊重草薙的立場。

第十三研究室的門上掛著顯示研究室成員去向的板子。除了研究小組的學生和研究生的名字以外，也有湯川的名字。上面顯示湯川外出。草薙忍不住咂著嘴，因為他猜想湯川外出後會直接回家。

但他還是試著敲了敲門。根據去向板顯示，研究室內還有兩名研究生。

「請進。」門內傳來粗獷的聲音。草薙推開門，一個身穿運動服，戴著眼鏡的年輕人從熟悉的研究室深處走了過來，草薙以前見過這個研究生幾次。

「湯川已經走了嗎？」

研究生聽了草薙的問題，露出滿臉歉意說：

「對，剛走不久，但我知道老師的手機號碼。」

「我也知道，沒關係，而且也沒有特別的事，只是剛好來附近，順便過來看看他。」

「是嗎？」研究生臉上的表情放鬆了。他可能聽湯川說過，這個姓草薙的刑警有時候會來這裡摸魚。

「我還以為他會在研究室工作到深夜。」

「老師平時都這樣，但這兩、三天都很早就離開了。尤其是今天，好像要去什麼地方。」

「喔？去哪裡？」草薙問。他該不會又去見那個數學老師？

「詳細情況不太清楚，應該去了篠崎。」

「篠崎？」

「對，老師剛才在問，要去篠崎車站的話，怎麼搭車最快？」

「你沒有問他去幹嘛吧？」

「對，雖然我問篠崎有什麼？老師只說有點事……」

「是喔。」

草薙向研究生道謝後走出研究室，不由得感到納悶。湯川去篠崎車站有什麼事？那是離這次命案現場最近的車站。

草薙走出大學後，拿出了手機，找到湯川的電話後，又改變了主意。因為他認為現在問湯川並非上策。既然湯川沒有向草薙打招呼就涉入這起命案，想必有他自己的想法。

但是——

我調查自己在意的事也無妨吧。草薙想道。

石神在改補考的考卷時，忍不住嘆氣。因為太慘不忍睹了。為了讓學生能夠及格，這次的題目比期末考試更簡單，但幾乎看不到任何滿意的解答。學生似乎很清楚，即使考得再差，學校也會讓他們升級，所以根本沒有認真複習。事實上，學校也的確不會讓他們留級，即使不及格，到時候也會用各種理由讓所有學生都升級。

石神認為，既然這樣，就乾脆別把數學成績列入升級的條件。只有一小部分人能夠真正理解數學，要求所有學生都記住高中數學這種低階的解法根本沒有意義。只要讓他們知道，這個世界上有一門名為數學的費解學問就好了。

改完考卷後一看時鐘，已經晚上八點多了。

他檢查完道場的門窗後走向校門，走出校門，在斑馬線前等紅燈時，一個男人走了過來。

「現在才下班回家嗎？」男人露出討好的笑容，「因為你不在家，所以我猜想在這裡。」

石神以前見過他，他是警視廳的刑警。

「你是……」

「你可能忘了我。」

對方把手伸進上衣內側，石神制止了他，點了點頭說：

「是草薙先生吧？我記得你。」

前方變成了綠燈，石神邁開步伐，草薙也跟了上來。

這名刑警為什麼找上門？石神在走路時思考了起來。湯川兩天前來找過自己，和那件事有關嗎？湯川說，警方希望自己協助偵查工作，但自己已經拒絕了。

「你認識湯川學吧？」草薙問。

「認識啊，他從你口中得知了我的事，所以來找我。」

「好像是這樣。因為我得知你是帝都大學理學院的校友，所以就忍不住告訴了他，希望不是我多事。」

「不，我也很高興能見到老同學。」

「你和他聊了些什麼？」

「第一次大部分都在聊陳年往事。」

「第一次？」草薙露出驚訝的表情，「所以你們見了好幾次嗎？」

「兩次，第二次時，他說受你之託來找我。」

「我嗎？」草薙的眼神飄忽起來，「呃，請問他是怎麼說的？」

「他說你希望他來問我，願不願意協助你們的偵查工作。」

「喔喔，原來是協助偵查啊。」草薙邊走邊抓著頭。

石神憑直覺認為草薙的態度有問題。這名刑警看起來有點手足無措，可能根本不知道湯川說的那件事。

草薙露出苦笑說：

「因為我和他聊了很多事，所以有點搞不清楚到底說的是哪一件事。請問他請你協助哪方面的偵查工作？」

石神聽了刑警的問話忍不住思考。他不想提到花岡靖子的名字，但即使隱瞞也沒有用，因為草薙一定會向湯川確認。

「要我監視花岡靖子。」石神說。草薙瞪大了眼睛。

「喔……原來是這樣啊。喔喔，嗯嗯，原來如此。我的確向他提過這件事，希望你可以提供協助，所以他就主動和你談了這件事，原來是這樣啊，我瞭解了。」

石神覺得草薙的話聽起來像是臨時編出來的謊言，這就意味著湯川擅自向自己提出了那樣的要求，湯川的目的是什麼？

石神停下腳步，轉頭看著草薙問：

「你今天特地來找我，就是為了問這件事嗎？」

「不，不好意思，剛才問的只是開場白，我找你有另外的事。」草薙從上衣口袋中拿出一張照片問：「你以前有沒有看過這個人？這是我偷拍的照片，所以拍得不是太清楚。」

石神看到照片，忍不住倒吸了一口氣。

因為照片上正是他目前最在意的人，他不知道那個人的名字，也不瞭解他的身分，只知道他和靖子很親密。

「怎麼樣？」草薙再次問道。

該怎麼回答呢？石神忍不住想。雖然可以回答「不知道」結束這個話題，但這麼一來，也無法打聽有關這個男人的事。

「好像有看過，」石神小心謹慎地回答，「請問他是誰？」

「可不可以請你再仔細想一想，曾經在哪裡見過這個人？」

「你說得很輕鬆，但我每天會遇到很多人，如果你可以告訴我他的名字和職業，或許有助於我回想。」

「他姓工藤，開了一家印刷廠。」

「工藤先生？」

「對，工廠的工，藤椅的藤。」

原來他姓工藤——石神注視著照片。刑警為什麼要調查這個男人？當然是因為和花岡靖子有關。也就是說，這名刑警認為花岡靖子和工藤之間有特殊的關係。

「怎麼樣？有沒有想起什麼？」

「嗯，好像在哪裡見過，」石神搖了搖頭，「不好意思，我想不起來，也可能是我認錯人了。」

「是嗎？」草薙露出遺憾的表情把照片收進懷裡，順手拿出了名片，「如果你想起什麼，可以麻煩你和我聯絡嗎？」
「好。請問這位先生和這起命案有什麼關係嗎？」
「目前還不知道，我們正在調查。」
「和花岡小姐有關嗎？」
「嗯，是啊，算是吧。」草薙含糊其詞，顯然不願透露手上掌握的線索，「總之，你和湯川一起去了『弁天亭』吧。」
石神看著刑警的臉，因為這個問題太意外，他一時不知道該怎麼回答。
「我前天剛好看到了，因為我在執勤，所以無法打招呼。」
石神猜想他們在監視「弁天亭」。
「因為湯川說想買便當，所以我就帶他去了。」
「為什麼去『弁天亭』？要買便當的話，附近的便利商店不就有賣了嗎？」
「這就不知道了……你要去問他。我只是應他的要求，帶他去那家便當店而已。」
「湯川有沒有對花岡小姐或是命案的事說什麼？」
「我剛才說了，他來問我願不願意協助偵查……」
草薙搖了搖頭說：

「我是說除此以外，你或許已經聽說了，他經常為我的工作提供有效的建議。他在物理方面是天才，偵探能力也很厲害，所以我期待他像平時一樣，說一些像是推理的見解。」

草薙的問題讓石神有點混亂。既然湯川和這名刑警經常見面，照理說應該交換了各自掌握的線索，但為什麼還來問自己？

「沒有說什麼。」石神只能這麼回答。

草薙鞠了一躬，沿著來路離開了。石神看著他的背影，有一種莫名的不安。那種不安有點像是原本相信絕對完美的算式，被意想不到的未知數打亂的感覺。

11

草薙走出都營新宿線篠崎車站時，拿出了手機。他從通訊錄中找到了湯川學的電話，按下了通話鍵。他把手機放在耳邊，巡視著周圍。雖然是下午三點這種奇怪的時間，來往的人卻很多，超市前仍然停了一整排腳踏車。

不一會兒，就察覺到線路通了，他等待電話鈴聲響起。

但是，在聽到電話鈴聲之前，他就掛上了電話。因為他已經看到了要找的人。

湯川坐在書店前的護欄上，正在吃霜淇淋。他穿著白色長褲和黑色針織衫，戴了一副鏡片有點小的墨鏡。

草薙過了馬路，從後方靠近。湯川目不轉睛地注視著超市周圍。

「伽利略大師。」

草薙原本想嚇湯川，沒想到他的反應很遲鈍。他吃著霜淇淋，好像慢動作般緩緩轉過頭。

「你的鼻子真靈光啊，難怪有人揶揄說刑警是狗。」湯川幾乎面不改色地說。

「你在這裡幹什麼？我可不想聽你回答說什麼在這裡吃霜淇淋這種鬼話。」

湯川苦笑著問：

「我還想問，你來這裡幹嘛。答案很明確，你是來找我的，對嗎？不，應該說，你是來刺探我在幹什麼。」

「既然你都已經知道了，就從實招來，你在幹什麼？」

「我在等你。」

「在等我？你在開玩笑嗎？」

「我很認真。剛才打電話回研究室，聽到研究生說，你去那裡找我。你昨晚不是也去找過我嗎？所以我猜想只要在這裡等，你就會出現。因為你從研究生口中得知，我來到篠崎了。」

湯川說得沒錯。他去了帝都大學的研究室，和昨晚一樣，得知湯川又外出了。因為昨晚聽了那個研究生說的話，所以猜想湯川應該來篠崎了。

「我是在問你，你來這裡幹什麼？」草薙稍微提高了音量。原本以為自己早就習慣了這個物理學家慢吞吞的說話方式，但還是難以克制內心的焦躁。

「你別著急，要不要去喝杯咖啡？雖然是自動販賣機的咖啡，但應該比在我的研究室喝的即溶咖啡好喝。」湯川站了起來，把霜淇淋的甜筒餅乾丟進了垃圾桶。

湯川在超市前的自動販賣機買了罐裝咖啡後，騎在旁邊的腳踏車上喝了起來。

草薙站在那裡打開罐裝咖啡，巡視著周圍。

「不要隨便坐別人的腳踏車。」

「沒關係，腳踏車的主人暫時不會出現。」

「你怎麼知道？」

「因為車主停在這裡之後走進地鐵站，即使只是去下一個車站，辦完事回來也至少要三十分鐘。」

草薙喝了一口咖啡，露出厭世的表情。

「你坐在那裡吃霜淇淋，然後觀察這種事？」

「我的興趣就是觀察別人，很好玩啊。」

「我不想聽你的自我吹噓，趕快告訴我，你為什麼會在這裡？你可別說什麼和那起命案無關這種誰都不相信的謊言。」

湯川扭轉身體，看著自己坐的那輛腳踏車的後輪擋泥板說：

「最近沒什麼人會在腳踏車上寫自己的名字，因為擔心被別人知道自己的身分。以前幾乎每輛腳踏車上都有名字，時代一改變，習慣也會跟著改變。」

「你似乎很關心腳踏車的事，我記得你上次也提過。」

草薙從湯川剛才的言行中，察覺到他在想什麼。

湯川點了點頭。

「你上次提到，丟棄腳踏車這件事是故佈疑陣的可能性很低。」

「我當時是說，如果想靠這件事故佈疑陣，根本沒有意義。既然要在腳踏車上留下被害人的指紋，就沒必須燒毀屍體的指紋。事實上最後也是靠腳踏車的指紋查到了被害人的身分。」

「問題就在這裡，如果腳踏車上沒有留下指紋呢？你們就無法查明被害人身分了嗎？」

草薙聽了湯川的問題，沉默了十秒鐘。因為他之前完全沒有想過這個問題。

「不，」他搖了搖頭，「最後是根據和那個從民宿消失的男人指紋一致，查明了他的身分，所以即使沒有指紋也沒有問題。我上次也告訴過你，我們鑑定了DNA吧？」

「我聽說了，所以燒毀屍體指紋這件事根本沒有意義，但如果兇手也計算到這一點了呢？」

「明知道沒有意義，卻故意燒掉指紋嗎？」

「對兇手來說當然有意義。是否可以認為兇手並非為了隱瞞屍體的身分，而是為了讓你們認為丟棄在旁邊的腳踏車不是故佈疑陣？」

湯川的意見太出乎意料，草薙一時說不出話。

「所以你的意思是，那果然是故佈疑陣嗎？」

「只是目前還不知道兇手是為了什麼目的故佈疑陣。」湯川離開了跨坐的腳踏車，「只知道兇手試圖讓警方認為被害人是自己騎腳踏車到現場，但這樣故佈疑陣有什麼意義？」

「事實上被害人已經無法靠自己行動，但兇手為了掩飾這件事。」草薙說，「就是被害人已經遭到殺害，兇手是把屍體搬到現場。我們組長就認為是這種情況。」

「你之前反對這種意見，我記得是因為頭號嫌犯花岡靖子沒有駕照的關係。」

「如果有共犯就另當別論了。」草薙回答。

「先不說這個問題，我更在意的是腳踏車被偷的時間。目前只知道是上午十一點到晚上十點之間，我上次聽了之後產生了疑問，你們竟然能夠明確知道時間。」

「這是你的想法，但因為車主這麼說，所以並不是太困難的事。」

「問題就在這裡。」湯川把咖啡罐伸到草薙面前，「為什麼能夠這麼輕易找到車主？」

「這也不是什麼困難的事，因為車主報遺失，所以只要核對一下就知道了。」

湯川聽了草薙的回答後發出低吟。即使他戴著墨鏡，也可以發現他的眼神變得銳利起來。

「怎麼了？這次又對哪個部分不滿意？」

湯川注視著草薙說：

「你知道那輛腳踏車被偷的地點嗎？」

「我當然知道，因為當初是我去向車主瞭解情況。」

「那可以麻煩你帶我去看一下嗎？應該就在這附近吧？」

草薙看著湯川的臉，很想問他為什麼如此在意這件事，但最後忍住了。因為湯川的雙眼發出了專心推理時的銳利眼神。

「在這裡。」草薙邁開了步伐。

那裡離他們剛才喝咖啡的地方不到五十公尺，草薙站在那排腳踏車前。

「車主用鐵鍊把腳踏車鎖在人行道的欄杆上。」

「兇手剪斷了鐵鍊嗎？」

「應該吧。」

「所以兇手事先準備了鐵鍊剪……」湯川說完，打量著放在那裡的腳踏車，「沒有用鐵鍊鎖住的腳踏車不是更多嗎？為什麼要特地自找麻煩？」

「我怎麼知道？可能只是中意的腳踏車剛好用鐵鍊鎖住了。」

「中意……嗎？」湯川自言自語嘀咕著，「到底中意什麼呢？」

「你到底想說什麼？」草薙有點不耐煩。

湯川轉頭看著草薙說：

「你也知道，我昨天也來過這裡，和今天一樣，在這裡觀察。這裡整天都停放了很多腳踏車，而且數量相當多，有的上了鎖，也有的簡直就像是作好了被偷的心理準備。在這麼多腳踏車中，兇手為什麼挑選了那一輛？」

「並不一定是兇手偷的。」

「好，也可以認為是被害人偷的，總之，為什麼對那輛腳踏車下手？」

草薙搖了搖頭。

「我不知道你到底想說什麼，被偷的是一輛很普通的腳踏車，只是隨便選了一輛，結果剛好是那一輛吧。」

「不，不是這樣。」湯川豎起食指搖了搖，「我來說說我的推理，我猜那輛腳踏車是新的，或者幾乎是新的，怎麼樣？我沒說錯吧？」

草薙愣住了。他回想起和腳踏車車主的那名家庭主婦的對話。

「是啊。」他回答：「好像是上個月才剛買。」

湯川一臉理所當然的表情點了點頭。

「我就知道，所以才會用鐵鍊鎖住，一旦被偷，就會馬上報警。反過來說，兇手就是要偷這樣的腳踏車。雖然明知道有很多腳踏車根本沒有鎖，但兇手還特地準備了鐵鍊剪。」

「所以是故意找新的腳踏車下手嗎？」

「就是這樣。」

「為什麼？」

「這就是重點。這麼一想，就發現兇手只有一個目的。兇手無論如何都希望腳踏車的車主去報警，因此會發生對兇手有利的事。具體來說，可以將警方的偵查引導向錯誤的方向。」

「目前知道腳踏車是在上午十一點到晚上十點之間被偷，你的意思是說這一點有問題嗎？但是兇手並不知道腳踏車車主會怎麼說。」

「在時間的問題上應該是這樣，但腳踏車車主一定會說，腳踏車是在篠崎車站被偷走。」

草薙倒吸了一口氣，看著眼前這位物理學家的臉。

「你的意思是，兇手故佈疑陣是為了把我們的注意力引向篠崎車站嗎？」

「不是也可以這麼認為嗎？」

「我們的確花費了很多時間和人力在篠崎車站附近查訪，如果你的推理正確，這些努力都白費了。」

「應該不至於白費，因為腳踏車的確是在這裡被偷的，只不過你們未必能夠從中掌握什麼線索，因為這起事件沒這麼簡單，而是更巧妙地組合在一起。」湯川說完，轉身邁開步伐。

草薙慌忙追了上去。「你要去哪裡？」

「當然是回家啊。」

「等一下。」草薙抓住湯川的肩膀，「我還有重要的事沒問你，你為什麼對這起命案特別感興趣。」

「不能感興趣嗎？」

「你答非所問。」

湯川推開了草薙放在他肩膀上的手問：「我是嫌疑人嗎？」

「嫌犯？怎麼可能？」

「既然這樣，無論我做什麼都是我的自由吧？我並不覺得我有影響到你們辦案。」

「既然這樣，那我就直截了當地問你。你是不是借用了我的名字，對住在花岡靖子隔壁的數學老師說了謊？說什麼我想請他協助警方辦案。我想我有權利問你這麼做的目的。」

湯川看著草薙，露出了平時很少看到的冷漠表情。

「你去找他了嗎？」

「去了啊，因為你什麼都不告訴我。」

「他說了什麼？」

「等一下，是我在問你問題，你認為那個數學老師和這起命案有關嗎？」

湯川沒有回答，移開了視線，然後再度走向車站。

「喂，我不是叫你等一下嗎？」草薙對著他的背影叫道。

湯川停下腳步，轉頭看著他。

「我先聲明，這次我無法提供你全面的協助，我因為私人因素在調查這起命案，所以請不要對我有任何期望。」

「既然這樣，我也無法再像以前一樣向你提供消息了。」

湯川一度垂下雙眼，然後點了點頭說：

「這也是無可奈何的事，那這次我們就各忙各的。」說完，他又邁開了步伐。他的背影表達出強烈的意志，草薙無法再出聲叫他。

草薙抽了一支菸後走向車站。他特地在這裡打發了時間，因為他認為最好不要和湯川搭同一班電車。雖然他不知道原因，但這次的命案似乎牽涉到湯川的私人因素，湯川試圖獨自解決這個問題，草薙不想影響湯川的想法。

草薙在搭地鐵時思考，湯川到底在煩惱什麼？

應該就是那個數學老師的事。記得那個數學老師姓石神，但根據草薙和其他刑警的調查，石神並沒有任何問題，只是花岡靖子的鄰居而已，湯川為什麼那麼在意石神？

草薙回想起在便當店看到的景象。湯川和石神在傍晚時出現在便當店，聽石神說，是湯川想去「弁天亭」。

湯川不是那種會特地做一些無意義舉動的人，他和石神一起去那家店，一定有什麼目的，但到底有什麼目的？

草薙想起工藤也在湯川他們之後去了便當店，但湯川應該沒有預料到這件事。草薙情不自禁地回想著工藤對他說的那些話。工藤的談話中也沒有提到石神。應該說，工藤沒有提到任何人的名字。他清楚地說，自己不會告密。

這時，草薙覺得哪裡不太對勁。我向來不告密——工藤在聊什麼問題時說了這句話？

「有客人因為想見她而去買便當。」草薙想起工藤克制著內心的不耐煩說了這句話。

草薙用力吸了一口氣，挺直了身體。坐在他對面的年輕女人看著他，似乎被他嚇到了。

草薙抬頭看著地鐵路線圖，決定在濱町下車。

雖然好久沒有開車了，但開了三十分鐘左右就慢慢習慣了，只不過抵達目的地後，花了一點時間才停好車。因為他覺得無論停在哪裡，似乎都會影響到其他車輛，幸好看到一輛小貨車隨意停在那裡，於是他決定停在那輛車子後方。

這是他第二次租車。以前在大學當助教，帶學生去參觀發電廠時，因為在當地活動無論如何都需要開車，所以他不得已租了一輛車。當時開的是七人座的廂型車，今天租的是國產小轎車，所以開起來輕鬆多了。

石神看向斜右方的那一棟不高的大樓，掛著「光明圖像輸出」的招牌，那是工藤邦明的公司。

石神沒有費太大的工夫就找到了這家公司。因為他從刑警草薙口中得知了工藤的姓名和他開了一家印刷廠的線索，於是上網找了有很多印刷廠連結的網站，調查了東京的每一家印刷廠，只有「光明圖像輸出」的老闆姓工藤。

今天上完課之後，石神立刻去了租車公司，租了事先預約的車子，開車來到此地。

租車當然會有風險，從各種意義上來說，都會留下證據，但他在經過深思熟慮之後，採取了這樣的行動。

當車上的數位時鐘顯示下午五點五十分時，有幾名男女走出了大樓的大門，石神看到工藤邦明的身影也在其中，不由得繃緊整個身體。

他拿起放在副駕駛座上的數位相機，打開電源，看著取景框，將焦點對準了工藤後，拉近了焦距。

工藤仍然穿著瀟灑的服裝，石神甚至不知道哪裡可以買到這種衣服。他忍不住想，原來靖子喜歡這種類型的男人。不光是靖子，如果要在自己和工藤之間作出選擇，世界上大部分女人應該都會選擇工藤。

石神內心充滿了嫉妒，按下了快門。他事先已經設定關閉了閃光燈，但液晶螢幕上仍然清楚地出現了工藤的身影。

工藤繞到大樓後方。他事先確認，停車場就在那裡。石神等待有車子從停車場駛出來。

不一會兒，一輛綠色賓士駛了出來。石神看到坐在駕駛座上的工藤，慌忙發動了引擎。

他開車跟在賓士後方。他並不習慣開車，所以跟蹤並不是一件容易的事，很快就有其他車子擠了進來，他好幾次都差一點跟丟，尤其是號誌燈即將改變時更加困難。幸好工藤開車很小心謹慎，速度也不會很快，每次遇到黃燈時就會停下來。

石神反而擔心跟得太緊被工藤發現，但他不能放棄跟蹤，石神作好了被對方發現的最壞打算。

石神在開車時不時看向衛星導航系統。因為他對這一帶並不熟悉。工藤的賓士車似乎正駛向品川。

車子越來越多，跟蹤的難度也越來越高。只要稍不留神，就會有卡車擠進來，完全看不到賓士的車身。當他在猶豫要不要換車道時，號誌燈變成了綠燈，卡車停在最前面，也就是說，賓士已經過了號誌燈。

到此為止了嗎？——石神忍不住咂著嘴。

沒想到變成綠燈後駛了一小段路，看到那輛賓士車在下一個號誌燈前打了右轉的方向燈，那正是工藤的車子。

馬路右側是一家飯店。工藤似乎打算去那家飯店。

石神毫不猶豫跟在賓士後方。雖然或許會遭到懷疑，但既然都跟到了這裡，當然不能半途而廢。

當右轉的綠燈亮起後，賓士駛了出去。石神也跟了上去。進入飯店大門，左側是通往地下樓層的坡道，似乎是停車場的入口，石神跟著賓士把車子駛向坡道。

工藤在拿停車卡時稍微回頭看了一眼。石神立刻縮起脖子。他不知道工藤有沒有發現什麼。

停車場內沒什麼車子，賓士停在離飯店入口很近的位置，石神把車子停在離那裡很遠的位置，關掉引擎後，立刻拿起了相機。

工藤走下賓士，石神立刻對著他拍了一張。工藤看向石神的方向，似乎在懷疑什麼，石神把頭壓得更低。

但是，工藤直接走向飯店入口。確認工藤的身影消失後，石神把車子開了出去。

暫時有這兩張照片就可以了——

由於他在停車場停留的時間很短，所以離開時不需付停車費。石神謹慎地握著方向盤，駛上狹窄的坡道。

他思考著那兩張照片要配什麼文字，他在腦海中構思的內容大致如下。

「我已查明妳經常見面的男人的身分，我已經拍下他的照片，想必妳能夠瞭解這一點。

我想問妳，妳和他是什麼關係？

如果是戀愛關係，這是重大的背叛行為。

妳知道我為了什麼做了這些嗎？

我有權利命令妳，立刻和這個男人分手。

否則，我將會對那個男人發洩我的憤怒。

對我來說，要讓這個男人遭遇和富樫相同的命運易如反掌，我有這樣的心理準備，也有辦法可以做到。

我再重複一次，如果妳和他是男女關係，我絕對無法容忍這種背叛，也一定會報復。」

石神小聲複誦著構思完成的這些內容，思考著是否有威嚇的效果。

前方出現了綠燈，當他準備駛過飯店大門時，看到花岡靖子從人行道走進飯店，忍不住瞪大了眼睛。

12

靖子走進咖啡廳時，咖啡廳深處有人向她舉起了手。那是身穿深綠色夾克的工藤。店內坐了三成左右的客人，雖然也有情侶的身影，但大部分都是來談生意的生意人。她微微低頭走了過去。

「不好意思，突然約妳出來。」工藤面帶笑容地說，「要不要先點飲料？」

服務生走了過來，靖子點了奶茶。

「發生什麼事了嗎？」她問。

「不是什麼重要的事。」他拿起咖啡杯，但在喝之前說：「昨天刑警來找我。」

靖子瞪大了眼睛說：「果然……」

「是妳把我的事告訴刑警的嗎？」

「對不起，上次和你吃飯之後，刑警上門來找我，一直追問我和誰去了哪裡，我覺得隱瞞不說，反而會被懷疑……」

工藤在臉前搖著手說：

「妳不用道歉，我並沒有責怪妳。為了之後能夠光明正大地見面，也必須讓刑警知道我們的關係，我覺得這樣反而比較好。」

「是嗎？」靖子抬眼看著他。

「是啊，只不過這段時間可能會遭到異樣的眼光，剛才來這裡的路上也有人跟蹤我。」

「跟蹤？」

「我起初沒發現，但在開了一段路之後才發現。因為同一輛車一直跟在我後面。這應該不是我想太多，因為那輛車一直跟到這家飯店的停車場。」

靖子注視著工藤若無其事說話的臉。

「結果呢？之後呢？」

「不知道。」工藤聳了聳肩，「因為距離很遠，我沒看清楚對方的臉，那個人不知道什麼時候離開了。不瞞妳說，剛才等妳的時候，我仔細觀察了周圍，並沒有看到像是在監視我的人，當然也可能只是我沒有發現而已。」

靖子左顧右盼，觀察著周圍人，但並沒有發現任何可疑的人。

「所以警察在懷疑你。」

「他們似乎認為妳是殺害富樫的主謀，我是共犯。昨天上門的刑警在離開之前，明確問了我的不在場證明。」

奶茶送了上來，在服務生離開之前，靖子再度觀察著周圍。

「如果現在也有人監視，結果看到你和我在這裡見面，會不會又懷疑什麼？」

「沒關係，我剛才也說了，我做事希望能光明正大，偷偷摸摸見面反而會引起懷疑，更何況我們之間也不是什麼見不得人的關係。」工藤緩緩倚靠在沙發上喝著咖啡，似乎想要表現出他的大膽。

靖子也拿起了奶茶。

「雖然很高興聽你這麼說，但如果給你添了麻煩，真的很抱歉，我覺得我們還是暫時不要見面比較好。」

「我就猜想妳會這麼說。」工藤放下杯子，探出身體說：「正因為這樣，所以今天特地約妳出來。我猜想妳早晚會知道刑警來找過我這件事，我擔心妳到時候會覺得過意不去。我可以明確告訴妳，妳完全不必在意我的事。雖然刑警問了我的不在場證明，幸好有人可以為我證明，我相信刑警早晚會對我失去興趣。」

「希望會是這樣。」

「我更擔心妳。」工藤說，「警方早晚會知道我不是共犯，但他們仍然沒有放棄對妳的懷疑，一想到他們之後還會一直糾纏妳，我的心情就很沉重。」

「這也是無可奈何的事，因為富樫之前的確在找我。」

「真搞不懂那個男人，事到如今，為什麼還想糾纏妳……即使死了也仍然在折磨妳。」工藤皺著眉頭，然後看著靖子說：「妳真的和這起命案沒有關係吧？我並不是懷疑妳，只是如果妳和富樫曾經有過絲毫的交集，希望妳至少可以告訴我。」

靖子看著工藤端正的臉，覺得這才是他今天突然提出見面的真正用意，他並不是完全沒有對自己存疑。

靖子露出微笑。

「不用擔心，我和這起命案沒有任何關係。」

「嗯，雖然早就知道這件事，但聽妳親口說，還是感到安心。」工藤點了點頭，看著手錶問：「既然妳已經來了，要不要一起吃飯？我知道一家很好吃的串烤店。」

「對不起，今晚我沒有交代美里。」

「是嗎？那我就不勉強妳了。」工藤拿起帳單站了起來，「那我們走吧。」

在工藤結帳時，靖子再度巡視了周圍，沒有看到像是刑警的人。

雖然對工藤感到抱歉，但刑警在懷疑他是共犯期間，自己應該很安全，因為這意味著警方的調查遠離真相。

但她很猶豫，不知道是否該繼續發展和工藤之間的關係。她很希望和他之間的關係更加親密，但又很擔心一旦這種希望成真，可能會引發無可挽回的失敗，她的腦海中浮現出石神面無表情的臉。

「我送妳回家。」工藤結完帳後說。

「今天不用了，我搭電車回家。」

「沒關係，我送妳。」

「真的不用了，我也想先去買點東西。」

「是喔……」工藤似乎有點難以釋懷，但最後露出了笑容，「那今天就先這樣，我會再打電話給妳。」

「謝謝你。」靖子說完，轉身離開了。

走去品川車站的路上，當她過斑馬線時，手機響了。她邊走邊打開皮包，一看來電顯示，發現了「弁天亭」的小代子打來的。

「喂？」

「啊，靖子。我是小代子，現在方便說話嗎？」小代子的聲音聽起來很緊張。

「我沒關係，怎麼了嗎？」

「妳剛才走了之後，刑警又來了。因為問了奇怪的問題，所以我想告訴妳一聲。」

靖子握著手機，忍不住閉上了眼睛。又是刑警，他們就像蜘蛛絲一樣難以擺脫。

「什麼奇怪的問題？」靖子內心充滿不安地問。

「他們來問那個人的事，就是那個高中老師，是不是姓石神？」

靖子聽到小代子的話，手上的電話差點掉在地上。

「他怎麼了？」她的聲音微微發抖。

「刑警說，聽說有人為了來見妳特地來店裡買便當，問我是否知道是誰，他們好像是聽工藤先生說的。」

「工藤先生？」

靖子完全不知道為什麼會扯到他？

「我想起之前曾經和工藤先生提過，有客人為了見妳，每天早上來買便當，工藤先生似乎把這件事告訴了刑警。」

原來是這麼一回事，靖子恍然大悟。去找工藤的刑警為了確認這件事，所以去了「弁天亭」。

「妳怎麼回答刑警？」

「因為我覺得隱瞞也很奇怪，所以就老實回答說，那個人是住在妳家隔壁的老師，但我有聲明，只是我們認為那個老師是為了妳來買便當，但不知道實情如何。」

靖子感到口乾舌燥。警察終於注意到石神了。只是因為工藤提到的關係嗎？還是同時有其他的原因，才會注意到他？

「喂？靖子。」小代子叫著她的名字。

「啊，是。」

「雖然我這麼回答，但有沒有問題？我是不是說了什麼對妳不利的話？」

靖子絕對不可能說，對我很不利。

「不，我想應該沒問題，我和那位老師並沒有什麼特別的關係。」

「我就說嘛，我想先知會妳一下。」

「謝謝妳特地通知我。」

靖子掛上電話，覺得有點反胃，甚至有點想嘔吐。

回到家時，這種感覺仍然持續。雖然回家之前去了超市買東西，但她不太記得自己買了什麼。

聽到隔壁傳來開門聲時，石神正坐在電腦前。電腦螢幕上顯示了三張照片。分別是他拍的兩張工藤的照片，和靖子走進飯店的照片。雖然他很想拍到他們兩個人同框的照片，但擔心會被工藤發現，而且萬一被靖子察覺就很麻煩，所以他只好放棄。

石神已經想好了最糟的情況。到時候這幾張照片將發揮作用，但他希望盡可能避免這種情況發生。

石神瞥了一眼鬧鐘後站了起來。已經快晚上八點了。靖子和工藤見面的時間似乎並沒有很長。他發現自己對這件事感到鬆了一口氣。

他把電話卡放進口袋後走出家裡，像往常一樣走在夜晚的街頭，他小心謹慎地確認了有沒有人在監視自己。

他回想起那個姓草薙的刑警，他這次來找自己的目的很奇怪。雖然問了有關花岡靖子的事，但總覺得他此行的主要目的是為了湯川學。他們之間到底談了什麼？石神不知道自己是否遭到了懷疑，所以無法採取下一步的行動。

他來到平時打電話的公用電話前撥打了靖子的手機。三次鈴聲之後，她接起了電話。

「是我。」石神對著電話說：「妳現在方便嗎？」

「沒問題。」

「今天有沒有什麼特別的狀況？」

雖然石神很想問她和工藤見面聊什麼，卻不知道該怎麼問，而且石神知道他們見面也很不自然。

「呃，其實……」她只說了這幾個字就陷入了沉默，似乎在猶豫。

「怎麼了？發生了什麼狀況嗎？」石神以為工藤對她說了什麼意想不到的事。

「刑警去了店裡……去了『弁天亭』，然後打聽了你的事。」

「我的事？他們怎麼打聽？」石神吞著口水。

「可能有點說不太清楚。我們店裡的人之前就在談論你……你聽了可能會生氣……」

真是不乾不脆。石神感到心浮氣躁，覺得她數學一定很差。

「我不會生氣，請妳有話就直說吧，他們在談論我什麼？」石神在問話時猜想，那些人應該是批評自己的外表。

「雖然我不認為是這樣，但是店裡的人覺得……你是為了見我才去店裡買便當……」

「呃……」石神覺得腦袋一片空白。

「對不起，他們只是覺得好玩，所以才會開這樣的玩笑，並沒有什麼惡意，而且也並不是真的這麼認為。」靖子努力想要解釋，但他甚至連一半都沒有聽進去。

原來她以外的第三者這麼認為——

這並不是誤會，他的確是為了靖子每天早上都去買便當，如果說他並不期待她可以瞭解自己的這種心意當然是說謊，但想到連其他人都這麼看自己，不由得全身發燙，旁人一定會嘲笑自己這種醜男竟然瘋狂地迷上像她那樣的美女。

「請問……你在生氣嗎？」靖子問。

石神慌忙清了清嗓子說：

「沒有……刑警說了什麼？」

「他們聽到了這個傳聞，去問店裡的人，那個客人是誰，結果店裡的人就說了你的名字。」

「原來是這樣。」石神仍然感到體溫上升，「刑警是聽誰說了那個傳聞。」

「這……我就不太清楚了。」

「刑警只問了這件事嗎？」

「好像是這樣。」

石神握著電話點了點頭，現在不能慌張。雖然不知道其中的過程，但刑警逐漸鎖定自己是不爭的事實。既然這樣，就必須思考應對措施。

「請問妳女兒在家嗎？」他問。
「你問美里嗎？她在啊。」
「可以請她聽一下電話嗎？」
「喔，好啊。」
石神閉上了眼睛——他專心思考著，但中途浮現出湯川學的臉時，他忍不住有點慌亂，那個物理學家在想什麼？
「喂？」他聽到了年輕女孩的聲音，電話似乎已經交到了美里手上。
「我是石神。」他打了聲招呼後繼續說了下去，「妳是十二日那天和實香聊電影的事吧？」
「對，這件事我已經告訴刑警了。」
「嗯，妳上次有提過這件事。還有另一個朋友，妳說她叫晴華吧？」
「對，她叫玉岡晴華。」
「妳之後還有和她聊過電影的事嗎？」
「不，應該只有那一次，但之後可能稍微聊過幾句。」
「妳還沒有對刑警提過這件事吧？」
「沒有，我只說了實香的事，因為你說先不要提晴華的事。」

「嗯，是啊，但現在差不多可以說了。」

石神在觀察周圍的同時，向花岡美里下達了詳細的指示。

網球場旁的空地冒著灰色的煙。走過去一看，發現身穿白袍的湯川挽起袖子，正用木棒戳著十八公升的鐵皮罐，鐵皮罐內冒著煙。

湯川似乎聽到了踩在泥土上的腳步聲，轉頭看了過來。

「你簡直就像是跟蹤狂。」

「刑警遇到可疑的人物就會變成跟蹤狂。」

「是喔，原來我很可疑。」湯川瞇起了眼睛，似乎覺得很有趣，「你似乎難得有了大膽的想法，如果你平時腦筋也這麼靈活，應該早就升官了吧。」

「你難道不問一下為什麼我覺得你很可疑嗎？」

「不需要問，因為這個世界上的科學家向來都被認為有問題。」他繼續戳著鐵皮罐。

「你在燒什麼？」

「不是什麼重要的東西，只是一些作廢的報告和資料，因為我不相信碎紙機。」

湯川拿起放在一旁的水桶，把裡面的水倒進了鐵皮罐，只聽到咻的一聲，鐵皮罐內冒出了更多白煙。

「我有話要問你，是以刑警的身分問你。」

「你似乎很賣力啊。」湯川似乎已確認鐵皮罐內的火已經熄滅，拎著水桶走了起來。

草薙跟了上去。

「昨天和你分手之後，我去了『弁天亭』，在那裡聽到了很有趣的事，你不想知道嗎？」

「不想。」

「那我就自己說了，你的好朋友石神迷戀花岡靖子。」

原本大步走路的湯川停下腳步，回頭時露出了銳利的眼神。

「便當店的人這麼說嗎？」

「是啊。在和你聊天後，我突然想到這件事，所以就去向『弁天亭』的人確認，雖然邏輯很重要，但直覺也是刑警的重要武器。」

「所以呢？」湯川轉過身，「即使他迷戀花岡靖子，這件事對你們的偵查有什麼影響？」

「事到如今，你不要再裝糊塗了，雖然我不知道你怎麼會想到，但正因為你懷疑石神可能是花岡靖子的共犯，所以才會背著我偷偷行動。」
「我可沒有偷偷行動。」
「總之，我找到了懷疑石神的理由，接下來會徹底鎖定他。雖然我們昨天決定分別行動，但要不要締結和平條約。也就是說，我會向你提供線索，希望你也把掌握的情況告訴我。怎麼樣？這個提案不錯吧？」
「你太高估我了，我並沒有掌握任何情況，只是在想像而已。」
「既然這樣，就把你的這些想像告訴我。」草薙直視著好友的眼睛。
湯川移開視線，繼續走了起來。「先去研究室再說。」
草薙坐在第十三研究室的桌子前，上面有奇怪的焦痕。湯川和平時一樣，把兩個稱不上乾淨的馬克杯放在桌上。
「如果石神是共犯，他扮演了什麼角色？」湯川立刻問道。
「要我先說嗎？」
「是你提出和平條約。」湯川坐在椅子上，悠然地喝著即溶咖啡。
「那好吧。我還沒向組長報告石神的事，這些都是我的推理。如果命案現場不是發現屍體的地方，負責搬運屍體的就是石神。」
「你之前不是否定屍體搬運說嗎？」

「我曾經說過，如果有共犯就另當別論，但是主犯，也就是實際動手殺人的就是花岡靖子，石神可能也幫了忙，但她也一定在場，而且實際殺了人。」

「你說得很有把握嘛。」

「如果實際下手和處理屍體的都是石神，那他就不是共犯而已，而是主犯，進一步而言，就是他單獨犯案。即使他再怎麼迷戀那個女人，我不認為他會做到這種程度，因為一旦靖子背叛他，他就完蛋了，而且她應該也承擔了某種風險。」

「所以你認為是石神一個人下手，然後他們一起處理屍體嗎？」

「雖然不能完全排除這種可能性，但我認為可能性相當低。花岡靖子在電影院的不在場證明雖然有模糊的空間，但之後的不在場證明比較明確，應該是在決定時間後採取了行動，但處理屍體不知道需要多少時間，所以她不可能加入。」

「花岡靖子的不在場證明不確定的時段是……？」

「就是她說正在看電影的晚上七點到九點十分的這段時間，之後她去的拉麵店和KTV都已經確認了，但她的確曾經走進電影院。因為電影院保存的票根中，發現了有花岡母女指紋的票根。」

「所以你認為靖子和石神在這兩小時十分鐘的時間內殺人嗎？」

「可能也遺棄了屍體，但從時間上來看，靖子比石神先離開現場的可能性相當高。」

「命案現場是在哪裡？」

「這就不知道了，但應該是靖子約了富樫。」

湯川默默喝著咖啡。他眉頭緊鎖，似乎並不苟同。

「你有什麼意見嗎？」

「不，沒有。」

「如果有什麼意見就趕快說，我說了我的意見，現在輪到你了。」

湯川聽了草薙的話，嘆了一口氣說：

「並沒有用到車子。」

「啊？」

「我是說，石神應該沒有用車子。搬運屍體不是要車子嗎？他沒有車子，所以必須去借車。我不認為他有不留下痕跡的方法，張羅到不留下證據的車子，通常任何人都沒辦法做到。」

「我打算清查所有的租車公司。」

「辛苦了，但我可以保證，你絕對查不到任何線索。」

這個王八蛋。草薙在心裡這麼罵著湯川，狠狠瞪著他，但湯川一臉若無其事。

「我只是說，如果命案現場在其他地方，石神應該負責屍體的搬運工作，發現屍體的地方也很可能就是命案現場，因為他們有兩個人手，所以輕而易舉。」

「你的意思是他們兩個人一起殺了富樫，毀了他的容，燒掉他的指紋，然後脫掉他的衣服燒毀，然後兩個人徒步離開現場嗎？」

「嗯，是啊。」

「所以我認為可能有時間差，因為靖子必須在電影演完之前回電影院。」

「根據你的說法，留在現場的腳踏車果然是被害人自己騎去了現場。」

「所以變成石神忘了擦掉留在腳踏車上的指紋。石神會犯這種低級錯誤嗎？他可是達摩石神。」

「任何天才都可能犯錯。」

湯川緩緩搖著頭說：「他不會犯這種錯。」

「那你認為為什麼沒有擦掉指紋？」

「我一直在思考這個問題。」湯川抱起雙臂，「但還沒有得出結論。」

「是不是你想太多了？他或許是數學天才，但在殺人的問題上是外行。」

「都一樣，」湯川淡然地說：「對他來說，殺人也易如反掌。」

草薙緩緩搖著頭，拿起了有點髒的馬克杯。

「總之，我們會鎖定石神，如果有男性共犯，就會擴大偵查的範圍。」

「根據你的說法，犯案手法很粗糙。腳踏車上的指紋忘了擦掉，被害人的衣服沒有燒徹底，有很多疏漏的地方。所以我想請教你一個問題，這次的犯案是有預謀嗎？還是在某種情況下臨時起意殺人？」

「這──」草薙看著湯川的臉，似乎在觀察什麼，「可能是臨時起意，比方說，靖子基於某種目的把富樫找出來，石神成為她的保鑣也一同前往。但他們起了爭執，最後兩個人就聯手殺了富樫──我猜想應該就是這樣。」

「如果是這樣，不是和電影院的事相矛盾嗎？」湯川說：「如果原本只是約他出來談事情，根本不需要準備不在場證明，即使那個不在場證明並不完美。」

「所以你認為是預謀犯案嗎？靖子和石神原本就準備殺他，然後事先埋伏在那裡嗎？」

「這也不太可能。」

「那到底是怎麼樣？」草薙露出厭煩的表情。

「如果是石神研擬的殺人計畫，不可能這麼不堪一擊，他不可能設計這種漏洞百出的計畫。」

「即使你這麼說──」草薙說到這裡，他的手機響了，他說了聲「不好意思」，接起了電話。

這通電話是岸谷打來的，他報告了一個重大消息，草薙在發問的同時記下了重點。

「收到一個有趣的消息。」草薙掛上電話後對湯川說：「靖子的女兒叫美里，從她班上的同學口中得知了一個耐人尋味的消息。」

「什麼消息？」

「案發當天的白天，那個同學就聽美里說，晚上要和她媽媽一起去看電影。」

「真的嗎？」

「岸谷已經確認了這個消息。也就是說，靖子母女在白天就已經決定要去看電影。」草薙對物理學家點了點頭，「是不是可以認為是預謀犯案？」

湯川露出嚴肅的眼神搖了搖頭，用沉重的語氣說：

「不可能。」

13

「瑪麗安」位在離錦糸町車站走路五分鐘的大樓內五樓，同棟大樓內有好幾家酒店，大樓很老舊，電梯也很老舊。

草薙看了一眼手錶。目前是晚上七點多，他猜想店裡應該沒什麼客人。他希望避開店裡生意很忙的時段，這樣才能仔細調查。他看著已經生鏽的電梯牆面想，開在這種地方的酒店生意絕對好不到哪裡去。

沒想到一走進「瑪麗安」，他立刻大吃一驚。店內二十多張桌子已經坐了三分之一的客人，從那些客人的服裝判斷，大部分都是上班族，但也有一些職業不明的人士。

「我以前曾經去銀座的酒店辦案，」岸谷向草薙咬耳朵，「那裡的媽媽桑說，泡沫經濟時代每天都來喝酒的那些人，不知道現在都跑去哪裡喝酒，原來他們都來這裡了。」

「我認為應該不是。」草薙說，「由奢入儉難，在這裡出沒的人和銀座族屬於不同的族群。」

他們找來酒店的少爺，說想要找這裡的負責人。年輕的少爺露出諂媚的笑容後走向深處。

不一會兒，另一個少爺走了過來，帶草薙和岸谷坐在吧檯的座位。

「要不要喝點什麼？」少爺問。

「那就來點啤酒。」草薙說。

「這樣沒問題嗎？」少爺離開後，岸谷問他：「我們在執勤。」

「如果不喝點什麼，其他客人不是會覺得奇怪嗎？」

「那也可以點烏龍茶啊。」

「兩個大男人會來這種地方喝烏龍茶嗎？」

他們正在聊這些話時，一個身穿銀灰色套裝，年約四十的女人走了過來。她臉上的妝很濃，頭髮盤了起來。雖然有點瘦，但頗有姿色。

「歡迎光臨，不知兩位有什麼事？」女人嘴角露出笑意，低聲問道。

「我們是警視廳的人。」草薙也低聲回答。

一旁的岸谷把手伸進上衣內側口袋，草薙制止了他，然後看著那個女人，「要出示證件嗎？」

「不，不用了。」她在草薙旁邊的座位坐了下來，同時遞上了名片。名片上印著「杉村園子」的名字。

「妳是這家店的媽媽桑吧。」

「名義上的媽媽桑。」杉村園子露出微笑，她似乎無意隱瞞自己只是受人僱用。

「這裡的生意很不錯嘛。」草薙巡視店內。

「表面上看起來是這樣。這家店是老闆為了節稅而開的，來這裡的客人也都和老闆有關係。」

「是這樣啊。」

「沒有人知道這種店什麼時候會怎麼樣，也許決定選擇開便當店的小代子更聰明。」

雖然她如此自嘲，但她輕鬆提到前任媽媽桑的名字，顯示出她的自尊心。

「我知道之前也有警視廳的刑警多次打擾。」

杉村園子聽了之後，點了點頭。

「刑警為富樫的事來了好幾次，通常都是由我出面接待，今天也是為這件事上門嗎？」

「不好意思，一次又一次打擾。」

「我也對之前來這裡的刑警說了，如果你們懷疑靖子，應該搞錯方向了，因為她根本沒有動機。」

「不，並不至於在懷疑她。」草薙擠出笑容，搖了搖頭，「只是偵查工作沒有進展，我們打算重新釐清案情，所以才會登門打擾。」

「重新釐清喔。」杉村園子微微嘆了一口氣。

「聽說富樫慎二在三月五日曾經來過這裡。」

「對，因為很久沒見到他了，而且我完全沒有想到，他事到如今還會來這裡，所以嚇了一跳。」

「妳之前就見過他嗎？」

「見過兩次。我以前和靖子都在赤坂的同一家店上班，那時候見過他一次。他當時出手很闊綽，衣著也很有型……」

從她的語氣不難發現，多年未見的富樫身上已經看不到當年的影子。

「聽說富樫慎二想打聽花岡小姐的下落。」

「我覺得他想和靖子復合，但我並沒有告訴他。因為我很清楚，靖子因為他吃了不少苦，但他到處問店裡的其他小姐。我以為目前店裡的小姐中沒有人認識靖子，所以太大意了，有一個小姐去過小代子開的便當店，那個小姐似乎告訴富樫，靖子目前在那裡工作。」

「原來是這樣。」草薙點了點頭，靠人脈謀生的人幾乎不可能完全銷聲匿跡。

「有一位工藤邦明先生經常來這裡嗎？」草薙改變了問題。

「工藤先生？那個開印刷廠的？」

「對。」

「他經常來這裡。啊，但最近好像很少看到他。」杉村園子偏著頭問：「工藤先生怎麼了嗎？」

「因為聽說花岡靖子以前在店裡當小姐時，工藤先生經常來捧她的場。」

杉村園子放鬆了嘴角，點了點頭。

「是啊，工藤先生似乎很照顧她。」

「他們有交往嗎？」

杉村園子聽了草薙的問題，偏著頭想了一下。

「雖然有人懷疑他們在交往，但我認為應該沒有。」

「為什麼？」

「靖子在赤坂的時候是他們關係最密切的時候，但當時靖子似乎為富樫的事很煩惱，工藤先生也知道這件事，所以他幫靖子出了不少主意，但他們應該沒有發展為男女關係。」

「但之後花岡小姐離婚了，他們不是可以交往嗎？」

沒想到杉村園子搖了搖頭說：

「工藤先生不是這種人。靖子和她老公感情失和，他幫靖子出主意，如果在靖子離婚後就交往，感覺一開始就是為了這個目的，所以在靖子離婚後，他們應該繼續維持好朋友的關係，而且工藤先生也有太太。」

杉村園子似乎並不知道他的妻子已經過世了，草薙覺得沒必要特地告訴她，於是就沒有提這件事。

草薙認為杉村園子應該沒有說錯，因為酒店小姐在男女關係的問題上的直覺遠遠比刑警更敏銳。

草薙確信，工藤應該是清白的。既然這樣，就應該追查第二件事。

他從口袋裡拿出一張照片出示在杉村園子面前。

「妳認識這個男人嗎？」

那是石神哲哉的照片，是岸谷在他離開學校時偷拍的。因為是從斜前方偷拍的，當事人並沒有察覺，所以視線看著遠方。

杉村園子露出訝異的表情問：

「這個人是誰？」

「所以妳不認識他。」

「不認識，至少不是店裡的客人。」

「這個人姓石神。」

「石神……」

「妳有沒有聽花岡小姐提過這個名字？」

「對不起，我不記得有這個人。」

「他是高中老師，花岡靖子有沒有向妳提過相關的話題？」

「不記得了，」杉村園子偏著頭說：「我們現在有時候也會打電話聊天，但她從來沒有提過這件事。」

「那妳是否知道花岡小姐交的男朋友？她有沒有和妳討論，或是告訴過妳什麼？」

杉村園子聽了草薙的問題，忍不住苦笑起來。

「關於這個問題，我也告訴過之前的刑警，她從來沒有向我提過任何事。雖然有可能她交了男朋友，但並沒有告訴我，只不過我認為並不是這樣。靖子目前全心照顧美里，根本沒有餘力談戀愛，之前小代子也曾經這麼說過。」

草薙默默點了點頭。他原本就不期待關於石神和靖子的問題，能夠在這裡有什麼重大收穫，所以也並不感到失望。但是，聽到杉村園子斷言靖子並沒有和特定男子有密切的關係，就對石神可能是靖子共犯這個推理失去了自信。

又有新的客人上門，杉村園子似乎有點在意客人。

「妳剛才說，經常和花岡小姐通電話，妳們最近一次通電話是什麼時候？」

「應該是新聞報導了富樫的事的那一天，我嚇了一跳，所以打電話給她，這件事我也告訴了之前來店裡的刑警。」
「花岡小姐的情況怎麼樣？」
「並沒有什麼特別的變化，她說已經有警察去找她了。」
草薙並沒有告訴杉村園子，那個警察就是自己。
「妳有沒有告訴花岡小姐，富樫來店裡打聽她的下落。」
「我沒有告訴她，應該說沒辦法告訴她，因為我不想讓她感到不安。」
也就是說，花岡靖子並不知道富樫在找她，根本沒有預料到富樫會來找她，當然也沒時間研擬殺人計畫。
「雖然我原本想要告訴她，但她當時很開心地和我聊了很多事，所以一方面也是因為沒機會開口告訴她這件事。」
「當時？」草薙對杉村園子的話感到不太對勁，「那是什麼時候？聽起來好像並不是最近一次聯絡的時候？」
「啊，對不起，那是更早之前，在富樫來店裡的三、四天後，因為她在語音信箱留言，所以我打給了她。」
「那是哪一天？」
「哪一天呢？」杉村園子從套裝口袋裡拿出手機，草薙原本以為她要看通話紀錄，沒想到她找出了行事曆。她看了行事曆之後抬起頭說：「是三月十日。」

「啊？三月十日？」草薙驚叫一聲，和岸谷互看了一眼，「沒有搞錯嗎？」

「對，應該沒有錯。」

十日就是富樫慎二遭到殺害的日子。

「幾點的時候？」

「嗯，我回家之後打給她，所以應該是凌晨一點左右。她在十二點之前打給我，因為我還沒有下班，所以沒辦法接電話。」

「妳們聊了多久？」

「那一次好像聊了三十分鐘左右，每次都差不多。」

「所以是妳打給她的嗎？妳打她的手機？」

「不，我沒有打她手機，是打家裡的電話。」

「不好意思，我不是在挑剔，所以那不是十日，而是十一日凌晨一點左右吧？」

「對，正確地說，應該就是這樣。」

「妳剛才說，花岡小姐在語音信箱留言，她留言的內容是什麼？如果方便的話，是否可以告訴我？」

「她說找我有事，叫我下班之後打給她。」

「結果是什麼事呢？」

「不是什麼重要的事，只是問我之前治療腰痛時去的是哪家指壓治療院……」

「指壓喔……她之前也曾經為了這種程度的事打電話給妳嗎？」

「她每次找我都不是什麼重要的事，只是想聊天而已，不管是我和她都一樣。」

「妳們之前也都是在三更半夜聊天嗎？」

「這沒什麼好稀奇的，因為我在這裡上班，所以都只能半夜聊天。雖然平時盡可能選在假日，但那次因為她先打電話找我。」

草薙點了點頭，但仍然無法釋然。

離開那家店走去車站時，草薙不禁思考起來。他很在意杉村園子最後提到的那件事。她在三月十日深夜和花岡靖子通了電話，而且是用家裡的電話，也就是說，花岡靖子那個時候在家裡。

搜查總部內也有人認為，犯案時間可能在三月十日晚上十一點之後。這當然是假設花岡靖子是兇手的情況下提出的看法，即使她去ＫＴＶ的不在場證明屬實，也可能在之後犯案。

但是，沒有人強烈支持這個可能性。因為即使離開ＫＴＶ之後立刻趕往現場，也會在將近十二點左右到達。即使之後犯了案，卻沒有交通工具可以回家。通常兇手不可能搭乘會留下作案痕跡的計程車，而且現場附近很少有計程車經過。

更何況這還牽涉到腳踏車遭竊的時間。腳踏車是在晚上十點之前遭竊，如果是故佈疑陣，就代表靖子在晚上十點之前去了篠崎車站。如果不是故佈疑陣，而是富樫偷了腳踏車，就會留下疑問——他在偷了腳踏車到和靖子見面的將近十二點之前，到底去了哪裡，又做了什麼？

基於以上這些原因，草薙和其他刑警都沒有積極調查深夜的不在場證明，但如果積極調查，花岡靖子也有不在場證明，這一點令他感到有蹊蹺。

「你還記得我們第一次去找花岡靖子時的事嗎？」草薙邊走邊問岸谷。

「記得啊，怎麼了？」

「我是怎麼問她不在場證明的事？是不是問她三月十日在哪裡？」

「詳細情況不太記得了，應該是這樣吧。」

「她當時回答，早上出門上班，晚上和女兒一起出門，去看了電影，然後吃了拉麵，又去了KTV，回到家差不多十一點多——是不是這樣？」

「應該沒錯。」

「剛才的媽媽桑說，靖子在那之後打電話給她，而且並不是有什麼重要的事，卻留言要她回電。媽媽桑在一點多打電話給靖子，然後聊了三十分鐘左右。」

「這有什麼問題嗎？」

「當時——我在問靖子不在場證明時，她為什麼沒有提這件事？」

「為什麼……因為她覺得沒必要說吧？」

「為什麼？」草薙停下腳步，看著後輩刑警，「用家裡的電話和第三者聊天，不是可以證明自己在家嗎？」

岸谷也停下腳步，嘟著嘴說：

「雖然是這樣，但花岡靖子可能認為只要說了外出地點就足夠了吧。如果你問她回家之後的事，她應該會提打電話的事吧？」

「真的只是因為這個原因嗎？」

「除此以外，還有什麼原因？她並不是隱瞞沒有不在場證明的事，而是沒有提自己有不在場證明的事，你拘泥這件事不是很奇怪嗎？」

岸谷一臉不滿的表情，草薙移開了視線，繼續邁開步伐。這名後輩刑警一開始就很同情花岡母女，也許不該期待他的客觀意見。

草薙回想起今天白天和湯川談話的內容。那位物理學家堅持，如果石神和這起命案有關，那就不是預謀犯案。

「如果是他研擬的殺人計畫，就不可能用電影院來製造不在場證明。」湯川首先提出這一點，「因為正如你們現在所懷疑的，去電影院的供詞缺乏說服力，而且還有一個更大的疑問。石神沒有理由協助花岡靖子殺害富樫，即使花岡靖子深受富樫的折磨，他應該會想出其他解決的方法，他絕對不會選擇殺人這種方法。」

草薙問湯川，這是否指石神並不是這種心狠手辣的人，湯川露出冷靜的眼神搖了搖頭。

「這不是感情的問題，而是因為試圖藉由殺人擺脫痛苦並不合理。因為一旦殺了人，就會造成另一種痛苦。石神不會做這麼愚蠢的事。相反地，只要符合邏輯，即使再冷酷的事，他也會去做。」

湯川到底認為石神會以怎樣的方式參與了這起命案？關於這個問題，湯川這麼回答：

「如果他和這起命案有關，就只有一種情況，那就是他並沒有參與行兇殺人的行為。也就是說，當他瞭解狀況時，殺人行為已經結束了。在這種情況下，他能夠做什麼？如果有辦法隱瞞這起命案，他一定會這麼做。如果沒辦法隱瞞，就會千方百計逃避警方的追查，然後也會向花岡靖子母女下達指示，告訴她們要如何回答刑警的問題，在哪個時間點出示什麼證據。」

也就是說，湯川認為，花岡靖子和美里之前對草薙他們所說的供詞並非基於她們的意志，而是石神在背後指點的結果。

但是，這位物理學家在如此斷言後，又靜靜地補充說：

「當然，這一切都只是我的推理，這是在認為石神有參與這起命案的前提下進行的推理，但這個前提本身可能就是錯誤。不，我很希望是錯誤，也希望是自己想太多，我發自內心這麼希望。」當他說這番話時，難得露出痛苦和寂寞的表情，他似乎在害怕再度失去久別重逢的老同學。

湯川最後還是沒有告訴草薙，他為什麼會懷疑石神？他似乎發現石神對靖子有好感，也因此開始懷疑石神，但他隻字不提到底是如何發現了這件事。

草薙很相信湯川的觀察力和推理能力。既然湯川這麼認為，應該就八九不離十。一旦這麼想，就發現在「瑪麗安」打聽到的事也證實了這件事。

靖子為什麼沒有向草薙提起三月十日深夜不在場證明的事？如果她是兇手，這是為了遭到警方懷疑時所製造的不在場證明，當然會馬上告訴警方。她之所以沒有這麼做，是不是石神這麼指示她？石神的指示應該是「只說最低限度必要的事」。

草薙想起湯川還沒有對這起命案產生興趣時不經意說的一句話。當草薙告訴他，花岡靖子把電影票的票根夾在電影簡介中時，他這麼說：

「如果是普通人，即使為了製造不在場證明留下票根，也不會顧及到保管的地方。如果是考慮到刑警上門，特地夾在電影簡介中，就代表是個不簡單的角色。」

六點多時，靖子正想解開圍裙時，一個客人走了進來。「歡迎光臨。」她不假思索地露出了親切的笑容，但看到對方時愣了一下。因為她認識那個人，但並不是很熟，只知道他是石神的老同學。

「請問妳還記得我嗎？」對方問她，「之前石神曾經帶我來這裡。」

「啊，對，我記得你。」她恢復了笑容。

「因為剛好來這附近，想起了這裡的便當。上次的便當非常好吃。」

「那真是太好了。」

「今天的話……嗯，那就點招牌便當。石神每次都買招牌便當，但上次賣完了，今天還有嗎？」

「今天還有。」靖子向後方的廚房交代了客人點的便當後，再次解開圍裙。

「咦？妳要下班了？」

「對，我到六點為止。」

「是嗎？所以要回家了嗎？」

「對。」

「那可不可以和妳走一小段路，因為有幾句話想和妳聊一聊。」

「和我嗎？」

「對，應該說是請教妳關於石神的事。」他露出意味深長的笑容。

靖子沒來由地感到不安。

「但我對石神先生幾乎一無所知。」

「不會耽誤妳太多時間，我們可以邊走邊聊。」雖然他說話的語氣很溫和，但態度很強勢。

「那就稍微聊一下。」她無可奈何地說。

男人自我介紹說他姓湯川，目前在石神當年就讀的大學擔任副教授。他的便當做好之後，他們一起走出了便當店。

靖子像往常一樣騎腳踏車來上班，她正打算推腳踏車，湯川說了聲「我來推吧」，代替她推起了腳踏車。

「妳從來沒有和石神好好聊過嗎？」湯川問。

「對，只有他來店裡的時候會打招呼而已。」

「是這樣啊。」湯川說完這句話後陷入了沉默。

「請問……你要問我什麼事？」她忍不住問。

但湯川仍然沒有吭氣。當不安在靖子的內心進一步擴散時，他才終於開了口。

「他是一個單純的人。」

「啊？」

「石神這個人很單純，他追求的答案向來很簡單，不會同時追求好幾樣東西，為了達到目的所選擇的手段也很簡單，所以毫不猶豫，也不會因為一點風吹草動而動搖，但這也同時代表他不太懂得生存之道，不是得到全部，就是全盤皆輸，他經常和這種危險共舞。」

「請問、湯川先生……」

「不好意思，妳聽不懂我在說什麼吧？」湯川露出苦笑，「請問妳是在搬到目前的公寓時，第一次見到石神嗎？」

「對，我去向他打招呼。」

「妳在當時告訴他，妳在這家便當店工作嗎？」

「是啊。」

「他也是從那個時候開始去『弁天亭』吧？」

「這……也許是吧。」

「在你們當時簡單的對話中，有什麼令妳印象深刻的事嗎？任何事都無妨。」

靖子感到困惑，因為她沒想到湯川會問這個問題。

「請問你為什麼要問我這種問題？」

「這是因為……」湯川邊走邊注視著她，「因為他是我的朋友，而且是重要的朋友，所以我想知道發生了什麼事。」

「但他和我聊天的內容並沒有什麼重要的——」

「對他來說應該很重要，」湯川說，「而且非常重要，我相信妳也知道。」

靖子看著湯川嚴肅的眼神，不由得起了雞皮疙瘩，她察覺到眼前這個男人知道石神對自己有好感，所以想知道石神是因為什麼原因喜歡上自己。

靖子這時才發現，自己從來沒有思考過這個問題，但她很清楚，自己並沒有可以讓人一見鍾情的美貌。

靖子搖了搖頭。

「我想不到什麼，因為我和石神先生真的幾乎沒聊過什麼。」

「是嗎？搞不好是這樣。」湯川的語氣柔和了一些，「妳對他有什麼看法？」

「啊……」

「妳不可能沒有察覺他的心意吧？妳對這件事有什麼看法？」

湯川突如其來的問題讓她感到困惑，而且眼前的氣氛也無法笑著敷衍過去。

「我並沒有什麼特別的感覺……我知道他人很好，而且也很聰明。」

「所以妳知道他很聰明，人也很好。」湯川停下腳步。

「因為、他讓我有這種感覺。」

「我瞭解了，不好意思，耽誤了妳的時間。」湯川把腳踏車的車把交還給她，「代我向石神問好。」

「啊，但我不知道能不能遇到石神先生——」

湯川笑著點了點頭，轉身離開了。靖子目送著他的背影，有一種難以形容的壓力。

14

放眼望去，都是一張張愁眉不展的臉，甚至有人已經不只是愁眉不展，而是露出了痛苦的表情。更有甚者，已經露出了投降的放棄表情。森岡從考試一開始就沒有看考卷一眼，托腮看著窗外。今天是晴朗的好天氣，晴空萬里。也許森岡很懊惱地想，如果不需要被這種無聊的事佔據寶貴的時間，現在可以盡情享受飆車樂趣。

目前是春假期間，但有一部分學生必須面對憂鬱的考試。因為有很多學生在期末考試後的補考中仍然沒有達到及格分數，所以臨時安排了補習。石神教的那一班剛好有三十名學生要參加補習，和其他科目相比，人數多得異常。在補習結束之後，還要再次補考。今天就是第二次補考的日子。

石神在出考題時，教務主任叮嚀他，題目不要出得太難。

「雖然我不想這麼說，但老實說，這只是形式而已，因為不可能讓不及格的學生升級。石神老師，你應該也不想把事情搞得這麼麻煩吧。學生之前就說，你出的考題太難了，所以希望第二次補考能夠讓所有人都及格，拜託了。」

石神並不認為自己出的考題太難，反而覺得很簡單。因為考題並沒有脫離上課教的範圍，只要理解基本概念，就可以輕鬆解題。只是他通常會稍微改變出題的角度，這種改變方式和參考書、考古題上的題目不太一樣，所以死記硬背解題步驟的學生會不知道該如何著手。

但是，石神這次聽從了教務主任的指示，從現成的考古題中挑選了典型的題目，只要平時有練習，就可以輕鬆解題。

森岡打了一個很大的呵欠，然後看向時鐘。石神看著他，然後兩個人四目交接。原本以為森岡會很尷尬，沒想到他誇張地皺著眉頭，用雙手比了一個叉，似乎表示他根本解不出來。

石神對著他笑了笑。森岡露出有點驚訝的表情後，也露出了笑容，然後再度看向窗外。

微積分到底有什麼用——石神想起森岡之前問的問題。雖然當時以摩托車賽為例，向他說明了必要性，但不知道他是否能夠理解。

石神並不討厭森岡提出那種問題的態度，學生當然會產生為什麼要學這種知識的疑問，只有在消除這種疑問之後，才會產生投入學問的目的，也才能夠理解數學的本質。

但是，有很多老師不願回答他們這些單純的疑問，石神認為八成是那些老師不知該如何回答。因為那些老師也並沒有真正瞭解數學，只是根據規定的課綱上課，希望學生考到一定的分數，所以遇到像森岡提出的那種疑問時，只會覺得學生在找麻煩。

石神忍不住想，自己到底在這種地方幹什麼？讓學生參加這種和數學本質無關，只為了拿分數的考試，批改這種考卷，同時根據考卷決定學生是否及格根本沒有意義。這根本不是數學，當然也稱不上是教育。

石神站了起來，用力深呼吸了一下。

「各位同學，解題就到此為止。」他巡視教室後說，「你們利用剩下的時間，在考卷的背面寫下自己的想法。」

學生紛紛露出困惑的表情，教室內一陣騷動，有學生小聲嘀咕，自己的想法是什麼？

「就是你們對數學的感受，只要是有關數學的事，寫什麼都沒有關係。」他又補充說，「你們寫的內容可以加分。」

學生立刻露出欣喜的表情。

「可以加分嗎？加幾分？」一名男生問道。

「這就要看你們寫的內容如何了。既然題目寫不出來，就在感想的部分多加油。」石神說完，重新在椅子上坐了下來。

所有人都把考卷翻了過來，有人立刻開始寫了起來，森岡也是其中之一。

這麼一來，全班學生都可以及格了。雖然交白卷無法給分數，但只要有寫內容，就可以適當加分。教務主任或許會有意見，但應該會贊成這種不會有任何人不及格的方法。

下課鈴聲響了，考試時間結束，但仍然有幾名學生說「還剩一點沒寫完」，石神多給了他們五分鐘。

他收了考卷，走出教室。在關上教室門的同時，就聽到學生大聲說話，有人叫著「太好了」。

回到辦公室時，一名男性職員在那裡等他。

「石神老師，有客人找你。」

「客人？找我嗎？」

職員走過來，在石神耳邊說：「好像是刑警。」

「是喔……」

「怎麼辦？」職員露出窺探的表情。

「哪有怎麼辦，他不是在等嗎？」

「是啊，也可以找一個適當的理由請他離開。」

石神露出苦笑。

「沒這個必要，他在哪裡？」

「我請他等在會客室。」

「那我馬上過去。」石神把考卷塞進皮包，抱著皮包走出辦公室。他打算回家批改這些考卷。

職員想要跟過來，他對職員說「我自己去就行了」，婉拒了對方。他知道職員的意圖，一定想知道刑警為什麼來找自己。剛才說可以請刑警離開，也是覺得這麼一來，就可以向石神打聽到底是怎麼回事。

走進會客室，發現意料中的人等在那裡，就是那個姓草薙的刑警。

「不好意思，來學校找你。」草薙起身鞠了一躬。

「目前學校放春假，你竟然知道我在學校。」

「其實我去了你家，看到你不在家，所以就打電話來學校，結果聽說今天要補考，當老師真辛苦啊。」

「學生更辛苦，而且今天不是補考，而是補考的補考。」

「喔喔，原來是這樣，你出的題目一定很難。」

「為什麼會這麼覺得？」石神看著刑警的臉問道。

「不，只是有這種感覺。」

「一點都不難，只是針對成見造成的盲點出題。」

「盲點嗎？」

「比方說，偽裝成幾何題，但其實是函數的題目。」石神在刑警對面坐了下來，「這種事不重要，請問今天來找我是有什麼事嗎？」

「嗯，並不是什麼太重要的事。」草薙也坐了下來，拿出了記事本，「只是想再瞭解一下那天晚上的事。」

「那天晚上的事？」

「就是三月十日。」草薙說，「我想你應該知道，就是那起命案發生的夜晚。」

「你是說在荒川發現屍體的命案嗎？」

「不是荒川，而是舊江戶川。」草薙立刻糾正道，「我之前曾經向你打聽了花岡小姐的狀況，問你那天晚上，是不是有什麼狀況。」

「我記得，我當時回答說，並沒有什麼特別的狀況。」

「沒錯，但我希望你可以更詳細具體地回想一下。」

「請問是怎麼回事？因為完全沒有頭緒，所以也想不起任何狀況。」石神揚起嘴角笑了笑。

「不，即使你沒有特別意識的事，也許有重大的意義，所以如果你能夠詳細告訴我那天晚上的事，對我會有很大的幫助，你不需要考慮和命案的關係。」

「喔……是這樣啊。」石神摸著自己的脖頸。

「因為有一段時間了，所以可能不容易回想，我借了這些東西，也許有助於你回憶。」

草薙拿出了石神的出勤紀錄和上課的課表，以及學校的行事曆。

「我想你看了這些，應該更方便回想……」刑警露出討好的笑容。

石神看到刑警出示的東西，立刻瞭解了他的目的。雖然草薙沒有明說，但他想知道的並不是花岡靖子的事，而是石神的不在場證明。石神不知道警方鎖定自己的具體根據是什麼，只是想到一件事，那就是湯川學的行動。

既然這名刑警想要調查自己的不在場證明，就必須妥善應對。石神重新坐好，挺直了背脊。

「那天我是在柔道部練習結束後才回家，所以應該七點左右回到家，我記得上次也已經這麼告訴你了。」

「沒錯，但之後一直在家裡嗎？」

「不太記得了，應該是這樣。」石神故意沒有明確回答，他打算看草薙怎麼出招。

「有沒有人來家裡，或是接到電話之類的？」

石神聽了刑警的問題後微微偏著頭問：

「你是問誰的家裡？是花岡小姐家的意思嗎？」

「不，不是這個意思，是問你家。」

「我家？」

「我知道你會納悶，這和本案有什麼關係，這並不是在打聽你的情況，而是希望盡可能詳細瞭解那天晚上，花岡靖子小姐周圍發生的事。」

石神覺得他的藉口很牽強，刑警當然也知道石神發現了他的牽強。

「那天晚上我沒有和任何人見面。電話……應該也沒有人打電話給我。因為平時就很少有人打電話給我。」

「這樣啊。」

「不好意思，你特地跑一趟，我卻無法提供任何值得參考的消息。」

「不，你不必在意這種事。對了——」草薙拿起了他的出勤紀錄，「根據這份紀錄，你在十一日上午請假，下午才來學校。那天發生了什麼狀況嗎？」

「那一天嗎？不是什麼大不了的事，只是有點不舒服，所以請了半天假，第三學期的課幾乎已經都上完了，所以不會對學生造成太大影響。」

「你有沒有去看病？」

「沒有，因為沒有很嚴重，所以下午就來學校了。」

「我剛才請教了負責事務的職員，他說你幾乎都不請假，但每個月會有一次請半天休。」

「我的確會用這種方式消化休假。」

「聽事務的職員說，你持續進行數學研究，經常會熬夜，所以就在熬夜的隔天請半天假。」

「我以前曾經向職員這麼說明。」

「我聽說基本上都是每個月一次，」草薙再度看著出勤紀錄，「但你在十一日的前一天，也就是十日那一天上午也請了假。因為已經習慣了，所以事務人員並不覺得奇怪，但聽到你隔天又要請假，忍不住感到有點驚訝，因為你之前從來沒有兩天連續請假的狀況。」

「沒有……嗎？」石神摸著額頭。回答這個問題時必須小心謹慎。

「其實也沒有特別的原因。如你所說，十日的前一天因為熬夜，所以下午才來學校，沒想到那天晚上有點發燒，所以隔天上午又請了假。」

「所以下午才來學校嗎？」

「沒錯。」石神點了點頭。

「喔喔。」草薙明顯露出懷疑的眼神看著他。

「有什麼問題嗎？」

「沒有，我只是在想，既然你下午來學校，可見生病的情況應該不嚴重，只不過如果只是小毛小病，通常都會硬撐著來上班，所以有點好奇，因為你前一天上午也請了假。」草薙露骨地表達了對石神的懷疑，他似乎覺得即使石神聽了有點不高興也無妨。

我怎麼可能中你的計？石神露出了苦笑。

「你說得也有道理，但因為那時候真的很不舒服，沒辦法起床。沒想到中午過後，竟然就好多了，我就硬撐著來學校了。當然正如你所說，因為前一天已經請了假，所以覺得有點不好意思。」

石神說話時，草薙一直注視著他的眼睛。他的眼神銳利而執著，似乎深信嫌犯在說謊時，一定會露出慌亂的眼神。

「原來是這樣，你平時在練柔道，即使小毛小病，應該半天就可以好了。處理事務的職員也說，他從來沒有聽說你曾經生病。」

「怎麼可能？我當然也會感冒。」

「結果剛好就在那一天感冒。」

「剛好是什麼意思？對我來說，那天根本沒有任何意義。」

「也對。」草薙闔起記事本後站了起來，「不好意思，在你忙的時候上門叨擾。」

「我才不好意思，沒有幫上什麼忙。」

「不，這樣就很幫忙了。」

他們一起走出會客室，石神送刑警到大門口。

「你之後有見到湯川嗎？」草薙邊走邊問。

「不，那次之後就沒再見面。」石神回答後反問：「那你呢？你們不是經常見面嗎？」

「因為最近我很忙，所以都沒有見面。下次要不要三個人一起見面？我聽湯川說，你的酒量很不錯。」草薙做出了喝酒的動作。

「當然沒問題，還是等你偵破完這起案子之後比較好。」

「雖然是這樣，但我們並不是完全沒有休假，下次再約你。」

「是嗎？那就等你邀約了。」

「一言為定。」草薙說完，從大門離開了。

石神回到走廊後，從窗前看著刑警離去的背影。草薙正在用手機打電話，完全看不到他的表情。

他思考著刑警調查自己不在場證明的意義。既然會懷疑到自己身上，想必有什麼原因，問題是到底是什麼原因？之前和草薙見面時，他並沒有對自己產生任何懷疑。

從草薙今天發問的內容來看，他還沒有察覺到事件的本質，感覺還在離真相遙遠的地方徘徊。那個刑警應該對於石神沒有不在場證明感到有譜兒，但這件事本身並沒有問題，因為這都在石神的意料之中。

問題是——

他的腦海中閃現了湯川學的臉。問題在於湯川瞭解到何種程度？而且打算在何種程度上揭露這起事件的真相。

之前靖子在電話中說了一件奇妙的事，湯川問她對石神有什麼感想，而且他似乎已經知道石神對靖子有好感。

石神回想起和湯川的對話，但完全不記得曾經向湯川透露自己對靖子的心意，但那位物理學家仍然發現了嗎？

石神轉身走向辦公室，中途遇到了剛才的職員。

「咦？刑警呢？」

「他辦完該辦的事就走了。」

「你不回家嗎？」

「對，我想到還有事沒處理。」

那名職員似乎很想知道刑警到底問了什麼，石神不理會他，快步走回辦公室。回到自己的座位後，他探頭看了桌子下方，拿出幾份放在桌下的資料夾。資料夾內的資料和授課毫無關係，而是他花了數年時間研究某道數學難題的一部分成果。

他把那些資料放進皮包後，走出了辦公室。

「我之前不是說過嗎？所謂考察就是考慮後察知的內容，如果透過實驗，得到了意料之中的結果就認為大功告成，那只是感想而已。更何況並不是所有的結果都如預期，我希望你能夠從實驗中有所發現，所以你要重新思考之後再寫。」

湯川難得心浮氣躁地說完，把報告交還給沮喪地站在他面前的學生，用力搖了搖頭。學生向他鞠了一躬，走出研究室。

「原來你也會發脾氣。」草薙說。

「我並沒有發脾氣，只是因為他寫報告太不用心，所以我指導他一下。」湯川站了起來，拿出馬克杯開始泡即溶咖啡，「之後有什麼新的狀況嗎？」

「我調查了石神的不在場證明，其實就是我去找他，當面問了他。」

「你採取正面攻擊的方式嗎？」湯川拿著大馬克杯，背對著流理台站在那裡，「他的反應如何？」

「他說那天晚上一直在家。」

湯川皺起眉頭，搖了搖頭說：

「我問的是他的反應，不是他的回答。」

「反應……嗯，他並沒有慌張，也許聽到有人告訴他有刑警上門，稍微有了心理準備。」

「他對你問他不在場證明有沒有產生疑問？」

「不，他並沒有問我原因，我也不是直截了當問他。」

「他很聰明，可能預料到警方會問他不在場證明的事。」湯川自言自語地說完，喝了一口咖啡，「他說那天晚上一直在家？」

「而且還說發了燒，隔天上午請假沒去學校。」草薙把向學校事務室拿來的石神出勤紀錄放在桌上。

湯川走過來坐在椅子上，拿起出勤紀錄。

「隔天上午……嗎？」

「可能在犯案之後，有許多事情需要善後，所以沒辦法去學校。」

「便當店的女人呢？」

「我也調查了。花岡靖子在十一日像往常一樣去上班，另外，她的女兒也照常去學校上課，也沒有遲到，順便提供給你參考。」

湯川把出勤紀錄放在桌上，抱起了雙臂。

「有哪些事需要善後？」

「比方說兇器之類的。」

「處理這種東西需要超過十個小時嗎？」

「為什麼會變成超過十個小時？」

「犯案時間不是在十日晚上嗎？既然他隔天上午請假，就代表他花了超過十個小時善後。」

「不是還要扣除睡覺時間嗎？」

「沒有人會在犯案之後，沒有做好善後就睡覺，而且即使因此犧牲了睡覺時間也不可能請假。無論再怎麼累都會去上班。」

「……他應該有非請假不可的原因。」

「所以我正在思考這個原因。」湯川拿著馬克杯。

草薙小心折起放在桌上的出勤紀錄。

「今天無論如何都要問你一件事，就是你懷疑石神的原因。如果你不告訴我這件事，我也很難處理之後的事。」

「你說這種話就太奇怪了，你不是靠自己的實力查到他對花岡靖子有好感嗎？既然這樣，在這個問題上根本沒必要聽我的意見。」

「問題在於並非如此，我也有我的立場，在向上司報告時，總不能說是胡猜一通鎖定了石神。」

「在調查花岡靖子周遭的情況後，注意到這個姓石神的數學老師——這樣不就足夠了嗎？」

「我就是這樣報告，而且也調查了石神和花岡靖子的關係，可惜目前並沒有發現任何可以證明他們兩人有密切關係的證據。」

湯川拿著馬克杯，笑得身體都搖晃起來。

「嗯，我想也是。」

「怎麼回事？你這句話是什麼意思？」

「沒什麼特別的意思，我只是想要說，他們之間真的沒有任何關係。我可以斷言，無論你怎麼調查，都不可能查到任何證據。」

「你不要說得事不關己，我們組長已經對石神失去了興趣，照目前的情況發展下去，我也無法再自由行動了，所以才請你告訴我盯上石神的原因。湯川，你就說來聽聽嘛，為什麼不告訴我？」

不知道是否聽到草薙用懇求的語氣說話，湯川恢復了嚴肅的表情，放下馬克杯。

「因為即使說了也沒有意義，也對你沒有任何幫助。」

「為什麼？」

「因為我之所以懷疑他和那起命案有關，和你剛才多次提到的理由一樣，就是從某件微不足道的事中察覺到他對花岡靖子的心意，所以決定調查他涉案的可能性。雖然你可能會問，為什麼只憑他對花岡靖子有好感，就會產生這樣的想法，說起來應該就是所謂的直覺。如果不是在某種程度上瞭解他的人，恐怕很難理解。你不是也經常提到刑警的直覺嗎？我想兩者應該差不多。」

「你平常不會說『直覺』這種字眼。」

「偶爾說一下也無妨吧。」

「那你告訴我為什麼會察覺到石神對靖子的心意。」

「我拒絕。」湯川立刻回答。

「喂……」

「因為這關係到他的自尊心，我不想告訴其他人。」

草薙嘆了一口氣時，聽到敲門聲，一名學生走了進來。

「嗨，」湯川叫著那名學生，「不好意思，突然找你來。我想和你聊聊你上次交的報告。」

「有什麼問題嗎？」那個戴眼鏡的學生站在原地一動也不動。

「你的報告寫得很不錯，但我想確認一件事。你是從物性論的角度來討論，為什麼？」

學生露出困惑的眼神回答說：

「因為那是物性論的考試……」

湯川露出苦笑，接著搖了搖頭。

「那次考試的本質是基本粒子論，所以我希望你從這個角度討論，不要因為是物性論的考試，就認定其他理論沒有用武之地，這樣無法成為優秀的學者。成見永遠都是大敵，會讓你無法看到原本可以看到的事物。」

「我知道了。」那名學生坦承地點了點頭。

「因為你很優秀，所以我才提出這個建議。辛苦了，沒事了。」

「謝謝。」學生道謝後離開了。

草薙注視著湯川的臉。

「怎麼了？我臉上有什麼東西嗎？」湯川問。

「沒有，我只是覺得學者說的話都差不多。」

「什麼意思？」

「因為石神也說過類似的話。」草薙向湯川轉述了石神談論考題的話。

「是喔，針對成見造成的盲點……很像是他的作風。」湯川露出了笑容。

但是下一剎那，物理學家臉色大變。他猛然從椅子上站了起來，摸著頭，走到窗邊，然後抬起頭，好像看著天空。

「喂，湯川……」

湯川向草薙伸出手掌，似乎示意他不要打斷自己的思考。草薙只好看著朋友。

「不可能。」湯川小聲嘀咕，「不可能這麼做……」

「怎麼了？」草薙終於忍不住問道。

「你給我看一下剛才的紙，就是石神的出勤紀錄。」

聽到湯川的要求，草薙慌忙從懷裡拿出折起的紙。湯川接過去之後看著出勤紀錄，發出了低吟。

「怎麼會……怎麼可能……？」

「喂，湯川，你在說什麼？趕快告訴我。」

湯川把出勤紀錄交還給草薙說：

「不好意思，你今天先回去吧。」

「為什麼？你未免也太過分了。」草薙表達抗議，但一看到湯川的臉，就把接下來的話吞了回去。

這位物理學家的臉上因為悲傷和痛苦而扭曲著，草薙以前從來不曾看過他這樣的表情。

「對不起，你走吧。」湯川再度像呻吟般說道。

草薙站了起來。他有很多問題想要問湯川，但他知道，現在他能做的，只有從朋友面前消失。

15

時鐘指向上午七點三十分。石神抱著公事包走出家門。公事包內裝著他在這個世界上最重要的東西。那是關於他目前正在研究的某項數學理論的檔案，正確地說，並不只是目前，而是至今為止研究了多年的課題。因為他大學畢業論文的題目也是研究這項數學理論，而且至今仍然沒有完成。

根據他的估算，恐怕還要超過二十年才能完成這項數學理論，搞不好需要耗費更長時間。正因為是這麼大的難題，所以他深信數學家值得投入一生進行研究，而且他很驕傲地認為，除了自己以外，沒有其他人能夠完成這個難題。

如果不需要考慮其他事，如果時間不必被瑣事佔據，能夠專心投入這個難題，不知道該有多好——石神經常陷入這種妄想。每次擔心是否能夠在有生之年完成這項研究，就覺得把時間耗費在與研究無關的所有事上都是浪費。

他告訴自己，無論去哪裡，都不能讓這些檔案離開自己身邊，自己必須分秒必爭，讓這項研究有所進展。只要有紙筆，就可以進行研究。只要能夠投入研究，他別無所求。

他機械式地走在每天的通勤路上。過了新大橋，沿著隅田川繼續往前走，右側是一排用藍色塑膠布搭起的帳篷。一頭長髮綁在腦後的男人把鍋子放在瓦斯爐上，石神不知道那個男人的鍋子裡裝了什麼。男人旁邊拴了一隻雜種狗，狗把屁股對著飼主，疲憊地坐在那裡。

「罐男」一如往常地忙著把空罐壓扁，自言自語地不知道嘀咕什麼，旁邊已經有兩袋裝滿空罐的塑膠袋。

石神經過罐男面前走了一會兒，有一張長椅，長椅上沒有人。石神瞥了那張長椅一眼，再度低下了頭，他沒有改變步伐。

他感受到前方有人走過來的動靜。這個時間應該是老婦人帶著三條狗來散步，但似乎並不是她，石神不經意地抬起頭。

「啊！」他忍不住叫了一聲，停下了腳步。

對方並沒有停下來，反而露出了笑容向他走來。來到石神面前時，才終於停下腳步。

「早安。」湯川學對他說。

石神一時說不出話，舔了舔嘴唇後才開口說：

「你在等我嗎？」

「當然啊。」湯川面帶微笑回答，「但也不能說是在等你，因為我從清洲橋那裡慢慢走過來，我想應該可以遇到你。」

「看來有很緊急的事。」

「算是緊急的事嗎？應該算吧。」湯川偏著頭。

「現在說比較好嗎？」石神看著手錶說：「我沒有太多時間。」

「只要十到十五分鐘就夠了。」

「可以邊走邊說嗎？」

「沒問題。」湯川巡視四周後說：「先在這裡說幾句，只要兩、三分鐘就夠了，我們坐在那張長椅上。」湯川說完，不等石神的回答，就走向那張空著的長椅。

石神嘆了一口氣，跟在朋友身後。

「我們之前也曾經一起走過這裡。」湯川說。

「是啊。」

「當時你對我說過一句話，你看著那些遊民說，他們的生活就像時鐘一樣精準，你還記得嗎？」

「我記得，當時你接著說，人類擺脫了時鐘，反而會變成這樣。」

湯川滿意地點了點頭。

「你我都不可能擺脫時鐘，因為我們都已經淪為社會這個時鐘的齒輪，時鐘少了齒輪就無法正常運轉。即使想要逞意妄為，周圍都不允許，雖然因此獲得了安定，但也很不自由，聽說遊民中有不少人不願意回到以前的生活。」

「你要繼續聊這些廢話，兩、三分鐘很快就過去了。」石神看著手錶說，「你看，已經過了一分鐘。」

「我只是想要表達這個世界上沒有無用的齒輪，而且只有齒輪能夠決定自己的用途。」湯川目不轉睛地看著石神的臉，「你打算向學校辭職嗎？」

石神驚訝地瞪大了眼睛，「你為什麼這麼問？」

「沒什麼，只是有這種感覺。你應該也不相信自己的使命就是名為數學老師的齒輪。」湯川從長椅上站了起來，「走吧。」

他們並肩走在隅田川沿岸的堤防上，石神等待著身旁的老友開口。

「草薙好像去找過你，聽說他問了你的不在場證明。」

「對，好像是上個星期。」

「他在懷疑你。」

「好像是這樣，我完全搞不懂他為什麼會有這種想法。」

湯川的嘴角露出笑容。

「不瞞你說，他也半信半疑，他只是看到我很在意你，所以對你產生了興趣，雖然原本不應該告訴你這種事，但警方幾乎沒有任何懷疑你的根據。」

石神停下腳步問：「你為什麼告訴我這些？」

湯川也停下腳步，轉頭看著石神。

「因為你是我的朋友，沒有其他理由。」

「因為是朋友，所以你認為有必要說嗎？為什麼？我和那起命案無關，不管警方有沒有懷疑我都無所謂。」

石神聽到湯川深深地長嘆一聲，然後輕輕搖了搖頭。石神發現他的表情帶著悲傷，忍不住焦躁起來。

「不在場證明並不重要。」湯川靜靜地說。

「啊？」

「草薙他們一心一意想要推翻嫌犯的不在場證明，他們深信只要追查花岡靖子的不在場證明中不夠完美的部分，如果她是兇手，就可以追查到真相。如果你是共犯，只要調查你的不在場證明，就可以摧毀你的城堡。」

「我完全搞不懂你為什麼說這些，」石神繼續說道，「刑警這麼做也是理所當然的事，正如你所說的，如果她是兇手的話。」

湯川再度稍微放鬆了嘴角。

「我從草薙口中聽說了有趣的事，就是你出考題的方法。針對成見造成的盲點出題。比方說，偽裝成幾何題，但其實是函數題。我聽了恍然大悟，對於不理解數學本質，習慣套用公式解題的學生來說，這種考題很有鑑別度。因為乍看之下是幾何題，所以會拚命從幾何的角度去解題，但是解不出來，時間一分一秒過去，雖然這種出題方式很刁鑽，但可以有效鑑別出真正的實力。」

「你到底想說什麼？」

「草薙他們認為這次的題目是推翻不在場證明，」湯川恢復了嚴肅的表情，「因為最可疑的嫌犯聲稱自己有不在場證明，他們當然會這麼做，而且嫌犯的不在場證明看起來似乎可以推翻。只要找到頭緒，就會想要一舉進攻，這也是人之常情。我們在研究時也一樣，但在研究的世界也經常會發生其實那個頭緒完全錯誤的情況，草薙他們也掉入了陷阱。不，應該說是中了圈套。」

「如果你對偵查方針有疑問，不應該對我說，應該去對刑警草薙提出建言。」

「當然，我早晚不得不這麼做，但是在此之前，我想先告訴你。至於理由，我剛才已經說了。」

「因為我們是朋友嗎？」

「進一步而言，我不想失去你的才華。我希望能夠趕快解決這些麻煩事，你能夠投入你該做的事，我不希望你的腦筋浪費在無意義的事上。」

「即使不需要你提醒，我也不會把時間浪費在無意義的事上。」石神說完，再度邁開步伐，但並不是因為趕著去學校，而是繼續留在那裡很痛苦。

湯川跟了上來。

「想要偵破這起命案，不能認為關鍵在於推翻不在場證明，而是完全不同的問題，比幾何與函數的差異更大。」

「我想請教一下作為參考，那關鍵是什麼？」石神邊走邊問。

「很難一言蔽之，但硬要說的話，應該是故佈疑陣的問題，也就是圈套，偵查小組上了兇手故佈疑陣的當，刑警眼中的線索根本不是線索，他們以為掌握了苗頭的瞬間，就已經落入了兇手的圈套。」

「聽起來很複雜。」

「的確很複雜，但只要換一個角度觀察，就會變得極其簡單。普通人試圖把故佈疑陣弄得很複雜，往往會因為太複雜而自掘墳墓，但天才不會做這種事，天才會藉由選擇常人想不到、常人也絕對不會選擇的方法，一下子把問題搞得很複雜。」

「物理學家不是向來討厭抽象的表達方式嗎？」

「那就稍微聊一些具體的內容，你的時間沒問題嗎？」

「還沒問題。」

「有時間去便當店嗎？」

石神瞥了湯川一眼，看著前方說：

「我並不是每天都去那裡買便當。」

「是嗎？我聽說你幾乎每天都去。」

「這就是你認為我涉及那起命案的根據嗎？」

「可以說是這樣，但也可以說不太一樣。我對你每天在同一家店買便當並沒有特別的想法，但如果是為了去見特定的女人，就不能視而不見。」

石神停下腳步，瞪著湯川。

「你以為老同學就可以口無遮攔嗎？」

湯川並沒有移開視線，正面迎接石神視線的雙眼炯炯有神。

「你真的生氣了嗎？我知道你心情不平靜。」

「莫名其妙。」石神邁開步伐，來到清洲橋前，走上了階梯。

「有人在發現屍體現場的不遠處燒了警方認為是被害人的衣服，」湯川跟上來的同時說了起來，「在十八公升的鐵皮罐中發現了沒有完全燒毀的衣服，警方認為是兇手所為。我第一次聽說這件事時，很納悶兇手為什麼沒有留在原地，看著衣物完全燒毀。草薙和其他刑警認為是兇手想要趕快離開現場，如果是這樣，可以先把衣物帶走，之後再慢慢處理就解決了。還是兇手誤判情況，以為會很快就燒完？一旦開始思考這個問題，就越來越在意，所以我就實際做了實驗。」

石神再度停下腳步問：「你燒了衣服嗎？」

「在十八公升的鐵皮罐中燒了夾克、毛衣、長褲、襪子……還有內褲。我去二手衣服店買了這些衣物，花了不少錢。我們和數學家不一樣，凡事都要親自做實驗看看。」

「結果呢？」

「那些衣服一下子就燒了起來，釋放出不少有毒氣體。」湯川說：「轉眼之間就全都燒光了，前後可能不到五分鐘。」

「所以呢？」

「兇手為什麼連五分鐘都不能等？」

「誰知道呢。」石神走上了階梯，在清洲橋路左轉，這是往「弁天亭」相反的方向。

「你不買便當嗎？」湯川果然這麼問他。

「你這個人還真囉嗦，我剛才不是說了，我並不是每天都買便當。」石神皺起眉頭。

「只要你午餐沒問題就好。」湯川走在他身旁，「屍體旁發現了一輛腳踏車，警方在偵查後發現，是從篠崎車站偷來的，腳踏車上留下了被害人的指紋。」

「這有什麼問題嗎？」

「竟然有這麼糊塗的兇手，把屍體毀容，卻忘了擦掉腳踏車上的指紋，但如果是特地在腳踏車上留下指紋，情況就不一樣了，到底是什麼目的呢？」

「你認為是什麼目的？」

「可能是為了讓腳踏車和被害人扯上關係，如果認為腳踏車和命案無關，會對兇手很不利。」

「為什麼？」

「因為兇手希望警方查到被害人騎腳踏車從篠崎車站前往現場這件事。」

「這次找到的不是很普通的腳踏車嗎？」

「是隨處可見的淑女腳踏車，但有一個特徵，就是簡直和新的一樣。」

石神感覺到自己全身的毛孔都張開了，他費了很大的工夫才克制了自己越來越急促的呼吸。

「早安。」聽到有人打招呼，石神大吃一驚。一名高中女生騎著腳踏車，正準備超越他們，她向石神欠身行禮。

「喔，早安。」石神慌忙回答。

「真了不起啊，我以為現在的學生都不會向老師打招呼了。」湯川說。

「幾乎沒有了。你剛才說，腳踏車幾乎和全新的一樣，這一點有什麼特別的意義嗎？」

「雖然警方認為，既然要偷，就偷一輛新的，但理由沒這麼簡單。兇手在意的是腳踏車從什麼時候開始放在篠崎車站。」

「你的意思是？」

「對兇手來說，在車站放了好幾天的腳踏車沒有利用價值，而且兇手希望車主可以報失竊，因此必須選擇幾乎全新的腳踏車。沒有人會把新買的腳踏車一直丟在車站，萬一遭竊，去報失竊的可能性相當高。這些事並不是掩飾犯案的絕對條件，對兇手來說，如果能夠成功，就有加分的效果，所以只是選擇了有助於提升成功機率的方法。」

「是喔……」

石神沒有評論湯川的推理，繼續往前走，很快就來到學校附近，人行道上可以看到學生的身影。

「你說的內容很有趣，我很想多聽你聊一聊。」他停下腳步，轉向湯川的方向，「但可不可以請你到此為止？因為我不想讓學生聽到。」

「這樣比較好，我也已經把大致的情況都告訴了你。」

「很耐人尋味。」石神說，「你之前曾經出過一道題目，想出一個別人解不出的題目，和解出這個題目，哪一個更難？——你還記得嗎？」

「我記得，我的回答是想出這道題目比較難。我認為答題者必須對出題者表達敬意。」

「原來如此，那P≠NP的問題呢？到底是自己想出答案簡單，還是驗證別人口中聽到的答案是否正確更簡單？」

湯川露出訝異的表情，可能無法理解石神的意圖。

「你首先說出了自己的答案，下一次就輪到你聽聽別人的答案。」石神說著，指著湯川的胸口。

「石神……」

「那我就先走了。」石神轉身邁開步伐，他抱著公事包的手忍不住用力。

一切都到此為止了嗎？他忍不住想，那個物理學家已經看透了一切——

在吃甜點杏仁豆腐時，美里仍然不發一語。靖子不由得不安起來，是不是不該帶她一起來吃飯？

「美里，妳吃飽了嗎？」工藤問她。工藤今晚一直都很在意美里的反應。

美里沒有看他一眼，吃著杏仁豆腐，點了點頭。

靖子帶著美里來到銀座的這家中國餐廳，因為工藤提出務必要帶美里一起來，所以靖子硬是把美里帶來了。「可以吃美食」這種話對中學生毫無吸引力，最後靖子只能用「如果我們的行為太不自然，會遭到警方的懷疑」這種話說服了美里。

但目前的情況似乎反而造成了工藤的不悅，靖子為此感到後悔。剛才吃飯時，工藤也一直找機會和美里說話，但美里從頭到尾都沒有好好回答。

美里吃完杏仁豆腐後，轉頭看著靖子說：「我去廁所。」

「喔，好啊。」

靖子等美里離開後，對工藤合起雙手說：

「工藤先生，對不起。」

「啊？為什麼對不起？」他一臉意外的表情。當然是故意裝的。

「美里很怕生，尤其不知道怎麼和成年男人相處。」

工藤笑了笑說：

「我並沒有預期馬上就可以和她混熟，我讀中學時也和她差不多，今天能夠見到她就很高興。」

「謝謝。」

工藤點了點頭，從掛在椅子上的上衣口袋裡拿出香菸和打火機。他在吃飯時一直忍著沒抽菸，八成是因為美里在場的關係。

「對了，之後有沒有什麼狀況？」工藤抽了一口菸問道。

「什麼狀況？」

「就是命案的事。」

「喔。」靖子垂下眼睛後，再度看著他說：

「沒什麼特別的狀況，每天都很平淡。」

「那就太好了，刑警有沒有再去找妳？」

「這一陣子都沒有再來，也沒有去店裡。他們有沒有去找你？」

「嗯，也沒有再來找我，我的嫌疑似乎已經澄清了。」工藤把菸灰彈在菸灰缸裡，「只是有一件事讓我有點在意。」

「什麼事？」

「嗯……」工藤露出有點遲疑的表情後開了口，「不瞞妳說，最近經常接到不出聲的電話，是家裡的電話。」

「怎麼會這樣？聽起來好可怕。」靖子皺起了眉頭。

「還有，」他猶豫了一下，從上衣口袋裡拿出一張紙，「還在信箱裡發現了這個。」

靖子看了紙上的內容，忍不住大吃一驚。因為上面提到了她的名字。上面寫的內容如下。

「不要在花岡靖子身邊打轉，像你這種男人不可能帶給她幸福。」

那似乎是用文字處理機或是電腦打的內容，當然沒有留下寄件人的名字。

「是郵寄給你的嗎？」

「不，是有人直接丟進信箱。」

「你知道是誰嗎？」

「我完全沒有頭緒，所以想問問妳。」

「我也完全沒有頭緒……」靖子把皮包拿了過來，從裡面拿出手帕。她的掌心開始冒汗。

「信箱裡只有這封信嗎？」

「不，還有一張照片。」

「照片？」

「是之前去品川和妳見面的時候，好像是在飯店的停車場被拍下的，我當時完全沒有發現。」工藤偏著頭。

靖子忍不住四處張望，但覺得這裡應該不可能有人監視。

美里回來了，這個話題也就到此為止，靖子和美里走出餐廳後向工藤道別，搭上了計程車。

「這裡的菜是不是很好吃？」靖子問女兒。

美里板著臉，什麼都沒說。

「妳一直這樣臭臉不是很沒禮貌嗎？」

「那妳就不應該帶我來啊，而且我也說了不想來。」

「因為人家盛情邀請。」

「妳自己去就好了啊，我以後也不會再去了。」

靖子嘆了一口氣。工藤以為只要花時間，美里有朝一日會對他敞開心房，但靖子覺得根本沒指望。

「媽媽，妳打算和他結婚嗎？」美里突然問道。

原本靠在椅背上的靖子坐直了身體說：「妳在胡說什麼啊！」

「我是認真問妳，妳是不是想和他結婚？」

「才不會結婚。」

「真的嗎？」

「當然啊，我們只是偶爾見面而已。」

「那就好。」美里轉頭看向車窗。

「妳到底想說什麼？」

「沒什麼。」美里說完這句話，緩緩轉頭看著靖子，「我只是覺得背叛那個叔叔不太好。」

「那個叔叔是……」

美里注視著母親的眼睛，默默點了一下頭，似乎表示指的是隔壁那個叔叔。她應該擔心計程車司機聽到，所以才沒有說出口。

「妳不必擔心這種事。」靖子再度靠在椅背上。

「哼。」美里用鼻孔噴氣，似乎並不相信母親。

靖子開始思考石神的事。不用美里提醒，她也很在意石神，因為她對工藤告訴她的那件事感到不太對勁。

靖子只想到一個人可能做這種事。她至今仍然清楚記得之前工藤送自己回家時，石神眼神憂鬱地看著自己的樣子。

石神很可能對靖子和工藤見面這件事心生妒火，正因為他對靖子的感情強烈，所以才願意協助湮滅證據，至今仍然保護花岡母女不受警方懷疑。

果然是石神在騷擾工藤嗎？果真如此的話，他打算如何處置自己？靖子不由得擔心起來。他打算用共犯當作擋箭牌，從此支配自己的生活嗎？不允許自己和別的男人結婚，甚至連交男朋友也不行嗎？

多虧石神幫忙，靖子在富樫命案上漸漸擺脫了警方的調查，靖子很感謝石神，但如果因此一輩子都無法擺脫他的支配，就失去了湮滅證據的意義。這和富樫活著的時候沒什麼兩樣，只是對象從富樫變成了石神而已，而且這次是絕對無法逃脫，也絕對無法背叛的對象。

計程車停在公寓前，靖子下了計程車，走上公寓的樓梯。石神的家中亮著燈。

靖子一回到家就開始換衣服，聽到隔壁房間開門和關門的聲音。

「妳看，」美里說：「叔叔今天晚上也在等妳。」

「我知道。」靖子忍不住冷冷地回答。

幾分鐘後，她的手機響了。

「喂？」靖子接起了電話。

「我是石神。」電話中傳來意料中的聲音，「妳現在方便嗎？」

「嗯，現在沒問題。」

「今天有沒有什麼狀況？」

「沒有。」

「是嗎？太好了。」石神重重地吐了一口氣，「有幾件事要告訴妳。首先，妳家的信箱內有三封信，請妳等一下去確認。」

「信……嗎？」靖子看向門。

「日後需要用到這幾封信，所以請妳好好保管，沒問題吧？」

「喔，好。」

「至於那些信的用途，我寫在便條紙上，也放在一起。雖然不用我提醒妳也知道，請妳把那張便條紙銷毀，知道嗎？」

「知道了，我現在要去看一下嗎？」

「等一下再去看就好，還有另一件重要的事。」石神說到這裡，停頓了一下。靖子覺得他似乎在猶豫。

「請問是什麼事？」她問道。

「像這樣的聯絡，」他開了口，「這通電話是最後一次，我不會再聯絡妳，妳當然也不可以聯絡我。接下來無論我發生什麼事，妳和妳女兒都只能是旁觀者，這是拯救妳們唯一的方法。」

他說到一半時，靖子就感到心跳加速。

「呃，石神先生，請問這到底是怎麼回事？」

「妳早晚會知道，現在還是不要說比較好。總之，千萬不要忘記我剛才說的話，知道了嗎？」

「請你等一下，可不可以請你再說清楚些？」

美里似乎發現靖子不對勁，也走了過來。

「我認為沒必要說明，那就這樣。」

「啊，但是……」靖子開口時，電話已經掛斷了。

草薙和岸谷開車時，手機響了。坐在副駕駛座上的草薙躺在放倒的椅背上接起了電話。

「你好，我是草薙。」
「是我，間宮。」電話中傳來組長粗獷的聲音，「你馬上來江戶川分局。」
「有什麼新發現嗎？」
「不是。有客人，有一個男人說想找你。」
「客人？」草薙以為是湯川。
「是石神，就是住在花岡靖子隔壁的高中老師。」
「石神嗎？他要找我？不能在電話中說嗎？」
「不能在電話中說。」間宮加強了語氣，「他是為了重要的事來這裡。」
「你有沒有問他是什麼事？」
「他說只能對你說明詳細情況，所以你馬上回來。」
「那我就回去。」草薙捂住話筒，拍了拍岸谷的肩膀說：「叫我們回去江戶川分局。」
「他說人是他殺的。」電話中傳來間宮的聲音。
「啊？你說什麼？」
「他說是他殺了富樫，所以石神是來自首。」
「怎麼可能！」草薙猛然坐了起來。

16

石神面無表情地注視著草薙，不，也許只是看向他的方向，但並沒有看他。也許他的內心凝視著遠方，草薙只是剛好坐在他面前而已。石神的臉上完全沒有一絲表情，讓草薙忍不住這麼想。

「我在三月十日第一次看到那個男人。」他用沒有起伏的聲音說了起來，「我從學校回到家，發現他在公寓門口打轉。他似乎要去花岡小姐家，把手伸進她家門上的信箱裡。」

「不好意思，你說的那個男人是……？」

「就是那個姓富樫的男人，當時我當然還不知道他的名字。」石神微微揚起嘴角。

偵訊室內只有草薙和岸谷兩個人。岸谷坐在旁邊的桌前做記錄，石神拒絕其他刑警在場。他說好幾個人七嘴八舌發問，會打亂他的思緒。

「因為我有點在意，所以就問他要找誰，沒想到他慌慌張張地說，有事要找花岡靖子，還說自己是她分居的老公。我立刻知道他在說謊，為了讓他卸下心防，我假裝相信了他。」

「請等一下，你為什麼知道他在說謊？」草薙問。

石神微微吸了一口氣。

「因為我對花岡靖子無所不知，我知道她離了婚，也知道她想要逃離她的前夫，我知道所有的一切。」

「你為什麼知道得這麼清楚？我聽說你雖然是她的鄰居，但你們幾乎沒有談過話，只是她工作的那家便當店的常客而已。」

「這只是表面的關係。」

「表面是指？」

石神挺直了身體，微微挺著胸膛。

「我是花岡靖子的保鑣，我的使命就是保護她遠離那些心術不正的男人，只是不想被別人知道這件事，因為我的另一個身分是高中老師。」

「所以我們第一次見面時，你才說你們幾乎沒有來往嗎？」

石神聽了草薙的問題，輕輕嘆了一口氣。

「你來找我，不是為了偵查富樫遭到殺害的事件嗎？我當然不可能對你實話實說，否則馬上會遭到懷疑。」

「原來是這樣。」草薙點了點頭，「你是保鑣，所以對花岡靖子小姐的事無所不知，對嗎？」

「就是這麼一回事。」

「也就是說，你之前就和她有密切的關係？」

「當然有啊，但我之前也說了，我們的關係不為人知。她有一個女兒，但我們小心謹慎，而且巧妙地聯絡，連她女兒都沒有察覺。」

「具體的聯絡方法是？」

「有很多方法，要先說這件事嗎？」石神露出窺探的眼神。

草薙感到不太對勁。他說自己和花岡靖子有不為人知的關係顯得很唐突，而且背景也交代不清，但草薙想要趕快知道到底發生了什麼事。

「這個問題等一下再請教你，請你先詳細說明你和富樫先生之間的對話。你剛才說到，你假裝相信他說的，他是花岡靖子小姐的丈夫這件事。」

「他問我花岡靖子去了哪裡，於是我告訴他，花岡靖子目前不住在這裡，因為工作關係不得不搬家，所以不久之前搬走了。他聽了之後很驚訝，然後問我是不是知道她目前住的地方，我回答說知道。」

「你說她搬去哪裡？」

石神聽了草薙的問題後露齒一笑。

「篠崎，我告訴他，花岡靖子搬去舊江戶川旁的公寓。」

原來篠崎是這樣出現的，草薙忍不住想。

「但光這樣說，他也很難找到吧？」

「富樫當然想知道詳細的地址，我讓他等在門外，回到家裡後看著地圖，在便條紙上寫了一個地址，那是污水處理廠的地址。我把地址交給他，他顯得很高興，還說我幫了他的大忙。」

「你為什麼告訴他那種地方的地址？」

「當然是為了騙他去沒有人的地方，我之前就對污水處理場周圍的環境很熟悉。」

「請等一下，所以你一見到富樫先生，就決定要殺他嗎？」草薙在發問的同時，注視著石神的臉，他說的內容太震撼了。

「當然是這樣。」石神不為所動地回答，「我剛才也說了，我必須保護花岡靖子，看到折磨她的男人出現，當然必須馬上消滅，這是我的使命。」

「所以你確信富樫先生折磨花岡小姐嗎？」

「不是確信，而是我知道。花岡靖子深受他的折磨，為了逃避他，才會搬到我隔壁。」

「這是花岡小姐親口告訴你的嗎？」

「我剛才說了，我透過特殊的聯絡方式得知了這件事。」

石神口若懸河，想必來這裡自首之前已經在腦海中經過充分整理，但他的話中有很多不自然的地方，至少遠遠偏離了草薙之前對他的印象。

「你把地址交給他之後呢？」草薙決定先讓他繼續說下去。

「他問我知不知道花岡靖子上班的地方，我回答說，雖然不知道地點，只知道是餐廳，而且還告訴他，花岡靖子十一點才下班，女兒也會去餐廳等她下班。這當然全都是我亂編的。」

「你為什麼要告訴他這些亂編的事？」

「因為我想限制他的行動。那裡雖然沒什麼人，但還是擔心他太早去那裡。他得知花岡靖子十一點才下班，在此之前她的女兒也不會回家，應該不會在十一點之前去公寓。」

「不好意思。」草薙伸出手打斷了他的話，「你在剎那之間想到了這麼多事嗎？」

「對啊，有什麼問題嗎？」

「沒有……我只是很佩服，你可以在這麼短的時間內想到這麼多事。」

「這並沒有什麼啊，」石神恢復了嚴肅的表情，「總之，他很想見到花岡靖子小姐，所以我只要利用他這種心情就好，並不是什麼困難的事。」

「對你來說，也許是這樣。」草薙舔了舔嘴唇，「之後呢？」

「最後，我留了手機號碼給他，並對他說，如果找不到的話可以打電話給我。通常遇到這麼熱心的人都會覺得有問題，但他完全沒有起疑心，反正就是一個腦筋不靈光的人。」

「任何人都不會想到有人會對初次見面的人產生殺機。」

「正因為是初次見面，更應該覺得有問題吧，但那個傢伙把我亂寫的地址小心翼翼地放進口袋，邁著輕快的步伐離去。我確認他離開之後，回家開始做準備工作。」石神說到這裡，伸手拿起茶杯，滿臉陶醉地喝著已經冷掉的茶。

「什麼準備工作？」草薙催促他繼續說下去。

「也不是什麼了不起的事，就是換上輕鬆的衣服後等時間，然後在這段時間思考如何才能確實殺了他。我研究了各種方法之後，決定採用絞殺的方法。因為我認為這種方法最確實，如果是用刀子或是打死他，再怎麼小心，也無法預料身上會不會濺到血，而且也沒有自信可以馬上置他於死地。如果是絞殺，兇器也比較簡單，但必須是很牢固的繩子，所以我決定使用暖爐桌的電線。」

「為什麼使用暖爐桌的電線？不是還有很多牢固的繩子嗎？」

「雖然我也曾經考慮過領帶和綑綁用的繩子，但握在手上時都容易打滑，而且也可能會鬆掉，所以還是覺得暖爐桌的電線最理想。」

「於是你就帶著電線去現場嗎？」

石神點了點頭。

「我在十點左右走出家門，除了帶兇器以外，還帶了美工刀和拋棄式打火機。去車站的路上在垃圾堆裡看到一塊藍色塑膠布，於是就折好後一起帶了過去。然後搭電車來到瑞江車站，再從那裡攔了計程車前往舊江戶川旁。」

「瑞江車站？不是篠崎嗎？」

「如果我在篠崎站下車，萬一撞見他不是很不妙嗎？」石神一派輕鬆地回答，「我在離告訴他的地點很遠的地方下了計程車，我必須格外小心謹慎，在目的達成之前，絕對不能讓他發現我。」

「下了計程車之後呢？」

「我走向他應該會出現的地點，但一路上很小心謹慎，避免被人看到，但其實不必這麼謹慎，因為路上完全沒有半個人影。」石神說到這裡，又喝了一口茶，「我到堤防後不久，手機就響了。是那個男人打來的。他說他到了那個地址，但根本沒看到什麼公寓。我問他目前人在哪裡，他回答得很詳細，完全沒有發現我一邊和他講電話，一邊走向他。我說我再查一下地址，請他稍微等一下，然後掛上了電話。這時，我確認了他所在的位置，他大剌剌地坐在堤防旁的草叢中。我躡手躡腳地慢慢走了過去，他完全沒有發現，直到我站在他身後時才發現，但那時候我已經用電線套住了他的脖子。雖然他拚命抵抗，但我用力一拉，他很快就斷了氣，真的太簡單了。」石神看著茶杯。杯子空了。「可以再給我一杯茶嗎？」

岸谷站了起來，把茶壺裡的茶倒進了杯子，石神微微欠身道謝。

「被害人身材很壯，而且才四十多歲。如果他奮力抵抗，應該沒這麼容易把他勒死。」草薙說。

石神面無表情，只是微微瞇起了眼睛。

「我是柔道社的顧問，只要從後方攻擊，即使是身體壯碩的男人，也可以輕易制伏。」

草薙點了點頭，看向石神的耳朵。他的耳朵也是被稱為柔道家勳章的花椰菜形狀，警察中也有不少人的耳朵都是這種柔道耳。

「殺了他之後呢？」草薙問。

「首先必須隱瞞屍體的身分。因為一旦查明屍體的身分，警方一定會懷疑花岡靖子，所以我先脫下了他的衣服，用身上的美工刀邊割邊脫下他的衣服，然後砸爛了他的臉。」石神用沒有起伏的語氣說。「我撿了一塊大石頭，用塑膠布蓋住之後砸了好幾次。我不記得砸了幾次，應該十次左右，再用拋棄式打火機燒掉了他的指紋。完成這些工作之後，帶著從屍體身上脫下的衣服離開了現場。在離開堤防時，剛好看到有一個十八公升的鐵皮罐，就把衣物丟進去燒掉了。沒想到火一下子竄得很高，我擔心會被人發現，所以衣物還沒燒完就匆匆離開了。我走到有公車經過的大馬路攔了計程車，先去了東京車站，然後又換了一輛計程車回到家，回到家時應該已經十二點多了。」石神說完之後，重重地吐了一口氣說，「這就是我所做的事。我當時用的電線、美工刀和拋棄式打火機都放在家裡。」

草薙看了一眼正在記錄要點的岸谷，叼了一支菸，點火之後，吐著煙，注視著石神的臉，石神的眼神沒有任何感情。

他說的內容沒有重大的疑點，屍體的情況和現場的狀況都和警方掌握的內容一致，而且大部分的情況都尚未報導，所以不可能是他杜撰的。

「你有沒有告訴花岡靖子，是你殺了她的前夫？」草薙問。

「我怎麼可能告訴她？」石神回答，「如果我告訴了她，她又告訴別人，我不就完蛋了嗎？女人沒辦法保密的。」

「所以你沒有和她談過這起命案嗎？」

「當然啊。因為萬一被你們警方發現我和她之間的關係就慘了，所以我們盡可能避免接觸。」

「你剛才說，你和花岡靖子小姐用任何人都沒有發現的方法聯絡，請問是什麼方法？」

「有幾種方法，其中一種方法，就是她說我聽。」

「你的意思是說，你們曾經在哪裡見面嗎？」

「我們不會做這種事，這樣不是會被別人看到嗎？她在自己家裡說，我透過器材聽她說話。」

「器材？」

「在我房間的牆壁上，對著她們的房間裝了一個集音器，我就是使用這個器材。」

岸谷停下記錄的手抬起頭，草薙知道他想要表達的意思。

「這是竊聽吧？」

石神一臉意外地皺起眉頭，搖了搖頭。

「我沒有竊聽，而是在聽她對我的訴說。」
「花岡小姐知道你裝了那個器材嗎？」
「也許不知道器材的事，但她應該對著朝向我的牆壁說話。」
「你認為她在對你說話嗎？」
「對，但因為她女兒也在家，所以不可能大剌剌地對我說話，她假裝和女兒說話，其實是向我發出訊息。」
草薙手上的香菸有一半以上已經變成了灰，他把菸灰彈在菸灰缸裡，和岸谷互看了一眼。後輩刑警不解地偏著頭。
「是花岡靖子這麼對你說嗎？她說假裝對她女兒說話，其實是在向你傾訴？」
「即使她不說我也知道，我對她瞭若指掌。」石神點了點頭。
「所以並不是她這麼說，而是你擅自這麼認為，不是嗎？」
「不可能有這種事。」原本面無表情的石神露出略微不悅的表情，「我也是在她傾訴之後，才知道她深受前夫的折磨，她對女兒說這種話根本沒有意義，不是嗎？當然是為了告訴我才說這些事，她希望我能夠幫助她。」
草薙伸手安撫他的情緒，用另一隻手捻熄了香菸。
「除此以外，還有什麼方法？」

「打電話，我每天晚上都會打電話。」

「打去她家嗎？」

「打到她的手機，但我們並不會在電話中聊什麼，我只是讓她的手機響鈴而已。如果她有什麼緊急的事，就會接起電話，如果沒事就不接。我聽到鈴聲響五次之後，就會掛上電話，我們事先這麼約定。」

「你們這麼約定？所以她也知道這件事嗎？」

「對，以前我們討論之後決定這麼做。」

「我們會去向花岡小姐確認。」

「沒問題，這樣更確實。」石神自信滿滿地說完，點了一次頭。

「剛才這些內容，之後還會請你說好幾次。因為還要製作正式的筆錄。」

「好，說幾次都沒問題，這也是無可奈何的事。」

「最後想請教你一個問題。」草薙在桌上握著手，「你為什麼來自首？」

「我不自首比較好嗎？」

石神用力吸了一口氣問：

「我不是這個意思，你既然來自首，就一定有相當的理由或是契機，這才是我想知道的事。」

石神哼了一聲。

「這和你的工作沒有任何關係吧？兇手因為自責決定自首，這樣不就好了嗎？還需要其他理由嗎？」

「我看你的樣子，並不認為你感到自責。」

「如果你問我有沒有罪惡感，我不得不回答『這不太一樣』，但是我很後悔，早知道不應該做這種事。早知道會遭到背叛，就不會去殺人了。」

「遭到背叛？」

「那個女人……花岡靖子背叛了我。」石神微微抬起下巴繼續說道，「我為她收拾了前夫，她竟然打算和其他男人交往。如果她當初沒有向我訴苦，我就不會做那種事。她之前曾經說，真想殺了那個男人。我代替她殺了那個男人，說起來她也是共犯，你們警察應該要逮捕花岡靖子才對。」

為了驗證石神的供詞，立刻去搜索了他家。草薙和岸谷也在同時向花岡靖子瞭解情況。她已經回到家中，美里也在家，但其他刑警把美里帶走了。並不是擔心她聽到震撼的內容，而是也要同時向她瞭解情況。

靖子得知石神去警局自首後瞪大了眼睛，憋著氣，一句話都說不出來。

「妳很意外嗎？」草薙觀察著她的表情問道。

靖子先是搖了搖頭，然後才終於開口說：

「我完全沒有想到，為什麼會對富樫……」

「妳對於他的動機是否有什麼頭緒？」

靖子聽了草薙的問題，露出既像是遲疑，又像是迷惑的複雜表情，似乎有難言之隱。

「石神說，他是為了妳做了這件事，是為了妳殺人。」

靖子痛苦地皺著眉頭，重重地吐了一口氣。

「妳果然有什麼頭緒嗎？」

她輕輕點了點頭。

「我知道他對我有特殊的感情，但沒想到會做這種事……」

「他說一直和妳保持聯絡。」

「和我嗎？」靖子露出嚴厲的表情說：「我沒有。」

「但他會打電話給妳吧，而且每天晚上都打。」

草薙向靖子轉述了石神的話，她皺著眉頭說：

「那些電話果然是他打的嗎？」

「妳不知道嗎？」

「我雖然猜到了，但並沒有把握，因為打電話的那個人並沒有說自己是誰。」

靖子說，三個月前第一次接到電話，對方沒有說自己是誰，就開始說一些干涉靖子私生活的事。如果平時沒有觀察她的生活，不可能說那些話。是跟蹤狂——她察覺了這件事，不由得心生恐懼，卻不知道對方是誰。雖然之後又打來幾次電話，但她都沒有接。有一次她不小心接起電話時，那個男人說：

「我知道妳很忙，沒辦法接電話，所以不如這樣。我每天晚上都會打電話給妳，如果妳找我有事，就接起電話。我會讓鈴聲至少響五次，妳只要在鈴聲結束之前接起電話就好。」

靖子表示同意。那天之後，電話果然每天都響起。對方似乎是用公用電話打來，所以她都避免接起電話。

「妳聽不出那是石神的聲音嗎？」

「那時候幾乎沒有和他說過話，所以聽不出來，而且也只有第一次的時候和他在電話中說話，現在也想不起當時是怎樣的聲音，而且我怎麼也想不到他竟然會做這種事，他不是高中老師嗎？」

「雖然是老師，但現在什麼樣的老師都有。」岸谷在一旁插嘴說道，然後低下頭，似乎為自己插嘴道歉。

草薙想起在命案剛發生時，這名後輩刑警就很袒護花岡靖子，石神主動投案一定讓他暗自鬆了一口氣。

「除了電話以外，還有其他狀況嗎？」草薙問。

「你請等一下。」靖子說完後站了起來，從櫃子的抽屜裡拿出了信封。總共有三封信，沒有寫寄件人的名字，只有正面寫著花岡靖子啟，也沒有寫地址。

「這是？」

「直接丟進門上的信箱，雖然還有其他的信，但被我丟掉了。後來看電視才知道，萬一發生什麼狀況，留下這種證據比較好，雖然覺得很噁心，但還是把這三封信留了下來。」

「借我看一下。」草薙說完，打開了信封。

每一封信都只有一張信紙，信紙上是用列表機列印的內容，每封信的內容都不長。

「我發現妳最近化妝變濃了，衣服也越來越花稍。這不適合妳，妳適合更素雅的打扮。而且也太晚回家了，下班之後要馬上回家。」

「最近是不是有什麼煩惱？如果有煩惱，儘管告訴我，不必有任何顧慮。我每天晚上打電話給妳，就是為了這個目的。我可以為妳出很多主意，其他人都不能相信，也不可以相信，妳只要聽我的意見就好。」

「我有不祥的預感，總覺得妳會背叛我。雖然我相信絕對沒有這種事，但果真如此的話，我不會原諒妳。因為只有我是妳的朋友，只有我能夠保護妳。」

草薙看完之後，把信放回了信封。

「這些可以暫時借用一下嗎？」

「請便。」

「還有其他類似的情況嗎？」

「我這方面沒有了……」靖子吞吐起來。

「妳女兒遇到了什麼狀況嗎？」

「不，不是，是工藤先生……」

「工藤邦明先生嗎？他遇到了什麼狀況？」

「之前見面時，他說收到了奇怪的信。沒有留寄件人的名字，信中叫他不要在我身邊打轉，還同時寄了偷拍的照片。」

「原來還寄給了他……」

根據目前的情況研判，應該是石神寄了那封信。草薙想起了湯川學。他似乎很尊敬身為學者的石神，如果得知自己的朋友是跟蹤狂，不知道會承受多大的打擊。

這時聽到了敲門聲。靖子應了一聲，門打開了，一名年輕刑警探出頭。他是在搜索石神住家的成員之一。

「草薙哥，你過來一下。」

「好。」草薙點了點頭，站了起來。

來到隔壁，間宮坐在椅子上等他。桌上有一台打開的電腦，年輕刑警正忙著把各種東西裝進紙箱。

間宮指著書架旁的牆壁說：「你看看這個。」

「喔！」草薙忍不住發出驚叫。

牆壁上的壁紙撕開了二十公分見方的大小，還割掉了牆壁的隔板，有一條很細的電線，電線前端連著耳機。

「你戴上耳機聽看看。」

草薙在間宮的指示下戴上了耳機，立刻聽到了說話的聲音。

（只要有證據能夠證明石神的供詞，之後的事就簡單了，應該也不會再給妳們添麻煩了。）

那是岸谷的聲音。雖然有些雜音，但聽得一清二楚，完全不像有一壁之隔。

（……石神先生會被判什麼罪？）

（這要看法官了，但既然是殺人罪，即使不判死刑，也絕對不可能馬上出獄，所以他不會再糾纏妳了。）

草薙拿下了耳機，覺得岸谷是刑警，竟然那麼多話。

「等一下也讓花岡靖子來看一下，雖然石神說，她應該知道，但怎麼可能有這種事？」間宮說。

「所以花岡靖子完全不知道石神的所作所為嗎？」

「我剛才用這個聽到了你和靖子的談話內容。」間宮看著牆上的集音器笑著說，「石神是典型的跟蹤狂，他自以為和靖子心心相印，然後想要消滅所有試圖接近她的男人，靖子的前夫應該是他最痛恨的對象吧。」

「嗯……」

「你為什麼一臉愁容滿面？有什麼不滿嗎？」

「不是有什麼不滿，而是我原以為自己瞭解石神這個人，但和他的供詞落差太大，讓我有點困惑。」

「每個人都有好幾張不同的臉，跟蹤狂的真實身分往往令人意外。」

「這我知道……除了集音器以外，還有找到其他東西嗎？」

間宮用力點了點頭。

「找到了暖爐桌的電線，和暖爐桌一起裝在箱子裡，而且是棉紗編組花線，和勒死被害人時所使用的相同，如果上面沾到被害人的皮膚，就可以一槍畢命了。」

「還有其他的嗎？」

「你再看一下這個。」間宮移動了電腦的滑鼠，但他的動作很生硬。應該是剛才有人臨時教他的。「就是這個。」

間宮打開了文書軟體，螢幕上顯示了寫了文章的頁面，草薙探頭看著文章的內容。

文章的內容如下。

「我已查明妳經常見面的男人的身分，我已經拍下他的照片，想必妳能夠瞭解這一點。

我想問妳，妳和他是什麼關係？

如果是戀愛關係，這是重大的背叛行為。

妳知道我為了什麼做了什麼嗎？

我有權利命令妳，立刻和這個男人分手。

否則，我將會對那個男人發洩我的憤怒。

對我來說，要讓這個男人遭遇和富樫相同的命運易如反掌，我有這樣的心理準備，也有辦法可以做到。

我再重複一次，如果妳和他是男女關係，我絕對無法容忍這種背叛，也一定會報復。」

17

湯川站在窗邊，一動也不動地注視著窗外，他的背影散發出懊惱和孤獨感。雖然可以解讀為得知闊別多年的老同學犯案後深受打擊，但草薙覺得他沉浸在另一種感情之中。

「所以呢，」湯川低聲問道，「你相信那些話嗎？你相信石神的供詞嗎？」

「身為警察，沒有理由懷疑。」草薙說，「我們從各個不同的角度驗證了他的證詞，我今天也去離石神家不遠處的公用電話周圍調查了一下。據他供稱，他每天晚上都在那裡打電話給花岡靖子。公用電話旁有一家雜貨店，雜貨店老闆曾經看過像石神的人。因為最近很少有人用公用電話，所以他留下了印象。雜貨店老闆說，曾經多次看到他在那裡打電話。」

湯川緩緩轉向草薙的方向。

「你不要用『身為警察』這種不置可否的說法，我在問你相不相信，和偵查方針沒有關係。」

草薙點了點頭，嘆了一口氣。

「老實說，我覺得不太對勁。他的供詞沒有矛盾，也合乎邏輯，但有點難以理解。簡單地說，我不認為他會做那種事，這就是我的想法。但是，即使我對上司這麼說，上司也不會理我。」

「對警界高層來說，已經順利逮捕了兇手，案子就已經解決了。」

「如果有明確的疑點，哪怕只有一個也好，情況或許就不一樣了，但這次完全找不到，太完美了。比方說，關於腳踏車上的指紋沒有擦掉這一點，他回答說，根本不知道被害人騎腳踏車去那裡。這也沒有任何可疑之處，所有的事實都證明石神的供詞正確，在這種情況下，無論我說什麼，都不可能重啟調查。」

「所以說，雖然無法接受，但因為形勢逼人，最後得出了石神是這起命案的兇手這個結論嗎？」

「你說話不要這麼語帶諷刺，你不是向來重視事實勝於感情嗎？只要合乎邏輯，即使心情上無法接受也必須接受，這不是科學家的基本態度嗎？你平時不是都這麼說嗎?」

湯川輕輕搖了搖頭,在草薙對面坐了下來。

「最後一次和石神見面時,他出了一道名為P≠NP的數學題。到底是自己想出答案簡單,還是驗證別人口中聽到的答案是否正確更簡單?這是一道知名的難題。」

草薙皺著眉頭。

「這是數學題嗎?聽起來像是哲學題。」

「你聽好了,石神向你們提示了一個答案,這個答案就是他的自首和供詞內容。他絞盡腦汁,想出了這個無論從哪個角度看,都完美無缺的答案。如果你們全盤接受這樣的答案,就意味著你們徹底失敗。照理說,你們接下來應該傾全力確認他交出的答案是否正確。他在挑戰你們,在測試你們。」

「所以我們不是努力從各方求證嗎?」

「你們所做的只是在重複他的證明方法,你們應該努力尋找是否還有其他答案,只有證明除了他提示的答案以外,完全不存在其他可能性,才能夠斷言那是唯一的解答。」

草薙從湯川強烈的語氣中感受到他的焦躁。這位向來沉著冷靜的物理學家很少會露出這樣的表情。

「你認為石神在說謊，兇手並不是他嗎？」

湯川聽到草薙這麼說，垂下了眼睛，草薙注視著他的臉繼續說了下去。

「你這麼斷言的根據是什麼？如果你有自己的推理，希望你可以告訴我，還是說，你只是不希望老同學是殺人兇手？」

湯川站了起來，背對著草薙。「湯川。」草薙叫了一聲。

「我的確不願意相信，」湯川說，「我上次也說過，他向來重視邏輯性，感情是其次。只要他判斷能夠有效解決問題，他會做任何事。只不過沒想到是殺人……而且是殺害一個和自己完全無關的人……」

「你的根據就僅此而已嗎？」

湯川轉過頭，瞪著草薙，但他的眼中流露出的悲傷和痛苦遠遠勝過憤怒。

「這個世界上有很多不願相信，但不得不接受的事，我非常瞭解這一點。」

「即使這樣，你仍然認為石神是清白的嗎？」

湯川聽了草薙的問題，皺起了眉頭，輕輕搖著頭。

「不，我沒有這麼說。」

「我知道你想說什麼。是花岡靖子殺了富樫，石神只是掩護她，但是越深入調查後越發現，這種可能性相當低。有好幾項物證顯示，石神是個跟蹤狂。即使為了掩護，也難以想像能夠故佈疑陣到這種程度。更重要的是，這個世界上有人願意為別人扛下殺人罪嗎？對石神來說，靖子既不是家人，也不是他的太太，只是一個連女朋友都稱不上的女人。即使想要掩護她，想要協助她湮滅殺人的證據，當發現無法如願之後就會死心斷念，這是人之常情。」

湯川突然瞪大了眼睛，好像有了什麼重大發現。

「發現無法如願之後就會死心斷念——這是正常人，要持續掩護到最後的最後比登天還難。」湯川注視著遠方小聲嘀咕著，「石神也一樣，他也很清楚這一點，所以……」

「怎麼了？」

「不，」湯川搖了搖頭，「沒事。」

「我不得不認為石神是兇手，除非出現什麼新事證，否則不可能改變偵查方針。」

湯川沒有回答，搓了搓自己的臉，長長地吐了一口氣。

「所以……他選擇在監獄度過餘生嗎？」

「他殺了人，這也是理所當然的事。」

「是啊……」湯川垂著頭，一動也不動。然後維持著這個姿勢說：「不好意思，你今天先走吧，我有點累了。」

湯川的樣子很奇怪，草薙很想問他，但還是默默站了起來，因為他覺得湯川看起來筋疲力竭。

草薙走出第十三研究室，走在昏暗的走廊上，遇到一個年輕人走上樓梯。草薙認識這個身材乾瘦，看起來有點神經質的年輕人。他是湯川帶的研究生常磐，之前草薙去找湯川，湯川不在研究室時，就是他告訴草薙，湯川好像去了篠崎。

常磐似乎也發現了草薙，向他點頭打招呼後，準備走過去。

「啊，等一下。」草薙叫住了他。常磐露出困惑的表情轉過頭，草薙對他露出了笑容，「我有點事想問你，你現在時間方便嗎？」

常磐看了一下手錶回答說：「如果不會太久的話。」

他們走出物理系研究室所在的校舍，走進了理科系學生經常去的食堂，在自動販賣機買了咖啡後，面對面坐在桌前。

「這裡的咖啡比在你們研究室喝的即溶咖啡好喝太多了。」草薙喝了一口紙杯中的咖啡後說道，他希望讓眼前這名研究生放鬆一下心情。

常磐笑了笑，但臉上的表情仍然很緊張。

草薙原本打算稍微閒聊一下，但看到常磐的態度，覺得根本沒有意義，於是直接進入了正題。

「我想問的是湯川副教授的事，」草薙開了口，「他最近有沒有什麼反常的行為？」

常磐露出困惑的表情。草薙發現自己問話的方式有問題。

「他有沒有調查和大學的工作無關的事，或是去了什麼地方之類的？」

常磐偏著頭，似乎在認真思考。

草薙對他笑了笑。

「當然不是他牽涉了什麼案子，雖然有點難以說明，但我覺得湯川似乎因為在意我，所以對我隱瞞了一些事。我相信你也知道，他這個人的個性有點孤僻。」

草薙不知道眼前的研究生是否能夠理解自己的這種說明，但常磐露出笑容點了點頭，也許他也同意「孤僻」這一點。

「我不知道老師是不是在調查什麼，但他幾天之前，曾經打電話去圖書館。」

「圖書館？學校的圖書館？」

常磐點了點頭。

「他好像問圖書館的人有沒有報紙。」

「報紙？既然是圖書館，當然有報紙啊。」

「是啊，但湯川老師想知道的是圖書館會保存多久之前的舊報紙。」

「舊報紙嗎……？」

「但似乎也不是很久之前的報紙，他問對方，能不能看到這個月的所有報紙。」

「這個月嗎……？結果怎麼樣？圖書館有沒有？」

「圖書館應該有，因為老師掛了電話之後，就馬上去了圖書館。」

草薙點了點頭，向常磐道了謝，拿著還剩了半杯咖啡的紙杯站了起來。

帝都大學的圖書館並不大，是一棟三層樓的建築。草薙以前在這裡當學生時，只來過圖書館兩、三次，所以甚至不太清楚圖書館是否曾經整修過，只覺得看起來很新。

一走進圖書館，立刻看到櫃檯內有一名女性工作人員，所以就問她湯川副教授來圖書館查報紙的事，她露出了狐疑的表情。

草薙無可奈何，只好出示了證件。

「並不是湯川老師有問題，我只是想知道當時他看了什麼報導。」雖然草薙知道自己問的問題很不自然，但他想不到其他表達方式。

「我記得他當時說想看三月份的報紙。」工作人員小心謹慎地回答。

「他想看三月的什麼報導？」

「這就不太清楚了。」她說完之後，似乎想起了什麼，順便補充說：「我記得他曾經說，只要社會版就好。」
「社會版？請問報紙放在哪裡？」
「請跟我來。」那名女性工作人員帶草薙來到有一排平台櫃子的區域。報紙都疊在一起放在櫃子內。工作人員告訴他，每一疊都是十天份的報紙。
「這裡只有上個月份的報紙，更舊的報紙都已經丟棄了。之前都會保存，但現在只要用網路的搜尋服務，就可以看到以前的報導。」
「湯川他……湯川老師說，只要看一個月份的報紙，對嗎？」
「對，他說只要三月十日之後的報紙就好。」
「三月十日？」
「對，我記得他當時這麼說。」
「我可以看一下那些報紙嗎？」
「沒問題，請你結束之後告訴我一聲。」
工作人員轉身離開的同時，草薙就把報紙拿了出來，放在旁邊的桌子上。他決定看三月十日之後的社會版。
不用說，三月十日就是富樫慎二遭到殺害的日子。湯川來圖書館果然是為了調查那起事件，但是，他想從報紙上確認什麼？

草薙尋找了命案相關的報導。第一次是在三月十一日的晚報上報導了相關消息，十三日的早報上報導查明了屍體的身分，但之後就沒有任何後續報導，最後是石神主動投案的報導。

湯川在這些報導中看到了什麼？

草薙一次又一次地仔細閱讀為數不多的幾篇報導，所有的報導都沒有任何深入的內容。湯川透過草薙，掌握了比這些報導更多的命案相關消息，根本沒有必要看這些報導的內容。

草薙對著這些報紙抱起了雙臂。

湯川不可能根據報紙上的報導內容調查命案相關的事，社會上每天都會發生命案，除非有重大進展，否則報紙很少會持續報導某一起命案。在世人的眼中，富樫命案也不是什麼特別的命案，湯川不可能不瞭解這一點。

但是，他向來不會做沒有意義的事——

雖然草薙剛才對湯川說了那些話，但其實他內心也無法完全斷定石神就是兇手，至今仍然無法消除自己和其他辦案人員是否誤入歧途的不安，他總覺得湯川知道警方到底在哪裡犯了什麼錯。這位物理學家之前曾經多次協助草薙和警方辦案，這次是否也有針對案情的有效建言？如果有的話，為什麼不願告訴自己？

草薙把報紙放回去後，向剛才的女性工作人員打了招呼。

「對你有幫助嗎？」她不安地問。

「是啊。」草薙不置可否地回答。

正當他準備走出圖書館時，那名女性工作人員說：「對了，湯川老師也想找地方的報紙。」

「啊？」草薙轉頭問：「地方的報紙？」

「對，他問我有沒有千葉或是埼玉的地方報紙，我回答說沒有。」

「他還說了什麼？」

「不，他只問了這些。」

「千葉和埼玉……」

草薙難以理解地走出圖書館，完全猜不透湯川的想法。他為什麼要找地方的報紙？還是說，只是自己誤以為他在調查那起命案，湯川找報紙的目的和命案完全無關？

草薙邊走邊想，走回了停車場。他今天開車來這裡。

坐上駕駛座，正準備發動引擎時，看到湯川學從眼前的校舍中走了出來。他沒有穿白袍，穿了一件深藍色的夾克，一臉凝重的表情，完全沒有看周圍，直直走向學校的側門。

草薙看著湯川走去校門後左轉，立刻把車子開了出去。緩緩駛出校門後，剛好看到湯川攔了計程車。當計程車駛出去時，草薙的車子也駛向馬路。

單身的湯川一天之中有一大半的時間都在大學。他之前曾經說，即使回到家裡也無所事事，無論看書還是做運動，都在大學比較方便，吃飯也比較輕鬆。

草薙看了時間，發現還不到五點，湯川不可能這麼早就回家。

草薙在跟蹤的同時記下了計程車行和車牌號碼。萬一中途跟丟的話，事後可以向計程車行打聽湯川在哪裡下車。

計程車一路向東，沿途車子有點多，不時有幾輛車駛進來，幸好沒有在號誌燈前拉開距離。

不一會兒，計程車經過了日本橋，在隅田川前停了下來。新大橋就在前方，繼續往前走，就是石神他們所住的公寓。

草薙把車子駛向路肩，觀察湯川的情況。湯川沿著新大橋旁的階梯走了下去，似乎並不是要去石神的公寓。

草薙迅速巡視四周，尋找可以停車的地方，幸好路邊的收費停車格有一個空位，他在那裡停好車，急忙追了上去。

湯川慢慢走向隅田川的下游方向，看起來不像是有什麼事，只是在散步，而且不時看向遊民的方向，但並沒有停下腳步。

經過遊民居住的區域後，湯川才終於停下腳步，把手肘放在河邊的欄杆上，然後突然轉頭看向草薙的方向。

草薙驚慌失措，但湯川並沒有驚訝，甚至露出了淡淡的笑容。他似乎早就察覺到自己被跟蹤了。

草薙大步走向他問：「被你發現了嗎？」

「因為你的車子太明顯了，」湯川說，「現在很少看到那麼舊的Skyline。」

「你發現被跟蹤，所以才在這裡下車嗎？還是原本就要來這裡？」

「可以說你都說對了，但也都不完全正確。我原本要去前面，但發現你的車子之後，我稍微改變了下車地點。因為我想帶你來這裡。」

「你帶我來這裡有什麼目的？」草薙巡視四周。

「因為我最後一次和石神說話就是在這裡，那時候我對他說，這個世界上沒有無用的齒輪，只有齒輪自己能夠決定自己的用途。」

「齒輪？」

「之後我又問了他幾個關於命案的問題，他雖然不予置評，但在和我道別之後，他有了答案，那就是去投案自首。」

「他聽了你的話之後，死心斷念來自首嗎？」

「死心斷念……嗎？從某種意義上來說或許是這樣，但對他來說，應該是亮出了最後一張王牌，因為他真的很用心地準備了這張王牌。」

「你和石神談了些什麼？」

「我剛才不是說了嗎？我們聊了齒輪的事。」

「聊完齒輪之後，你不是還問了他很多問題嗎？我問的是這個。」

湯川露出帶著寂寞的笑容，緩緩搖著頭。

「這並不重要。」

「並不重要？」

「重要的是齒輪的事，他聽了之後，才決定投案自首。」

草薙用力嘆了一口氣。

「你不是去大學的圖書館查了報紙嗎？那是為了什麼目的？」

「你是聽常磐說的嗎？看來你開始調查我的行動。」

「我也不想這麼做，問題是你什麼都不告訴我。」

「我並沒有不高興，因為這是你的工作，你完全可以調查我。」

草薙注視著湯川的臉，然後鞠了一躬說：

「湯川，拜託你不要再這樣故弄玄虛了，你是不是知道什麼？請你告訴我。石神並不是真兇，對不對？既然這樣，難道你不覺得他扛下這一切很不合理嗎？你並不希望老同學變成殺人兇手吧？」

「你把頭抬起來。」

草薙聽了湯川的話，抬頭看著他，看到了物理學家痛苦扭曲的臉。他摸著額頭，一直閉著眼睛。

「我當然不希望他是殺人兇手，但現在已經回天乏術了，怎麼會這樣……？」

「你為什麼這麼痛苦？為什麼不告訴我？我們不是朋友嗎？」

湯川睜開眼睛，一臉嚴肅的表情說：「既是朋友，也是刑警。」

草薙無言以對。他第一次感覺到和這位多年好友之間有隔閡。因為自己是刑警，所以即使朋友臉上露出了前所未有的苦惱表情，自己也無法問出其中的理由。

「我要去找花岡靖子，」湯川說，「你要和我一起來嗎？」

「我可以去嗎？」

「沒問題，只是你不要插嘴。」

「……好。」

湯川轉身邁開步伐，草薙跟在他身後。湯川原本似乎要去便當店「弁天亭」，雖然草薙很想馬上問湯川，他見到花岡靖子打算說什麼，但只是默默走著。

湯川在清洲橋前走上階梯，草薙跟著走了上去，湯川在階梯上方等他。

「那裡不是有一棟辦公大樓嗎？」湯川指著旁邊的建築物，「門口是玻璃門，你可以看到嗎？」

草薙看向那個方向，玻璃門上映照出他們的身影。

「可以看到，怎麼了嗎？」

「在命案發生後，我和石神見面時，我們也曾經這樣看著自己映照在玻璃門上的身影。起初我並沒有發現，是聽石神提起，我才看向玻璃門。在那之前，我完全沒有想過他可能涉案的可能性，我和闊別多年的勁敵重逢，有點高興得忘乎所以。」

「你看了映照在玻璃門上的身影後，開始懷疑他嗎？」

「他當時對我說，你還是這麼年輕，和我大不相同，頭髮也很濃密——然後似乎有點在意自己頭髮稀疏這件事。這件事讓我感到驚訝不已，因為石神這個人絕對不會在意外形這種事，他向來認為，一個人的價值無法用這種事來衡量，他不會選擇受這種事影響的人生。現在竟然在意外表，雖然他的頭髮稀疏，但這是無法改變的事實，他竟然在為這種事嘆息。於是我發現，他身處不得不在意外表和容貌的狀況，也就是說，他在談戀愛。只不過為什麼突然在這種地方提起這種事？為什麼突然在意外表的問題？」

草薙察覺了湯川的言下之意，他說：

「是因為即將見到心儀的女人嗎？」

湯川點了點頭。

「我也這麼認為。我認為在便當店工作的女人，住在他隔壁、前夫遭到殺害的女人可能就是他的意中人。如果是這樣，就產生了一個很大的疑問，那就是他在這起命案中的立場。照理說他應該很關心，但他始終保持旁觀者的立場。我忍不住懷疑，認為他在戀愛的想法是不是錯覺，於是我又和石神見了面，和他一起去便當店。因為我覺得可以從他的態度中發現什麼，沒想到遇見了意想不到的人，是花岡靖子的男性朋友。」

「是工藤，」草薙說，「目前和靖子交往。」

「好像是。看到石神看著那個姓工藤的人和她說話時的表情——」湯川皺著眉頭，搖了搖頭，「於是我確信，石神愛上了她，他的臉上充滿了嫉妒的表情。」

「但是這麼一來，又出現了另一個疑問。」

「沒錯，只有一種解釋可以解決這個矛盾。」

「石神和這起命案有關——原來你是因為這樣的來龍去脈開始懷疑他。」草薙再度看向那棟大樓的玻璃門，「你這個人太可怕了，對石神來說，一個小瑕疵竟然變成了致命傷。」

「經過這麼多年，他強烈的個性仍然令我印象深刻，否則連我也不會發現。」

「不管怎麼說，都只能怪他運氣不好。」草薙說著，走向馬路，但當他發現湯川沒有跟上來時，停下腳步問：「你不是要去『弁天亭』嗎？」

湯川低頭走了過來。

「我要向你提出一個很過分的要求，可以嗎？」

草薙苦笑著說：「那得看你提的是什麼要求。」

「你可以以朋友的身分聽我說嗎？你可以放棄刑警的身分嗎？」

「……什麼意思？」

「我有話想要對你說，但我是對朋友說，並不是對刑警說，所以我希望你絕對不要對任何人提起我告訴你的事，包括你的上司、朋友和家人，你可以向我保證嗎？」湯川戴著眼鏡的雙眼露出緊迫的眼神，草薙知道湯川必須作出逼不得已的決定。

草薙原本想說「視內容而定」，但他把這句話吞了下去。因為他知道一旦說了這句話，眼前這個男人就不會再把他當朋友。

「好，」草薙說，「我向你保證。」

18

目送買炸雞塊便當的客人離開後，靖子看向時鐘。離六點還差幾分鐘。她吐了一口氣，脫下了白色帽子。

工藤白天打她的手機，在電話中說，希望她下班後可以見一面。

他說要慶祝一下，說話的語氣很興奮。

靖子問他要慶祝什麼，他回答說：「那還用問嗎？當然是慶祝那個兇手落網啊，這麼一來，妳終於可以擺脫那起命案了，我也不需要再有不必要的顧慮了，更不需要擔心被刑警跟蹤，當然想要慶祝一下。」

工藤的聲音聽起來很輕快，很無憂無慮。他不知道這起事件的背景，這也不能怪他，只不過靖子不想配合他。

她回答說：「我沒那個心情。」

「為什麼？」工藤問。靖子沒有回答，他恍然大悟地說：「喔，原來是這樣。雖然你們離了婚，但畢竟夫妻一場，為這件事慶祝的確太輕率了，我向妳道歉。」

雖然工藤完全誤會了，但靖子沒有吭氣，他說：

「我有另一件重要的事想對妳說，今晚很希望見到妳，可以嗎？」

靖子想要拒絕，因為她完全沒有心情。因為她覺得太對不起代替自己去自首的石神了，但拒絕的話卻說不出口。工藤說有重要的事，到底是什麼事？

最後工藤約好六點半左右來接她，工藤雖然很希望美里也一起去，但靖子委婉地拒絕了，目前絕對不能讓美里和工藤見面。

靖子在家中的答錄機中留言，說今晚會晚一點回家，想像美里聽到留言時的感想，心情就格外沉重。

六點時，靖子解開圍裙，向後方的小代子打招呼。

「啊喲，已經這麼晚了。」提早吃晚餐的小代子看著時鐘說，「辛苦了，接下來就交給我吧。」

「那我先下班了。」靖子折好圍裙。

「妳要和工藤先生見面吧？」小代子小聲問她。

「啊？」

「他白天不是打電話給妳嗎？是找妳約會吧？」

靖子困惑地沒有吭氣，小代子不知道誤會了什麼，深有感慨地說：「真是太好了。莫名其妙的命案終於偵結了，妳又可以和像工藤先生這樣的人交往，幸運終於降臨到妳身上了。」

「是嗎……？」

「對啊，一定就是，妳吃了很多苦，以後一定要幸福，為了美里，妳也必須幸福。」

從各種意義上來說，小代子的這番話都讓靖子內心五味雜陳。小代子發自內心希望朋友得到幸福，完全沒有想到自己的朋友竟然是殺人兇手。

「明天見。」靖子說完，走出了廚房。她無法正視小代子的臉。

走出「弁天亭」，她走向和平時回家時相反的方向。她和工藤約在街角的家庭餐廳見面。其實她不想去那家店，因為之前曾經和富樫約在那裡見面，但工藤說那裡最方便，指定約在那裡，靖子難以開口說要改地方。

首都高速公路從頭頂上經過，當她走過下方時，聽到後方有一個男人的聲音叫自己。「花岡小姐。」

靖子停下腳步回頭一看，發現兩個認識的男人正朝自己走來。其中一個姓湯川，是石神的老同學。另一個人是刑警草薙，靖子不知道為什麼這兩個人會一起出現。

「妳還記得我吧？」湯川問。

靖子輪流看著他們兩個人的臉，點了點頭。

「妳等一下有事嗎？」

「對，因為……」她看了看手錶，但其實內心很慌亂，根本沒有看到時間，「我和別人有約。」

「是嗎？能不能和妳聊三十分鐘？要和妳談很重要的事。」

「不，這……」她搖了搖頭。

「那十五分鐘呢？不，只要十分鐘就夠了，去那裡的長椅聊一下。」湯川說完，指著旁邊的小公園。高速公路下方的空間打造成一個公園。

湯川的語氣很平靜，但嚴肅的態度卻讓人無法拒絕。靖子憑直覺知道，湯川打算和自己談重要的事。上次見到這位在大學當副教授的男人時，雖然他說話幽默，卻造成她很大的心理壓力。

靖子很想逃走，但也很在意他到底要說什麼，他說話的內容一定和石神有關。

「那就十分鐘。」

「太好了。」湯川露出微笑，率先走進了公園。

靖子還在遲疑，草薙伸出手，示意請她先走。她點了點頭，跟在湯川身後，這名刑警不說話也令人心裡發毛。

湯川在兩人坐的長椅上坐了下來，為靖子預留了空間。

「你去那裡。」湯川對草薙說，「我想和她單獨說話。」

草薙露出不滿的表情，但揚了揚下巴，回到了公園入口附近，拿出了香菸。

靖子有點在意草薙，但還是在湯川身旁坐了下來。

「他不是刑警嗎？這樣沒問題嗎？」

「沒關係，我原本打算一個人來找妳，而且對我來說，他先是我的朋友，然後才是刑警。」

「朋友？」

「他是我大學時代的朋友。」湯川說著，露齒笑了笑，「所以也是石神的同學，只不過在這次的事件之前，他們彼此不認識。」

原來是這樣。靖子恍然大悟。因為她之前一直搞不懂，為什麼在這次的事件發生後，這位副教授會來找石神。

雖然石神什麼都沒說，但靖子認為他這次的計畫失敗，可能和這個姓湯川的人有關。他事先完全沒有想到，偵辦這起案子的刑警竟然是校友，而且他們還有共同的朋友。

但眼前這個男人到底想和自己說什麼？

「石神自首的事真是太遺憾了，」湯川一開口就直搗談話的核心，「想到這麼有才華的人今後面臨牢獄生活，無法再運用自己的頭腦，身為研究者我感到很痛心，真是太遺憾了。」

靖子沒有吭氣，用力握緊了放在腿上的雙手。

「但是我無論如何都無法相信他做了那些事，無法相信他對妳做的那些事。」

靖子察覺到湯川轉頭看著自己，忍不住繃緊了全身。

「我無法想像他對妳做了那些卑劣的事，不，說我無法相信並不貼切，我有強烈的把握說，我完全不相信這種事。他……石神在說謊。為什麼要說謊？既然已經背負了殺人兇手的罪名，事到如今，說謊根本沒有意義。但是，他說了謊，那只有一個理由，他說謊並不是為了自己，而是為了別人，為了掩蓋真相。」

靖子吞著口水。她努力調整呼吸。

她覺得眼前這個男人已經隱約察覺到真相。石神在包庇他人，真兇另有其人，所以他想拯救石神。如何才能拯救石神？最快的方法就是讓真兇自首，坦承一切。

靖子戰戰兢兢地窺視湯川，沒想到他面帶笑容。

「妳是不是以為我是來說服妳？」

「不，沒有……」靖子搖著頭，「而且你說說服，到底要說服我什麼？」

「也對，對不起，我說了這麼莫名其妙的話。」他低頭道歉，「我今天來找妳，只是希望妳知道一件事。」

「請問這句話是什麼意思？」

「因為，」湯川停頓了一下說：「因為妳對真相一無所知。」

靖子驚訝地瞪大了眼睛，湯川已經收起了笑容。

「妳的不在場證明應該是真的。」他繼續說了下去，「妳應該的確去了電影院，妳和妳女兒應該都去了，否則姑且不論妳，妳還在讀中學的女兒不可能承受刑警執拗的追查；妳們並沒有說謊。」

「對，沒錯，我們並沒有說謊，這有什麼問題嗎？」

「但是，妳應該感到很納悶，為什麼自己不必說謊？為什麼警方的追查這麼手下留情，因為他……石神精心安排，讓妳們只要對警方說實話就好。他事先採取了措施，無論警方的偵查有多大的進展，絕對不會追究到妳身上。我相信妳應該不知道他進行了怎樣的安排，只知道石神用了巧妙的詭計，並不瞭解實際的內容，我說的對不對？」

「我完全聽不懂你在說什麼。」靖子笑了笑，但她也知道自己的臉頰很僵硬。

「他為了保護妳們，付出了莫大的犧牲，那是妳我這種普通人無法想像的莫大犧牲。他在事件發生之後，應該已經作好了最壞的打算，萬一失敗，就要為妳們頂罪。所有的計畫都是在這個前提下研擬出來的，反過來說，這個前提絕對不能出問題，但這個前提也很殘酷，任何人都可能臨陣退縮。石神也瞭解這一點，所以他斷絕了自己的退路，讓自己在緊要關頭無法退縮，這正是這次最令人嘆為觀止的詭計。」

湯川的話令靖子陷入混亂，她完全無法理解湯川在說什麼，但她有一種預感，自己將面臨極大的衝擊。

眼前這個男人說得沒錯，靖子完全不知道石神如何妥善安排，同時也很納悶為什麼刑警對自己的攻擊不如想像中嚴厲。事實上，她每次都覺得刑警一再追問的事完全偏離了重點。

湯川知道這個秘密——

他看了一眼手錶，也許在意還剩下多少時間。

「要告訴妳這件事很痛苦，」他痛苦地皺著整張臉，「因為石神絕對不希望我這麼做，無論發生任何事，他都不希望妳知道真相。但是，這不是為了他自己，而是為了妳。因為妳一旦知道真相，餘生將背負比目前更大的痛苦。即使如此，我仍然無法不告訴妳真相，因為我認為如果不告訴妳他有多麼愛妳，他為了愛妳而賭上了人生所有的一切，他的犧牲未免太不值得了，雖然這並非他的本意，但我無法忍受妳一無所知。」

靖子感到心跳加速，她呼吸急促，好像快昏過去了，她完全猜不透湯川要說什麼，但從他的語氣中察覺，他將說出自己完全無法想像的事。

「請問是怎麼回事？如果你有話要說，就請你趕快說。」雖然靖子的措辭強烈，但說話的聲音卻無力顫抖著。

「那起事件……舊江戶川殺人命案的真兇，」湯川用力深呼吸後繼續說了下去，「那起命案的真兇就是他，就是石神，既不是妳，也不是妳的女兒，是石神行兇殺人，他投案自首並不是為他人頂罪，他就是真兇。」

靖子聽不懂這句話的意思，一臉茫臉，湯川又補充說：

「但是，那並不是富樫慎二的屍體，並不是妳的前夫，而是偽裝成妳前夫的其他人。」

靖子皺起眉頭，因為她仍然無法理解湯川說的事，但是，當她注視著湯川眼鏡後方那雙眼睛悲傷地眨眼時，突然瞭解了一切。她用力吸了一口氣，用手捂著嘴。因為她太驚訝，差一點發出叫聲。全身的血液沸騰，下一剎那，所有的血都流向腳底。

「妳似乎終於理解了我說的話。」湯川說，「沒錯，石神為了保護妳，犯下了另一起命案，也就是在三月十日，在真正的富樫慎二遭到殺害的隔天。」

靖子差一點暈眩，連坐著都感到莫大的痛苦。她手腳冰冷，全身都起了雞皮疙瘩。

草薙看著花岡靖子的樣子，察覺到湯川應該把真相告訴了她。即使站在遠處，也可以清楚看到她臉色發白。這也難怪。草薙心想，任何人聽了之後都不可能不驚訝，更何況她是當事人。

就連草薙至今仍然無法完全相信。剛才湯川第一次告訴他時，他覺得不可能有這種事，雖然湯川在那種狀況下不可能說謊，但他說的事太不現實了。

「不可能有這種事。」草薙說。「他為了掩蓋花岡靖子殺人的事實，再去殺另一個人？怎麼可能有這種荒唐的事？如果是這樣，他到底殺了誰？」

當草薙這麼問時，湯川露出極度悲傷的表情搖了搖頭。

「我不知道那個人的名字，但知道那個人原本出沒的地方。」

「這是什麼意思？」

「這個世界上，有些人即使突然失蹤也不會有人找他，更不會有人擔心，應該也沒有人會去報失蹤人口，因為這種人應該和家人斷絕了來往。」湯川說完，指著剛才經過的堤防旁的路說：「你剛才不是也看到了那些人嗎？」

草薙無法立刻領會湯川的意思，但看著他手指的方向，終於靈光一閃，草薙倒吸了一口氣問：

「你是說那些遊民嗎？」

湯川雖然沒有點頭，但對草薙說：

「你剛才有沒有注意到有一個蒐集空罐的人？他對住在這一帶的遊民情況瞭若指掌，我向他打聽之後，發現大約一個月前，有新人加入了他們的行列。雖然說是加入他們的行列，但並沒有和他們住在一起，那個人還沒有自己的帳篷，似乎很排斥躺在紙箱上。那個蒐集空罐的大叔告訴我，起初都這樣，因為人往往很難拋開自尊心，但那個大叔也說，這只是時間早晚的問題。只不過那個在某一天之後突然消失了，完全沒有任何預兆，雖然那個大叔有點好奇那個人怎麼了，但也只是如此而已。其他遊民應該也都發現了，但誰都沒有討論這件事，因為在他們的世界，有人突然消失是家常便飯。」

湯川繼續說了下去。

「而且，那個人是在三月十日左右消失不見，年紀大約五十歲左右，有點中年發福，是中年男人的平均身材。」

在舊江戶川發現屍體的日子正是在三月十一日。

「雖然我不知道其中的過程，但石神得知了花岡靖子犯了案，並決定為她掩蓋罪行。他認為光處理屍體無法解決問題，因為一旦查明屍體的身分，警察一定會找上她。到時候她和她女兒能不能裝傻到底就是很大的問題。於是他研擬了新的計畫，準備另一具屍體，讓警方以為那是富樫慎二的屍體。警方應該很快就會查清楚被害人是在哪裡、以什麼方式遭到殺害，但偵查越深入，花岡靖子的嫌疑就越小。這是理所當然的事，因為那具屍體並不是她殺的，這起命案並不是富樫慎二命案，你們警方正在偵查另一起完全不同的命案。」

湯川淡淡說明的內容聽起來很不真實，草薙在聽他說話時，忍不住一直搖頭。

「石神平時每天都經過堤防，所以才會想到這個計畫。我猜想他每天看到那些遊民，曾經思考他們到底為什麼而活著，就這樣等死嗎？即使他們死了，是否也沒有人會發現，也沒有人感到悲傷？當然這只是我的想像。」

「所以石神覺得殺了他們也沒關係嗎？」草薙向湯川確認。

「他應該並不是覺得殺了他們也沒有關係，但不能否認，他們的存在讓石神想到了那個計畫。我記得以前曾經對你說過，只要符合邏輯，即使再冷酷的事，他也會去做。」

「殺人符合邏輯嗎？」

「他想要的是他殺的屍體這片拼圖，沒有這一片拼圖，整幅拼圖就無法完成。」

草薙難以理解，草薙覺得湯川用好像在大學上課一樣的語氣說這件事也很異常。

「花岡靖子殺了富樫慎二的隔天早上，石神和一名遊民接觸。雖然不知道他們當時說了什麼，但應該是說要為他介紹短期的工作。工作內容就是要求遊民先去富樫慎二租借的民宿直到晚上，石神應該趁晚上的時間，事先消除了富樫慎二留在房間內的所有痕跡，房間內只留下那個男人的指紋和毛髮。到了晚上，遊民穿上石神給他的衣服，前往指定的地點。」

「是篠崎車站嗎？」

湯川聽了草薙的問題，搖了搖頭。

「不是，我猜想應該是前一站的瑞江車站。」

「瑞江車站？」

「石神應該在篠崎車站偷了腳踏車，然後和那個男人約在瑞江車站見面。石神當時很可能準備了另一輛腳踏車，兩人一起前往舊江戶川的堤防後，石神殺了對方。之所以毀容，當然是為了隱瞞遊民並不是富樫慎二這件事，但其實並不需要燒掉指紋。因為民宿內留下了遇害遊民的指紋，即使不燒掉指紋，警方也會誤以為屍體的身分就是富樫慎二。只不過即使毀了容，如果不燒掉指紋，兇手的行為缺乏一致性。於是只好不得已燒了指紋。只不過這麼一來，可能會造成警方無法立刻確認被害人身分，於是就在腳踏車上留下指紋，衣物只燒掉一半也是基於相同的理由。」

「既然這樣，根本不需要偷全新的腳踏車啊。」

「為了以防萬一，所以才會偷幾乎全新的腳踏車。」

「以防萬一？」

「對石神來說，最重要的事就是讓警方正確研判行兇時間。雖然最後因為解剖，比較正確地推測出死亡時間，但他最擔心如果屍體被發現的時間延誤，會擴大死亡時間的範圍，如果範圍擴大到前一天晚上，也就是九日晚上，對他們就很不利。因為那天晚上，花岡母女實際殺了富樫，她們並沒有不在場證明。為了避免這種情況發生，他需要能夠證明腳踏車是在十日以後被偷的證據，所以才鎖定了那輛腳踏車，也就是不太可能放在外面超過一整天的腳踏車，一旦遭竊，車主能夠瞭解失竊日期的腳踏車，所以就找了幾乎全新的腳踏車下手。」

「原來那輛腳踏車在各方面都有意義。」草薙用拳頭敲著自己的額頭。

「之前聽你說，腳踏車被發現時，兩個輪胎都爆胎了，這也很像是石神才會想到的事。他應該想要避免那輛腳踏車被人騎走，他為了證明花岡母女的不在場證明，真的是費盡了心機。」

「但她們的不在場證明並非無懈可擊，至今仍然缺乏決定性的證據證明她們在電影院。」

「但是，你們也沒有證據顯示她們不在電影院，不是嗎？」湯川指著草薙說，「感覺可以推翻，卻又無法推翻的不在場證明，正是石神設下的陷阱。如果他準備的是牢不可破的不在場證明，警方可能會懷疑其中有什麼詭計，搞不好會想到被害人並非富樫慎二。石神擔心會發生這種情況，所以必須打造出遇害的就是富樫慎二，花岡靖子很可疑的狀況，讓警方無法擺脫這種固定觀念。」

草薙發出低吟。湯川說得沒錯。在發現被害人身分應該是富樫慎二之後，立刻開始懷疑花岡靖子。因為她提出的不在場證明有模糊的空間。警方持續懷疑她，但懷疑她就意味著並沒有懷疑被害人是富樫。

「這個人太可怕了。」草薙嘀咕道。

「我有同感。」湯川也說，「我是因為你說的一句話，才想到這個可怕的詭計。」

「我說的話？」

「石神在出數學試題時不是有一個原則嗎？就是針對成見造成的盲點出題，表面上是幾何題，但其實是函數題。」

「有什麼問題嗎？」

「兩者採用了相同的模式，表面上是不在場證明的詭計，但其實隱藏屍體身分的部分才是詭計。」

「啊！」草薙驚叫一聲。

「你還記得你之後給我看了石神的出勤紀錄嗎？根據出勤紀錄，他三月十日上午向學校請假，你認為和命案無關，所以並不重視這件事，但我看了之後發現，石神最想要隱瞞的事發生在前一天晚上。」

他最想要隱瞞的事——就是花岡靖子殺了富樫慎二這件事。

湯川的話從頭到尾都合乎邏輯，仔細思考就會發現，湯川之前特別關心的腳踏車遭竊和衣物沒有燒光這兩件事，都和命案真相有密切關係。草薙不得不承認，包括自己在內的警方都走進了石神設計的迷宮。

然而，他仍然無法擺脫命案真相太離奇的印象，為了掩蓋一起命案而犯下另一起命案——這個世界上會有人這麼想嗎？雖然也可以說，正因為沒有人這麼想，才能夠成為詭計。

「這個詭計還有一個重大的意義。」湯川似乎看穿了草薙的心思，「那就是萬一真相被識破時，自己代替花岡母女去自首的決心無法動搖。如果只是代替她們頂罪，事到臨頭時，決心可能會動搖，也可能面對刑警執拗的偵訊，不小心說出了真相。但是，石神不會有這種動搖，無論任何人如何進攻，都無法動搖他的決心，他都會堅稱是自己殺了人。這也是理所當然的事，因為的確是他殺了在舊江戶川發現的被害人。他是殺人兇手，坐牢也是罪有應得，但他同時完美地保護了發自內心深愛的人。」

「石神發現自己的詭計被識破了嗎？」

「我告訴他，我識破了他的詭計，當然用了只有他聽得懂的方式，就是我剛才告訴你的那句話。這個世界上沒有無用的齒輪，而且只有齒輪自己能夠決定自己的用途，我相信你現在應該也知道齒輪指的是什麼。」

「是被石神用來當作拼圖的無名遊民嗎？」

「他的行為無法原諒，也應該去自首。我對他說齒輪的事，也是暗示他去自首，只不過我沒想到他竟然用這種方式自首，為了袒護那個女人，不惜把自己說成是跟蹤狂……當我得知這件事時，才意識到詭計的另一層意義。」

「富樫慎二的屍體在哪裡？」

「這我就不知道了，石神應該處理掉了，也許其他縣警已經發現了，也可能尚未發現。」

「縣警？不是在警視廳的轄區內嗎？」

「我相信他會避開警視廳的轄區，因為他不希望警方把兩起事件結合在一起。」

「所以你去圖書館查報紙嗎？你想要確認是否發現了身分不明的屍體。」

「根據我的調查，目前還沒有發現相符合的屍體，但我相信早晚會發現，他應該沒有花很多心思在隱藏屍體這件事上。因為即使被發現了，也不必擔心警方認為那是富樫慎二的屍體。」

「我馬上來調查。」草薙說。

湯川搖了搖頭說：「不行，你這樣違反了和我的約定，我不是有言在先嗎？我是把這件事告訴你這個朋友，並不是告訴刑警。如果你根據我告訴你的內容展開偵查，我們的朋友關係就到此為止。」

湯川露出嚴肅的眼神，根本不允許草薙反駁。

「我決定在她身上下賭注。」湯川說著，指了指「弁天亭」。「我猜想她並不知道真相，也不知道石神付出了多大的犧牲。我打算把真相告訴她，然後等待她的判斷。石神應該希望她一無所知，然後抓住自己的幸福，但是我無法忍受這種事，我認為她必須知道。」

「你認為她聽了之後就會自首嗎？」

「不知道，我也沒有強烈認為她應該自首，而且想到石神付出的代價，覺得至少應該讓她獲救。」

「如果花岡靖子遲遲不自首，我就必須展開偵查，即使無法再和你當朋友也在所不惜。」

「我並不意外。」湯川點了點頭。

草薙看著正在和花岡靖子說話的朋友，連續抽了好幾支菸。靖子垂著頭，從剛才開始就幾乎沒有改變姿勢。湯川只有動嘴巴，臉上的表情也沒有變化，但即使站在草薙的位置，也可以感受到他們周圍的緊張空氣。

湯川站了起來，向靖子鞠了一躬後走向草薙所在的方向。靖子仍然維持原來的姿勢不動。

「讓你久等了。」湯川說。

「說完了嗎？」

「對，已經說完了。」

「她有什麼打算？」

「這我就不知道了，我只是把真相告訴她，我沒有問她有什麼打算，也沒有提議她該怎麼做，一切都交由她決定。」

「我剛才也說了，如果她不自首——」

「我知道。」湯川伸出手制止了他，然後邁開了步伐，「你不用繼續說下去，但我有一件事要拜託你。」

「你是不是想見石神？」

湯川聽了草薙的話，忍不住瞪大了眼睛。

「你也太厲害了。」

「那當然啦，也不想一想我們當朋友多少年了。」

「你是說我們心有靈犀嗎？好吧，至少我們現在還是朋友。」湯川說完，露出了寂寞的笑容。

19

靖子坐在長椅上一動也不動，那位物理學家說的話壓向她的全身，他所說的內容太震撼，而且太沉重，她的心幾乎被壓垮了。

他竟然付出了這麼大的代價——她不由得思考著住在隔壁的數學老師。

石神完全沒有告訴靖子，他如何處理富樫的屍體。靖子只記得他在電話的另一端用淡淡的語氣告訴她，不需要為這種事煩惱，他已經處理好所有的一切，完全不必擔心。

靖子感到很不可思議，為什麼刑警一直追問犯案隔天的不在場證明。石神事先已經指示了她們三月十日晚上的行動。電影院、拉麵店、ＫＴＶ和深夜的電話。雖然都按照他的指示行動，但其實並不知道其中的意義。當刑警問及不在場證明時，靖子在如實回答的同時，很想反過來問刑警，為什麼是三月十日？

如今終於瞭解了一切，警方匪夷所思的偵查都是石神一手策劃的，但他策劃的內容實在太驚人了。從湯川口中得知之後，雖然覺得這是唯一的可能，但仍然無法相信。不，是不願意相信，不願意相信石神竟然為自己做到這種程度，不願相信他竟然為了自己這種沒有任何可取之處，平凡而沒有太大魅力的中年女人毀了自己的一生，靖子覺得自己的心臟不夠強，無法承受這一切。

她捂住了臉，她不想思考。湯川說，他不會把那些事告訴警察。因為所有的一切都是他的推論，完全沒有證據，還說靖子可以自由選擇未來的路，靖子忍不住憤恨地想，這個人竟然逼迫自己作這麼殘酷的選擇。

她不知道接下來該怎麼辦，甚至沒有力氣站起來，身體像石頭一樣縮成一團，突然有人拍她的肩膀。她嚇了一跳，抬起了頭。

有人站在那裡。抬頭一看，發現工藤一臉擔心地低頭看她。

「妳怎麼了？」

她一下子想不透工藤為什麼會在這裡，看著他的臉，才終於想起他們約好見面，工藤應該看到她遲遲沒有出現在約定的地點，所以擔心地來找她。

「對不起，我有點……累。」除此以外，她想不到其他藉口，而且她真的很疲累，但不是身體，而是精神上已經疲憊不堪。

「妳不舒服嗎？」工藤輕聲細語地問她。

但是，靖子覺得工藤溫柔的聲音聽起來像傻瓜。她終於知道，有時候不瞭解真相是一種罪惡，前一刻的自己也一樣。

「我沒事。」靖子說完，想要站起來。她的身體搖晃了一下，工藤向她伸出手。她說了聲「謝謝」。

「發生什麼事了嗎？妳的臉色看起來很差。」

靖子搖了搖頭。工藤不是可以說明實情的對象，這個世界上根本沒有這種對象。

「沒事，只是有點不舒服，所以坐在這裡休息一下，現在沒事了。」她想打起精神說話，但也沒有力氣。

「我的車子就停在附近，我們休息一下再去。」

靖子聽了工藤的話，忍不住看著他問：「去哪裡？」

「我預約了餐廳。原本預約了七點，但遲到三十分鐘左右應該沒問題。」

「喔……」

「餐廳」這兩個字聽起來就像是來自不同的世界。等一下要去那種地方吃飯嗎？

難道要帶著這種心情，擠出假笑，用優雅的動作拿刀叉嗎？這當然不是工藤的過錯。

「對不起。」靖子小聲地說。

「我現在沒有這種心情，等我身體狀況比較好的時候再去吃飯吧，今天有點、該怎麼說……」

「我知道。」工藤伸出手制止她繼續說下去，「這樣似乎比較好。妳遇到了很多事，當然會很疲累，今天就好好休息。仔細想一下就發現，妳這一陣子都無法安心，我應該讓妳好好休息一下，是我太不貼心了，我向妳道歉。」

靖子看到工藤坦承道歉，再度覺得他是個好人，發自內心珍惜自己。為什麼這麼多人這麼愛自己，自己卻無法幸福？她不由得感到空虛。

工藤推著她走了起來，他的車子就停在幾十公尺外的路旁。他說要送靖子回家。靖子雖然覺得應該婉拒，但最後還是接受了他的盛情，因為她突然覺得回家的路很遙遠。

「妳真的沒事嗎？如果有什麼事，希望妳可以毫不隱瞞地告訴我。」坐上車之後，工藤再度問道，他看到靖子目前的狀況，當然會擔心。

「嗯，我沒事，對不起。」靖子對他笑了笑。這是她竭盡全力的演技。

從各種意義上來說，靖子都充滿愧疚。這種愧疚的心情讓她想起一件事，那就是工藤今天要求見面的理由。

「工藤先生，你不是說有什麼重要的事嗎？」

「嗯，是啊，的確是這樣。」他垂下眼睛，「但今天就算了。」

「是嗎？」

「嗯。」他發動了引擎。

靖子坐在工藤的車上，茫然地看著車窗外。太陽已經下山，街道展現出夜晚的容貌。如果所有的一切都變成黑暗，世界從此結束，不知道該有多輕鬆。

工藤把車子停在公寓前說：「妳好好休息，我再和妳聯絡。」

「嗯。」靖子點了點頭，準備打開車門，工藤又說：「妳等一下。」

靖子轉過頭，他舔了舔嘴唇，咚咚地拍了方向盤，然後把手伸進西裝口袋。

「還是現在跟妳說。」

「說什麼？」

工藤從口袋裡拿出一個小盒子，靖子一眼就看出那是什麼盒子。

「因為電視劇上經常出現這一幕，所以我原本不太想這麼做，但還是覺得是一種形式。」他說完之後，在靖子面前打開了盒子。裡面有一個戒指，大顆的鑽石發出閃亮的光。

「工藤先生……」靖子驚愕地注視著工藤的臉。

「妳不必馬上回答我，」他說，「妳必須考慮美里的心情，妳自己的想法當然也很重要，但我希望妳瞭解，我是認真的，我有自信可以讓妳們幸福。」他握著靖子的手，把盒子放在她手上。「妳不必覺得收下很有壓力，這只是禮物，但如果妳下定決心，以後和我在一起，這個戒指就有了意義，妳願意考慮一下嗎？」

靖子的掌心感受著小盒子的重量，感到不知所措。因為太驚訝，所以對工藤的那番告白連一半都沒有聽進去。即使如此，她仍然瞭解了工藤的意圖，正因為瞭解，所以陷入了混亂。

「對不起，我是不是太唐突了？」工藤露出靦腆的笑容，「妳不需要急著回答，也可以和美里討論一下。」說完，他把靖子手上的小盒子蓋子蓋了起來，「拜託了。」

靖子想不到該說什麼，各種思緒在腦海中奔竄，還包括石神的事——不，也許一大半都是關於石神的事。

「我會……考慮。」靖子好不容易才擠出這句話。

工藤了然於心地點了點頭，靖子下了車。

目送工藤的車子離去後，她才回家。當她打開家門時，忍不住看向隔壁的門。雖然信箱內塞滿了郵件，但沒有報紙。石神在去警局自首之前，應該已經辦理了停止訂閱的手續，對他來說，這種程度的細心根本是小事一樁。

美里還沒有回家。靖子癱坐在地上，重重地吐了一口氣。然後突然想到了什麼，打開了旁邊的抽屜，拿出放在最裡面的餅乾盒，打開了蓋子。這個餅乾盒裡裝了以前收到的郵件，她抽出最下方的信封。信封上什麼都沒寫，裡面有一張報告紙，上面寫了滿滿的字。

那是石神最後一次打電話給靖子之前，投在她家信箱裡的說明信。除了這封信以外，還有另外三個信封，都顯示他是靖子的跟蹤狂，目前那三封信在警察手上。

這封說明信上詳細寫了那三封信的使用方法，以及刑警找上門時的應對方法。除了對靖子的指示以外，上面還寫了對美里的指示。他預見了各種不同的狀況，讓花岡母女無論在面對警方的任何問題時都不會慌張，詳細的說明文中充滿了他的貼心。多虧了他的協助，靖子和美里才能夠不慌不忙地坦然面對刑警。因為靖子覺得如果應對失當，讓警方發現自己在說謊，石神的努力就泡湯了。美里應該也有同樣的想法。

石神在指示完畢之後，寫了以下這段內容。

「工藤邦明先生應該是誠實可靠的人，如果和他在一起，妳和美里能夠得到幸福的機率相當高。請妳忘了與我有關的所有一切，絕對不要有罪惡感。因為如果妳不幸福，我所做的一切都失去了意義。」

靖子重溫之後，淚水再度流了下來。

她之前從來不曾遇過這麼深的愛情。不，她甚至不知道這個世界上有這麼深的愛。石神那張沒有表情的臉上，隱藏著常人無法瞭解的愛情。

靖子得知他去自首時，以為他只是為自己頂罪，但在聽了湯川說的一切之後，石神隱藏在這些內容的深情，更強烈地打動她的心。

她很想去警局坦承一切，但即使這麼做，也無法拯救石神。因為他也殺了人。

靖子看到了工藤送她的戒指盒。她打開盒蓋，看著戒指閃亮的光芒。

事到如今，也許至少該如石神的願，自己和美里必須把握幸福。正如他所寫的，如果現在退縮，他的努力就白費了。

隱瞞真相很痛苦，在隱瞞真相的情況下抓住幸福，能夠得到真正的幸福嗎？一定會一輩子帶著自責過日子，內心也始終無法安寧，但靖子認為也許承受這一切，正是自己必須付出的代價。

她試著把戒指戴在無名指上，忍不住想，如果可以了無罣礙地奔向工藤，不知道有多幸福。然而，這是無法實現的夢想。自己的心情永遠無法晴朗，反而是石神的內心已經了無罣礙。

當她把戒指放回盒子時，手機響了。她看了液晶螢幕，上面顯示了陌生的號碼。

「喂？」她接起了電話。

「喂?請問是花岡美里的媽媽嗎?」電話中傳來一個男人的聲音。靖子以前沒聽過這個聲音。

「對,我就是。」靖子有一種不祥的預感。

「我是森下南中學的阪野,不好意思,突然打電話給妳。」

那是美里就讀的中學。

「請問美里怎麼了嗎?」

「剛才有人發現美里倒在體育館後方,那個、呃、她好像用刀子之類的東西割腕。」

「啊……」靖子的心跳加速,無法呼吸。

「因為流了很多血,所以立刻送去醫院了,但並沒有生命危險,請媽媽放心。只是可能是自殺未遂,所以通知媽媽……」

靖子幾乎沒有聽到對方說的後半段內容。

眼前的牆壁上有無數污點。他從中隨意挑選了幾個點,在腦海中用直線連結這些點,形成了用三角形、四邊形和六邊形組合起來的圖形。然後用四種顏色著色,相鄰的多邊形不可以用相同的顏色,所有這一切當然都在腦海中進行。

石神不到一分鐘就完成了這項工作。在腦海中完成這個圖形之後，再選擇其他點進行相同的作業。雖然很簡單，但可以不斷重複，不知厭倦。如果四色問題玩累了，可以用牆上的這些點思考解析幾何的問題，光是計算牆上這些污點的所有座標，就需要相當長的時間。

他認為身體失去自由並不重要，只要有紙筆，就可以投入數學研究。即使手腳被綁住，也可以在腦海中做相同的事。即使什麼都看不到，即使什麼都聽不到，任何人都無法干涉他的大腦。對他來說，那裡是無窮無盡的樂園，數學這個礦脈沉睡在那裡，即使耗費一生，也無法挖掘出所有的礦藏。

他覺得自己並不需要得到任何人的認同。雖然他想發表論文，獲得肯定，但那並非數學的本質。誰第一個登上那座山的確很重要，但只要自己知道就足夠了。

石神也花了一點時間才達到目前的境界。不久之前，他差一點迷失了生存的意義。他甚至覺得數學是自己唯一的可取之處，如果無法繼續在這條路上邁進，自己的存在根本沒有價值。他每天都想一死了之。即使自己死了，也沒有人難過，不會造成任何人的困擾，甚至根本沒有人發現自己死了。

那是一年前的事。石神在家中拿起一根繩子，尋找可以掛的地方。公寓的房子幾乎沒有可以掛繩子的地方，最後他只好在柱子上釘了一根很粗的釘子。他把打了結的繩子掛在釘子上，確認是否能夠承受自己的體重。柱子雖然發出了擠壓的聲音，但釘子沒有彎，繩子也沒斷。

他已經生無可戀。雖然沒有尋死的理由，但也沒有活下去的理由。

他站在凳子上，正打算把脖子套進繩子時，門鈴響了。

那是命運的門鈴聲。

他之所以沒有無視那個門鈴聲，是因為不想造成任何人的困擾。也許門外的人有什麼急事來找自己。

當他打開門時，發現兩個女人站在門外。她們看起來像一對母女。

像是母親的女人向他打招呼說，她們剛搬來隔壁。女兒也在一旁向他鞠躬。石神看到這對母女時，好像有什麼貫穿了他的身體。

怎麼會有這麼漂亮的母女？在此之前，他從來不曾被任何美麗的事物吸引和感動過，也不瞭解藝術的意義，但他在這個瞬間理解了一切，他發現原來和解開數學題的美麗在本質上是相同的事。

石神不太記得她們對自己說了什麼，但她們注視他的眼神和眨眼的樣子，至今仍然清楚地烙在他的記憶中。

石神遇見花岡母女之後，他的生活完全改變。自殺念頭消失，得到了生存的喜悅。光是想像她們母女在哪裡、做什麼就感到樂趣無窮。靖子和美里是世界這個座標上的兩個點，他認為那就像是奇蹟。

星期天是無上幸福的時光。只要打開窗戶，就可以聽到她們母女說話的聲音。雖然聽不清楚她們談話的內容，但隨風飄來隱約的聲音對石神來說，是世界上最美好的音樂。

他完全沒有想要和她們建立任何關係的念頭，他漸漸覺得自己不可以碰觸她們。同時他發現了一件事，所有崇高的事物就和數學一樣，只要能夠有絲毫的關聯就是幸福。試圖藉此獲得名聲，就是傷害尊嚴。

對石神來說，幫助她們母女是天經地義的事。如果沒有她們，就沒有今天的自己。他認為這並非為她們頂罪，而是報恩。她們可能會覺得莫名其妙，但這樣就好，人有時候好好地活著，就可以拯救他人。

當他看到富樫的屍體時，腦袋裡已經有了計畫。

徹底毀屍滅跡非常困難，無論做得多麼巧妙，都無法百分之百讓警方查不到屍體的身分。即使幸運地瞞天過海，花岡母女的內心也無法平靜，她們將一輩子活得戰戰兢兢，不知道事跡什麼時候會敗露，他無法忍受讓她們母女承受這種痛苦。

只有一個方法可以讓靖子母女安心，那就是讓她們和命案完全隔離。只要把她們轉移到雖然乍看之下好像相連，但其實絕對不會有交集的平行線上就好。

於是，他決定利用「技師」。

「技師」——就是在新大橋旁開始遊民生活不久的男人。

三月十日清晨，石神去找「技師」。「技師」像往常一樣，坐在遠離其他遊民的地方。

石神對他說，想請他做一項工作，請他去監督河川工程，因為石神之前就發現「技師」原本應該從事建築相關的工作。

「技師」納悶石神為什麼找上他。石神告訴他，其中自有原因。原本接下這個工作的人因為發生車禍而無法前往，如果沒有人監督，就無法申請開工，所以需要人代替——石神這麼對「技師」說。

他預付了五萬圓，「技師」立刻答應了。石神帶著他前往富樫租的民宿，讓他換上富樫的衣服，要求他晚上之前都在那裡待命。

到了晚上，他約「技師」在瑞江車站見面。石神預先在篠崎車站偷了腳踏車。之所以挑選了一輛新的腳踏車，是因為希望車主去報警。

其實他還準備了另一輛腳踏車。那是在瑞江車站的前一站一之江車站偷的，那輛腳踏車很舊，也沒有上鎖。

他讓「技師」騎那輛新的腳踏車，兩人一起前往現場。就是舊江戶川旁的命案現場。

每次回想起之後發生的事，石神的心情就很沮喪。「技師」在死之前，應該都不知道自己為什麼會送命。

第二起命案不能讓任何人知道，尤其絕對不能讓花岡母女發現。為此，他特地使用了相同的兇器，也用了相同的方法把「技師」勒死。

他把富樫的屍體在浴缸內大卸成六塊，分別綁上重石後丟進隅田川。他花了三個晚上，分三個地方丟棄，而且都在深夜進行。雖然早晚會被人發現，但無關緊要，因為警方絕對不可能查到屍體的身分。在他們的紀錄中，富樫已經死了，同一個人不可能死兩次。

應該只有湯川發現了這個詭計，所以石神決定向警方自首。他一開始就有這樣的決心，也做好了準備。

湯川應該會告訴草薙，草薙會向上司報告，但警方不會採取行動。因為已經無法證明被害人的身分不正確。石神猜想自己很快就會被起訴，事到如今，已經無法重啟調查，也沒有理由這麼做。無論天才物理學家的推理多麼精采，都無法勝過兇手的供詞。

我贏了。石神心想。

他聽到鈴聲。那是拘留室出入使用的鈴聲。員警站了起來。簡短的交談後，有人走了進來。草薙站在石神的收押房前。

石神在員警的命令下走出收押房，在接受身體檢查後，交給了草薙。草薙從頭到尾沒有說一句話。

走出拘留室的門後，草薙轉頭看著石神問：「身體情況怎麼樣？」

這名刑警對自己說話很客氣。石神不知道這代表什麼特別的含義，還是他向來都是如此。

「有點疲累，如果可以的話，希望可以儘快進入法律程序。」

「那這次就作為最後一次偵訊，我想安排你見一個人。」

石神皺了皺眉頭。會是誰呢？不可能是靖子。

來到偵訊室前，草薙打開了門。湯川學坐在裡面，一臉沉痛的表情，目不轉睛地注視著石神。

這是最後的難關——他振作起來。

兩大天才面對面坐在桌前不發一語。草薙靠牆站在一旁看著他們。

「你好像瘦了些。」湯川開了口。

「是嗎？我有按時吃三餐。」

「那就太好了。對了，」湯川舔了舔嘴唇，「你對自己被貼上跟蹤狂的標籤，不會感到不甘心嗎？」

「我說了好幾次，我並不是跟蹤狂。」石神回答，「我是在暗中保護花岡靖子。」

「這我知道，也知道你現在仍然在保護她。」

石神露出不悅的表情，抬頭看著草薙。

「我不認為這種談話對偵查有什麼幫助。」

草薙沒有吭氣，湯川說：

「我把我的推理告訴了他，告訴他你真正做了什麼，殺了誰。」

「談論推理是你的自由。」

「我也告訴了她，告訴了花岡靖子。」

石神聽了湯川這句話，臉頰抽搐了一下，但立刻露出淡淡的笑容。

「那個女人有稍微反省嗎？有沒有感謝我？我為她收拾了麻煩人物，她是不是滿不在乎地說什麼和她完全沒有關係？」

草薙看到石神撇著嘴角，故意表現出惡形惡狀，不由得感到難過，也不由得感嘆，原來一個人可以如此深愛他人。

「雖然你以為只要自己不說出事實，真相就永遠無法大白，但不完全是這樣。」湯川說，「三月十日，有一個男人失蹤了，是一個無辜的人。只要查明那個人的身分，找出他的家人，就有可能進行ＤＮＡ鑑定，只要和目前被認為是富樫慎二的屍體進行比對，就會知道屍體真正的身分。」

「我不太瞭解你在說什麼，」石神露出了笑容，「那個人應該沒有家人吧，即使有其他方法，查明屍體的身分需要耗費龐大的時間和工夫，到時候我的官司已經結束了。無論作出怎樣的判決，我都不會提出上訴。一旦定讞，這起命案就宣告結束，富樫慎二命案就落幕了，警方無法再干涉。還是說，」他看著草薙，「警方聽了湯川的話，準備改變態度嗎？如果是這樣，就必須釋放我。釋放我的理由是什麼？因為我不是兇手嗎？但我就是兇手，我的自白要怎麼處理？」

草薙低著頭。他說得對，只要無法證明他的供詞內容不實，目前的流程就會繼續，警察系統就是這麼一回事。

「我有一句話必須告訴你。」湯川說。

石神看著他，似乎在問是什麼話。

「我對於你的頭腦……你絕頂聰明的頭腦必須用在這種事上感到很遺憾，也很痛心。你是我在這個世界上獨一無二的勁敵，失去你也讓我感到遺憾和痛心。」

石神緊抿著嘴唇，垂下了眼睛，他似乎在努力克制。

然後，他抬頭看著草薙。

「他似乎說完了，可以了嗎？」

草薙看著湯川，他默默點了點頭。

「走吧。」草薙說完，打開了門。石神先走了出去，湯川跟在他身後。

當草薙留下湯川，準備把石神帶回拘留室時，岸谷從通道轉角處走了過來，一個女人跟在他的身後。

是花岡靖子。

「怎麼了？」草薙問岸谷。

「因為……我接到她的聯絡，說有事要告訴我們，所以，剛才、聽她說了、震撼的事……」

「你一個人聽她說的嗎？」

「不，還有組長。」

草薙看著石神。他的臉變成了灰色，雙眼佈滿血絲，注視著靖子。

「為什麼，來這裡……？」他小聲嘀咕。

靖子原本像凍結般的臉漸漸皺成一團，眼淚從雙眼流了下來。她走到石神面前，突然跪倒在地。

「對不起，真的很抱歉。你為了我們……為了我這個人……」她的後背激烈顫抖。

「妳在說什麼？妳在、說什麼……莫名其妙……莫名其妙的話？」石神的嘴裡發出好像在唸咒語般的聲音。

「只有我們幸福……這根本不可能。我也要付出代價，我要接受懲罰，我會和你一起接受懲罰。這是我唯一能做的事，這是我唯一能夠為你做的事。對不起，對不起。」靖子雙手放在地上，額頭碰到地面。

石神搖著頭後退，他的臉痛苦地扭曲著。

然後他轉過身，雙手抱著頭。

嗚噢嗚嗚噢嗚嗚噢嗚——他發出了宛如野獸咆哮般的號哭聲。那也是帶著絕望和混亂的悲鳴，撼動了所有人的心。

員警跑了過來，試圖制伏他。

「不要碰他！」湯川擋在他們面前，「至少讓他哭一下……」

湯川站在石神身後，把雙手放在他的肩上。

石神繼續號哭著，草薙覺得他似乎在傾吐自己的靈魂。

謎人俱樂部

歡迎加入**謎人俱樂部**！為了感謝您對皇冠出版的推理、驚悚小說的支持，我們特別規劃推出讀者回饋活動，您只要按照規定數量蒐集每本書書封後摺口上的印花（影印無效），貼在書內所附的專用兌換回函卡上，並詳填個人資料後寄回，便可免費兌換謎人俱樂部的專屬贈品！詳細辦法請參見【謎人俱樂部】活動官網。

【謎人俱樂部】臉書粉絲團
www.facebook.com/mimibearclub

□集滿4個印花贈品（二款任選其一）：

A：【推理謎】LOGO皮質燙銀典藏書套一個
（黑色，25開本適用，限量1000個）

B：【推理謎】吉祥物『獨角獸』圖案皮質燙金典藏書套一個
（咖啡色，25開本適用，限量1000個）

□集滿8個印花贈品（二款任選其一）：

C：【推理謎】LOGO皮質燙金證件名片夾一個
（紅色，11.5cm x 8.6cm，限量500個）

D：【推理謎】吉祥物『獨角獸』圖案環保購物袋一個
（米色，不織布材質，41.5cm x 38.6cm，限量1000個）

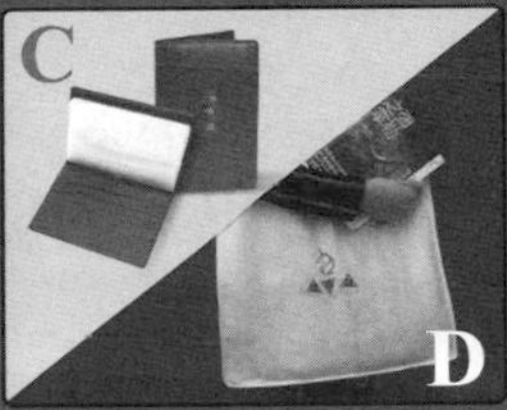

□集滿12個印花贈品（二款任選其一）：

E：【推理謎】LOGO不鏽鋼繩鑰匙圈一個
（限量500個）

F：【推理謎】吉祥物『獨角獸』圖案馬克杯一個
（白色，320cc容量，限量500個）

謎人俱樂部會不定期推出最新限量贈品提供兌換，請密切注意活動官網和粉絲專頁。

【注意事項】
◎本活動僅限台灣地區讀者參加。
◎贈品兌換期限自即日起至2024年12月31日止（以郵戳為憑）。
◎贈品圖片僅供參考，所有贈品應以實物為準。
◎所有贈品數量有限，送完為止。如讀者欲兌換的贈品已送完，皇冠文化集團有權直接改換其他贈品，不另徵求同意和通知。贈品存量將定期在【謎人俱樂部】活動官網上公佈，請讀者在兌換前先行查閱或直接致電：（02）27168888分機114、303讀者服務部確認。
◎皇冠文化集團保留修改或取消謎人俱樂部活動辦法的權利。辦法如有更動，將隨時在【謎人俱樂部】活動官網上公佈。

國家圖書館出版品預行編目資料

嫌疑犯X的獻身 / 東野圭吾 著；王蘊潔 譯. -- 初版. -- 臺北市：皇冠, 2020. 08
面; 公分. --(皇冠叢書; 第4864種) (東野圭吾作品集；35)
譯自：容疑者Xの献身
ISBN 978-957-33-3555-9 (平裝)

861.57　　109008681

皇冠叢書第4864種
東野圭吾作品集35

嫌疑犯X的獻身

容疑者Xの献身

YOGISHA X NO KENSHIN by HIGASHINO Keigo
Copyright © 2005 HIGASHINO Keigo
All rights reserved.
Original Japanese edition published by Bungeishunju Ltd., Japan in 2005.
Chinese (in complex character only) translation rights in Taiwan reserved by Crown Publishing Company, Ltd., under the license granted by HIGASHINO Keigo, Japan arranged with Bungeishunju Ltd., Japan through Haii AS International Co., Ltd., Taiwan.

作　者—東野圭吾
譯　者—王蘊潔
發行人—平　雲
出版發行—皇冠文化出版有限公司
台北市敦化北路120巷50號
電話◎02-27168888
郵撥帳號◎15261516號
皇冠出版社(香港)有限公司
香港銅鑼灣道180號百樂商業中心
19字樓1903室
電話◎2529-1778　傳真◎2527-0904
總編輯—許婷婷
責任編輯—平　靜
美術設計—王瓊瑤
著作完成日期—2005年
初版一刷日期—2020年8月
初版八刷日期—2024年3月
法律顧問—王惠光律師
有著作權・翻印必究
如有破損或裝訂錯誤，請寄回本社更換
讀者服務傳真專線◎02-27150507
電腦編號◎527032
ISBN◎978-957-33-3555-9
Printed in Taiwan
本書定價◎新台幣420元/港幣140元

- 【謎人俱樂部】臉書粉絲團：www.facebook.com/mimibearclub
- 22 號密室推理官網：www.crown.com.tw/no22
- 皇冠讀樂網：www.crown.com.tw
- 皇冠 Facebook：www.facebook.com/crownbook
- 皇冠 Instagram：www.instagram.com/crownbook1954/
- 皇冠蝦皮商城：shopee.tw/crown_tw

謎人俱樂部贈品兌換卡

我要選擇以下贈品（須符合印花數量）：□A □B □C □D □E □F

1	2	3	4
5	6	7	8
9	10	11	12

【個人資料蒐集、利用及處理同意條款】

您所填寫的個人資料，依個人資料保護法之規定，皇冠文化集團將對您的個人資料予以保密，並採取必要之安全措施以免資料外洩。您對於您的個人資料可隨時查詢、補充、更正，並得要求將您的個人資料刪除或停止使用。

本人同意皇冠文化集團得使用以下本人之個人資料建立該集團旗下各事業單位之讀者資料庫，做為寄送出版或活動相關資訊、相關廣告，以及與本人連繫之用。本人並同意皇冠文化集團可依據本人之個人資料做成讀者統計資料，在不涉及揭露本人之個人資料下，皇冠文化集團可就該統計資料進行合法地使用以及公布。

□同意　　□不同意

我的基本資料

姓名：________________

出生：______ 年 ______ 月 ______ 日　　性別：□男 □女

職業：□學生 □軍公教 □工 □商 □服務業

□家管 □自由業 □其他 ________________

地址：□□□□□ ________________

電話：（家）________________　（公司）________________

手機：________________

e-mail：________________

我對【東野圭吾作品集】系列的建議：

寄件人：

地址：□□□□□

北區郵政管理局登
記證北台字1648號
免 貼 郵 票

〔限國內讀者使用〕

105020

台北市敦化北路120巷50號

皇冠文化出版有限公司　收